田野的黄昏

◎黄金明

生活志
WRealism

天津出版传媒集团
百花文艺出版社

图书在版编目(CIP)数据

田野的黄昏 / 黄金明著. -- 天津 : 百花文艺出版社,
2015.1
(生活志)
ISBN 978-7-5306-6587-9

Ⅰ. ①田… Ⅱ. ①黄… Ⅲ. ①散文集-中国-当代
Ⅳ. ①I267

中国版本图书馆CIP数据核字(2014)第294702号

选题策划:汪惠仁 **封面设计**:郭亚红
责任编辑:张 森 **责任校对**:陈 凯

出版人:李勃洋
出版发行:百花文艺出版社
地址:天津市和平区西康路35号 **邮编**:300051
电话传真:+86-22-23332651(发行部)
+86-22-23332656(总编室)
+86-22-23332478(邮购部)
主页:http://www.bhpubl.com.cn
印刷:天津金彩美术印刷有限公司
开本:787×1092毫米 1/32
字数:154千字 **插页**:2页
印张:9.5
版次:2015年1月第1版
印次:2015年1月第1次印刷
定价:29.00元

我们需要什么样的身体

——序“生活志”文丛

从出发点到归宿,陪伴我们一路的,是我们自己的身体。

生活记录在我们的身体里。

世界记录在我们的身体里。

生活与世界被我们怎样记录,我们就怎样被生活与世界记录。

我们要记录的也许太多,我们也许会抱怨笔墨不够;我们也许会担心,世界只记录了我们卑微的一面。

但始终只有一种身体是没有抱怨没有担心的:它看见了繁华,也目睹了凋零;它看见了洪流,也采撷了浪花;它无视成见,勇敢地踏入观念的“野外”……

——这样的身体,它无须抱怨,无须担心;笔墨也许会遗漏,世界也许首先记录的是你卑微的一面;但这样的身体,是敞开的身体,是生长的身体,是可以反观的身体,是可以由是反观“身体”的身体,是值得信赖的可以作为“生活志”的身体。

文字的身体固然不能全然跳出权力的叙述，但它可以努力展示自己与生活是怎样被权力叙述的。

汪惠仁

生活志 目录

生活志

Realism

目录

目录

凤凰村正在荒废乃至消失。包括它的内部和外部，它的建筑(屋舍、祠堂、庙宇、学校和桥梁)、人群以及风俗，乃至相关的一切事物，甚至记忆。它只剩下墓地及遗址。三十年来，我见证过它金色晚霞般的光辉，也有落日急速下沉的绝望。三十年来关于村庄的一切，只活在我的记忆中，但也在不断遭到磨损、削减并最终坠入遗忘。尽管我在纸上建筑另一个村庄的妄想太过徒劳，但这种对抗遗忘的想法让人安慰。

——作者手记

开篇

跟中国南部无数个村庄的命运相似，凤凰村十室九空，人都进城了。去城市找生计，或干脆迁至城镇定居。溪流、田垌、森林、庄稼、祠堂、井台、戏台、池塘、屋巷、房舍、牛棚和猪栏，人、鸡和狗，野生的草木，野兽、蛇蛙、鸟雀和各式各样的昆虫……这一切在流失和消逝。不用多少年，人们远走他乡，村庄只剩下墓地及遗址。三十年前，尽管遭遇了难以计数的天灾人祸，村庄仍生机勃勃，一度在二十世纪八十年代中后期达到了史上的繁荣。中国南部有无数个村庄跟凤凰村有相似的命运。这一切只活在我的记忆中，但也不断遭到磨损、削减并最终坠入遗忘。我在纸上建筑另一个村庄的妄想显得徒劳，但这一对抗遗忘的想法让人安慰。

每年三四月间，莺飞草长，春暖花开，我都返回村庄看一看。每一次，我都发现村庄少了一些东西。上次是戏台坍塌了，这次是井壁倾圮了。最让我忧惧的是，人气越来越淡了，只剩下几个老人和小孩，难得听到鸡鸣和狗吠。河流逐渐枯竭、萎缩，它干涸到几乎断流了。凭吊的意味越来越浓。

我一个人在空荡荡的村巷上行走，风从远处的荒山吹来，从黑屋子的角落吹来，夹着荒寂的滋味。我走到山间和田野，那种“生”的、荒凉的感觉愈来愈浓，在过去，山坡和田亩因为有人侍弄，有六畜的走动和人气养着，就显得很“熟”。每一陇柴禾都有人用镰刀去割取，每一株青草都有牛羊去啃食，每一株野果树都有人在攀摘。即使是一些杂树野木，也有孩子在攀折或挨擦，染上了人间的气息。那是一种家园的气息，而这种气息已丧失殆尽。村庄以及村边四周的山野，显得越来越生了。那种“生”的感觉，像石头郁积在我的心上，硌得我不舒服。很难说清楚，村庄是从哪一刻走向生的，当我发现村庄在不可避免地崩溃时，却悚然一惊。也正在那一刻，我才清楚它在心中的分量。我对它的了解，太过肤浅及模糊。我对村庄的历史毫无头绪，我对村名“凤凰村”之由来乃至“凤凰树”一无所知。当我想到要写它时，已是写作十八年后的事了，这也是我离开村庄的时间。在十八岁之前，“走出故乡就是最大的胜利”(叶赛宁语)成了我的信念，我不知道外面的世界是好是坏，但我知道这个地方不值得留恋，不会有比这个村庄更糟糕的了。

随着年岁增长，我发现人是无法离开出生地的。你的躯体离开了，你的心仍留在那里。你会通过各式各样的路径无数次地返回那里。坐汽车是一种方式，倒提皮鞋跋涉在泥泞的小径是一种方式，做梦肯定是最常见也最直接的方式。在少年时代，我无数次通过梦境的魔法逃离村庄；有朝一日成了城里人，却一次次通过梦境回到故乡的每一寸土地。当你以为你离开了，其实你是将故乡带在身上，你到了哪里，故乡也跟着到了哪儿。你通过某种神奇的方法，将故乡折叠在身体的某处。每到夜深人静的时刻，尤其是半梦半醒之际，在烟雾缭绕之间，故乡就如卷轴在你的眼前展开——山水，草木，人畜，以及相关的一切。它既是一个梦幻般的画面，也是真实的图景。你走在村庄的小路上，跟来往的人说说话，也跟路过的鸡和狗打招呼。你有点兴奋，有点怅然。你就这样一次次沉湎于故乡的风与物而无力自拔。

每一个人都是出生地所孕育和养大的。这个意义对于乡村长大的人愈加凸显。尤其是在乡村长大的诗人、画家和音乐家。我朋友中就有这些人。他们跟乡村的关系恐怕更夹缠不清。他们中的任何一个，都像一棵在出生地长大的树木，无论成年后走到哪里，都无法带走树根。一个成年人，就像是一件家具的成品，涂上油漆，用砂纸打磨，看上去神气活现，并在嘈杂的市场被买主慧眼识珠，继而在岁月中遭受漫长的磨损而最终报废。所有的家具都曾经是木头，它即使被斧斫，被锯开，被刨削，被抛光，最终不可能忘掉树根的记忆，不可能忘掉身上开出的小花、枝头掉落的果子，不会忘掉吹动树叶的轻风和鸟鸣；更不可能忘掉源源不断地通过树根施送的汁液以及星空隐秘的召唤。那是生命的根基，也是自由的全部。生命在于运动。树木的生命在于一动不动。

也许，人终究不是树，而更像蒲公英，成熟了就到处飞。但是，乡村的孩子要飞出去、飞到城里去，他必须脱胎换骨。这就是树木变成家具的秘密。大多数的树木都想成为雕像，但结果只能成为家具。只有少数的树木想成为煤炭。一如家具想返回树木，树木也想返回种子，而种子沉睡于黑暗而混沌的泥土中。它从未萌芽，也就不必担心砍伐，但它从没有放弃生长的想法。光是这种拱出地面、抽出嫩芽的想法，就让人情不自禁了。种子迟早长成小苗，除非它已窒息。我宁愿相信，即使一棵被肢解并制造成家具的树木，也梦想回到家乡。何况是一个乡下人。

但是，你真回得去吗？

我想起了美国小说家托马斯·沃尔夫于一九四〇年出版的长篇小说《你不能再回家》。我不是没有动过回去定居的念头。我在城市住腻了。我在付出巨大代价之后，在南方最大的城市里定居，并获取了一份稳定工作，娶妻生子。我终于发现，我终究是自然主义者。我喜欢山野溪流，喜欢泥土及草木之气，喜欢树林里的鸟虫以及林间的清风，喜欢无遮无拦的天空，它空无一物或挤满奇异的云朵并不重要……我不喜欢城市。城里人也让我觉得市侩。他们喜欢用金钱权衡一切，乃至幸福与自由。纯净水可以用金钱换取，清新的空气却无法凭钞票购买。我终究是误入此地的乡下人啊。近十年来，我没有一天不想过逃离。我心目中的净土，一定要有山与水，最好是某个山中小镇，不能有太多污染，又不能太寒冷，旅游区也太嘈杂。这说来简单，实已近于苛刻。我想过去海南文昌(二〇一〇年楼价疯长,将我此念扼杀了)、广西桂林的郊外(诗人安石榴一再向我推荐)、云南边陲乃至移民海外。我既异想天开,也一本正经。总之,我不喜欢任何一个大城市。我还没有赚够生活费,但对工作也没什么留恋。我从未渴望过建功立业,况且一个小职员能有什么功业?我对成功有迥异于种种流行成功学的理解。我想得最多的就是返回出生地,不回凤凰村,哪怕在化州郊外也行啊。考虑到在村庄度过的复杂岁月(快乐的童年、懂事之后饱受屈辱的少年时代,成年后在村民卑微而惶恐的目光里,我也算是衣锦还乡了),我的念头略感动摇。我将怎样跟村民们相处呢?村庄荒废了,河水断流了,田地饱受污染。我无须再以耕种为生,在村子却无法找到乐趣了。我像那些在乡村长大而误入城市的人,没有回头路走了。我暂居在广州城郊的边缘之地,距市中心有数小时之遥,暂时打消了返乡定居的念头。

那个夏末的黄昏,彩霞像熔掉的黄金从天上缓慢而黏稠地滴落,奇异而灿烂的光芒笼罩着村庄低矮的屋顶及山野,仿佛在给村庄镀金。那是我第一次跟黄昏遭遇。我没有记忆。在粤西乡间,几乎每个夏日在晴天都有这种辉煌的晚霞。在某间泥砖屋舍里,粗通术数的主人因为一个男婴的诞生而将当天的霞光赋予了某种美好的色彩。彩霞将他的笑容染上了金色。在乡村,没有比添丁更让人高兴的了,何况是长子。

少年时,我无数次在山冈、河畔或庭院中目睹过村庄的黄昏,云霞太耀眼了,太美了,太辽阔了。那种金色为主并交织着橙色、红色、紫色种种光彩的云霞，像彩帛承托并缭绕着火球般的落日。落日掠过山冈，像烧红的石头急速地向暮色中的树林坠去。那种辽阔的美像浩荡的江水涌入我的心底，我感到了大自然的震撼。那时我不知道上天在将一个重要的启示一次次地显示于我。黄昏或落日不仅是自然的事物，也是重要的隐喻。我看到了这个喻体而懵然无知。一个乡村少年要屈服于大自然的壮美并不难，要从中领悟到某些奥秘或道理，且跟自身的命运相联系，却必须通过某些契机或桥梁。那二十年，我一直待在村庄，从婴孩步入成年的这段时光，我无法看到旭日初升以及正午的凤凰村，那是属于父辈以及祖先的光阴，但我目睹了村庄的黄昏。在十几二十年间，村庄从生产队时期的奄奄一息到开放年代的起死回生并达到了史上的繁荣，进入二十世纪九十年代之后却犹如落日急剧衰落。当我意识到那种黄昏的巨大辉煌及绝望跟我多次观看晚霞的感觉毫无二致，已是离开村庄多年后的事了。

那个夏日黄昏，我从求学的广州回到村庄，我躺在彩霞照耀的山坡上，从裤袋掏出一本叫《偶像的黄昏》的小册子。我望着天空、云霞、落日和远山，暮色愈来愈浓，村庄的屋舍略显模糊，有的房子透出了昏暗的灯光。我第一次意识到，黄昏的具象与抽象，黄昏的符号与实质，黄昏的光芒对应着转瞬即至的黑暗，黄昏的厚重与华美也将转眼即成记忆。至少，它有着多重的含意，而不仅是我所目睹的事物。

多年之后，当我回忆那个黄昏、那本书以及我当时阅读的情景与思绪，我似乎领悟了那个启示——我有责任将凤凰村在暮色完全笼罩之前，将天上巨大的辉煌和大地的安详呈现出来，使之成为相对固定的记忆——之后，是不可避免的黑暗像铁锅倒扣下来——像果壳的内部，像灶膛的灰堆，那是乡村的夜晚，连星光都在揭示这是真正的漆黑。

第一章　山水

1.河湾

凤凰村坐落在一块长条状的斜坡上,屋舍错落有致,一条村巷由北向南,贯穿而过,直到江边。尽管村子有蛇地及蟹地或龟地之说,但若航拍的话,我想更像一尾鲤鱼,层叠细密的灰瓦像鱼身的鳞片。鱼尾在长滩岸上摆动,鱼头伸至下游的“荷包袋”,正好对着鬼落山。我们家就在鱼头的部位上,村中当时唯一的甜井恰巧居于鱼眼的位置。不管地形像什么,逾百年前正瑞公迁出老村而看中此地,肯定是因为河流。河流像一条透明而闪亮的玉带,从“鱼尾”贴着“鱼腹”流过,再从“鱼嘴”处流向下游的米缸窝,直往下游的石头垌及马园山流去,此地乃奇人黄应国所建的水碓遗址。

河水环绕着村子流过, 使我的童年在水声中度过了每一个夜晚。上游有多个水源,其中一处发源于中火嶂北麓,有一两处发端于广西十万大山余脉，可谓源远流长。上游河床浅窄，流量不大，至长滩处逐渐开阔，流速减缓，风吹过处，波光粼粼，两岸林木幽深，正适于鱼虾繁衍。

长滩处于二十世纪七十年代蓄起水坝，将河流拦腰截断，坝上安装水泥板水闸，上铺水泥桥，供行人牛马行走。坝边开挖一条水道，将水送到水轮机房，利用水力使大铁轮转动，并用皮带将动力传到碾米机去碾米。水轮机房就建于河岸山坡临水处，临江的墙基高逾十米，长有八九米，全由石头垒砌而成。石头之间的石灰线白色而清晰，看上去像一个巨大蜂巢的平面图。我常坐在河岸上，盯着那面石头墙发呆，那些规则的、多边形（或多棱角）的灰色或白色相间的图案，仿佛诞生于一种符合美学的神秘秩序，让我感受到了它的法则和威严。水从石头墙底部的水道流出，泛着泡沫，像白色而闪耀的花纹。石头墙基跟黄色的泥砖屋连接处颜色对比鲜明，往往又飘动着几株芍药、野蕨或铁芒萁之类的杂草。那面墙壁像一幅巨大的壁画，多年之后，我注意到一道裂缝在墙上蔓延和扩大，仿佛一帧风景明信片上的撕裂痕迹。那些石头将挣脱石灰的粘合而纷坠于水中。它们挣扎了好多年。也许，它们本来就是从河中捞取的。

长滩由于筑坝蓄水，设坝时间不长，淤泥却堆积深厚，由于水面开阔，遂成了孩子戏水的乐园。我们常在水中浮着一个木盆或塑料盆，一边潜水，一边从淤泥中摸取河蚌及黄蚬。当玩耍完毕，盆中的蚌蚬也有半盆了。用清水养上三二日，待蚌蚬吐净泥沙,煮食煲粥,滋味之鲜美难以言表。河水深处也有两三米,戏水者多是十岁八岁的孩童。那天,悲剧就发生了,说有个孩子被水鬼或水兽抓了去(实乃溺水),待大人觅回,已全身发白,肚皮鼓胀,嘴唇紫黑,放在牛背上颠簸,希望能将其腹中水颠出,终究无力回天。水坝上有几道斜坡,呈刀背状,长逾数丈,宽却仅一两尺,由于表面光滑,就是天然的滑梯了。胆子大的孩子常坐在坝上往下滑行。有个孩子不慎跌翻在闸口处的水泥面上, 迅猛过头,收势不及,背部被铲掉了一大块皮肉,鲜血淋淋,惨不忍睹。那个地方,总有人在此骨折或擦伤。我鼓起勇气玩过一次,犹如失控的火箭,急速地往闸口的深潭滑去,幸好不是摔在表面粗糙的水泥池子,才算没事。后来也不敢玩了。

我幼时胆小如鼠,过那座没有栏杆的桥,亦胆战心惊,小腿发抖。如果掉落到上游的长滩自然没事,若跌到闸口下的水泥池子,可不是闹着玩的,落差有八九米大。闸口因放水及洪水大力冲刷,水泥池子崩塌,下面的水潭是越来越深了。

潭中每见蛇类。我好奇一条眼镜蛇长年在“滑梯”下的石头缝里,我只要到水坝处玩,都能见到它。我坐在“滑梯”末端,静静地注视它,就是想搞清楚它是否真的戴着眼镜。它浮在水中,头部昂在水面望着我,气定神闲。它有着三角形的扁平头部,全身青黑,偶尔吐着分叉的舌头,似对我略感好奇。它的眼睛有一层透明的角质薄膜,微微鼓凸,但也跟眼镜沾不上边。它比我有耐心得多,能保持一个姿势久久不动,直至我离开。

河床多浅窄，上面布满光滑的鹅卵石，流水如镜，难以计数、种类繁多的小鱼活泼地游动，仿佛在镜子的深处游动。石头浑圆如母羊的奶子，或雪白，或灰褐，有时还能见到青色或黄色的石头，晶莹剔透如宝石。我们捡回来，在庭院里做玩具，大的搭房子玩，小的玩捉子游戏。在这样的两段流水之间，往往是一个比较幽深的河湾或水潭，犹如水瓮，流水原本哗哗作响，此刻注入，不泛起一丝涟漪，仿佛流入了怪兽的口腹或时间的黑洞。河湾两岸，苇草茂密，相思树摇晃，据说过去全是密密麻麻的水翁树，但在大炼钢铁时期被砍伐化成焦炭，早已不见踪影。我还算赶上了小河最后的好时光。它仍然是那么清澈、深邃，鱼龙混杂。深水里隐藏着大鱼。

凤凰村的“鱼腹”部位就是坡禾林，里面林木茂密，鸟雀繁多，古藤缭绕，是一个神奇之所。河水流经坡禾林的末端，有一个河埠头，乃河流跟村人最密切的一段，美其名曰“过江埠”。此处有一座小桥，后来又建成水泥桥，过江往前走，可到江竹垌、鹏丫、窑地山、马自山等处，实乃交通咽喉之一。过江埠段包括两三个小河湾，上游供洗菜、杀禽之用；中间一个砌有洗衣台，也洗耕牛吃的青草；下游一个水湾，乃水牛饮用及卧窝之处。过江埠是凤凰村最热闹的地方，人来人往。洗衣妇在洗衫之际，正好交换信息，飞短流长，说得眉飞色舞，间或有妇人母鸡般咯咯嬉笑。在下游约一二百米处，江竹溪跟河水交汇处，有一深潭名“碑头湾”，里面鱼类繁杂。

河流是我们的澡盆。河边长大的孩子,没有不喜欢游水的。我们从五六岁起,就在河里泡,开始只敢在浅水处打水花,尔后逐渐往深处摸索。先学会潜水,捏着鼻子,闭上双眼及嘴巴,猛地沉入水底,再呼地钻出来,溅起一堆水花。停顿的时间很短,慢慢就能憋上数秒钟,有厉害者憋到一两分钟,也是常有的事。我发现,潜入水中不难,潜行亦非难事,最困难的是要在原地一动不动,因为身体老是像皮球那样浮起。后来,我发现桥墩下有一凹陷之所,遂钻入去,牢牢抓住坑壁,犹如螃蟹栖身于洞穴中,就比较持久。有一次跟同伴比赛潜水,别人老不见我起来,还以为我出事了。学会潜水,要学游水就有了基础。但我们会的多是狗刨式,仰泳亦容易掌握,蝶泳之类却非自学所能谙熟。狗刨式有一个弊端,就是容易累,老仰着头,不利于换气,故不能持久。好在河段不宽,游数个来回亦无非是三五十米,还不如城里的标准泳池大呢。有的人学会踩水,能举着衣服横渡水面较宽阔的长滩,而不沾上一滴,颇为神奇,上半身挺于水面之上,破浪前进。又有人双腿始终挺立于水面,而人在水底倒着疾行,这算不算乡村的花样游泳?这些稀奇古怪的花式,都让我们叹为观止,却无力掌握。

夏天,河湾俨然是孩子们的乐园,我们洗澡,嬉戏,打水仗,其乐无穷,直至十指尽白,起皱,兀自不思上岸。女孩子也喜欢游水。男孩子穿裤衩乃至一丝不挂,而女孩则穿着衣裤,遮得严实,只是入水一泡，便线条毕露，身体险要处若隐若现，风情万种。只是乡村少女发育较迟，即使有少女胸前微微隆起，亦不算夸张。大人也喜欢游水，午后或黄昏，从地里劳累归回，满身均是汗臭及泥尘，在河里搓洗干净，游上三五圈，酷暑顿消，通体舒泰，方才回家吃饭。在我经验中，吃饱了切勿下水，否则游上一阵，腹中物已消失得无影无踪，一顿饭就白吃了，却再没得吃，那腹中空虚难以忍受。我只在夏季游水，入秋之后，河水变凉，下水次数就少了。而至冬日，河水冰冷，极少人去游冬泳。井水倒温暖，不少男人懒得烧热水洗澡，就在井边打水用，也不冷。

在关于水的言说之中，加斯东·巴什拉的《水与梦——论物质的想象》堪称杰作。巴什拉以洪水般的激情和河岸般的理性，对作为物质的水及关于水的想象(亦即文学与梦幻意义上的水)作出了全面深入的阐述。他从水的生理学、心理学出发，揭示了诸如水的母性、流动、纯洁与净化、狂暴和深邃等品质。在杰出诗人那里，关于水的描述，除了隐喻，还有遐想和观念相结合，最终确定了诗歌形象实体和对基本物质的合适阐释形式。水和土的结合成为泥团，水和火的对应，水的倒影，水的声音，水的语言是诗(水具有身体、灵魂和声音)。作者运用汪洋恣肆的想象力，将自然科学、诗学、哲学和心理学诸学科认识的“水”相互贯通，从而确立了“梦想的诗学”。该书分析了莎士比亚、爱伦·坡、保尔·克洛岱尔等诗人的名篇，论述浪漫派跟唯物论、寓言和现实的奇异结合，既让人信服，又能使人领略妙趣。

2.捕鱼

父亲善于捕鱼,方法甚多,省事而高效的如用鱼笼捕鱼等。父亲去县城买了一挂渔网,跃跃欲试,带我到了碑头湾。他将网撒开,按“之”字形绕了好几道,未几,只见浮标乱动,见一长形活物在水中左冲右突。父亲以为网到了黄鳝,欲伸手去捉,幸亏河水清澄透明,忽见其身上一圈红一圈黑,分明是水伏蛇啊。父亲吓得魂飞魄散,手闪电般缩回。水蛇类一般没毒,捕蛇者常捉其去石湾乡及官桥镇餐馆处出售,但谁愿被蛇咬?父亲脸色煞白,一言不发。他见浮标接连跳动,鱼没网到,水蛇倒全撞网来了。他小心翼翼地将网收到沙滩上,网上搅缠着水伏蛇,竟有二三十条之多,拼命挣扎,蛇舌乱吐,却是不得脱身。父亲拣来一根木棍,将蛇一一打死,费了不少功夫,才将蛇尸从网眼上扯出来,抛到一边。再将那杂如乱麻般的渔网理顺,一直忙到天黑,鱼没捉到一条。如此晦气之事,在父亲无数次的捕鱼经历中,还是头一遭。

那天午后,父亲脸色一直晦暗不明,也许是他觉得伤了那么多性命,心中不快。父亲天性善良,平时见到蛇也是驱逐之,很少出手,这次却毫不留情。我望着满地蛇尸,差点吐了,浑身泛起鸡皮疙瘩。可能是父亲觉得太过晦气,让他想起了某些异常之事,又或他不将蛇打死,就无法将渔网收回。我一直没有问他。

此后,父亲很少动用那张渔网,倒是在随后几年中,我常带着弟妹去网鱼，弟妹提着锑桶在岸上跟着，我在水中一路往下游网鱼。我将捉到的鱼抛到岸上去，弟妹捡拾并放入桶中。我从水轮机旁边的水潭一路捉到“荷包袋”，收工，亦有一两斤鱼，够做一顿丰盛的晚餐了。捉鱼的过程非常快活，迹近于玩耍，亦很轻捷，水很清，即使不看浮标，也能见到鱼入网眼。我捏着鱼头，将其身体拽出，一般能使其保持活命。多是一两指大的杂鱼，如草鱼、镰刀、沙皇、麻扁婆、走水佬、花肚军之类，偶尔也能网到花星、“纳锥”、木鱼（即生鱼）及塘虱。这都是乡下的叫法，十之八九，我无法在书面语找到对应的称呼。

父亲是村庄有名的捉鱼能手，由于家贫缺粮，靠山吃山，靠水吃水，他只好打河里的主意。他七八岁起即去河涌捕鱼，掌握了各式各样稀奇古怪的捕鱼方法，譬如叉鱼、摸鱼、网鱼、罾鱼、装鱼诸如此类。一个河湾，他只要略为观察，便知大概有几斤鱼，有几尾大鱼。戽干水一捉，八九不离十。他最常干的，就是用鱼笼装鱼，鱼笼是他劈竹篾编织的，分两层，形如喇叭，里面一层装有锋利竹签做的倒刺，鱼能进不能出，隔数分钟起一次，将堵住尾部出口的稻草抽掉，将鱼倾倒出来，再将稻草塞回去，如是周而复始，直至满载而归。父亲织有鱼笼大中小三个，大的宜放江中，中的放在溪流，小的放田垌。大的那个巨口张开，直径近两米，又称“大头狗”，不是非凡篾匠无法编织。

我少年时跟父亲学会了编若干竹器，如畚箕、柴筐、菜篮诸物，编织鱼笼却功败垂成，我无法将夹层跟外面一层天衣无缝地织合起来。我扔在柴房里，一扔就是数年，父亲也不管。

父亲装鱼不分季节，反正鱼在河里，河在村边，只要得闲了，就用锄头扛着大头狗出发，必有收获。我即挎着鱼篓跟在后头，只管捡鱼入篓即可。父亲常在“荷包袋”的浅滩上设置鱼笼，在上游一两百米的碑头湾处用草坯筑一道土坝，坝高数尺，坝成下游迅即干涸，鱼慌作一团，只好随波逐流，直到落入笼中。而上游的水越聚越高，土坝眼看就要溃垮，父亲不慌不忙，用锄头轻轻打开缺口，犹如开闸放水一般，水位迅即下降，河湾的鱼趁机夺路而出。父亲又将土坝关上，如此一收一放，每次均有所获，人也不怎么费劲。有一次，装到一尾金色的大鲤鱼。我那时六七岁吧，怜其气喘，双手牢捉住鱼身，将其放到水深处，让其饮水。谁知鲤鱼奋力一摆，将水花溅了我一脸，它竟迅猛潜入水底，逃之夭夭。我喂鱼喝水之事，被村人传为笑谈。

另一事有相似处。一次，父亲从稻田捉回一只大青蛙，背部碧绿而有黑色斑纹，肚皮雪白，它被一截鸡麻皮牢牢束缚住，肚子跟后腿处，仿佛要勒断了似的。我将鸡麻皮解开，将其塞入猪笼(一种装活猪的竹器)里去，谁知它“嗖”地从笼眼跳出，再一纵跃，“咚”一声跳入池塘。我半天没回过神来，兀自奇怪，如此肥硕的青蛙，如何能钻过比它细小的笼眼？

父亲最拿手的是捕捉夏秋雨季的上水鱼。在端午后至深秋，南方暴雨连绵不绝，山洪暴发，将诸溪之水汇入河流，河床变宽，波浪咆哮，变得开阔壮观。原来清澈娴静如处子的小河，变得暴躁不安，河面上仿佛耸立着一排排浊黄色的马头。长滩水闸处的闸板早已废弃，水面穿过桥洞，发出震耳欲聋的响声，又因“滑梯”阻隔而鼓成球状的水帘，就如黄色的大帐篷。“荷包袋”一带，地势较为低洼，洪水有时漫出堤岸，将“鱼嘴”及鬼落山之间的田地悉数淹没，大水茫茫，犹如汪洋。此时此刻，罗江上的鱼群必上溯至石湾河，再到凤凰村的小河，最后散布至各田垌间产卵育儿，小河大鱼不多，其子孙得以免受吞食之厄。母鱼再随着泄洪而退返大河。这个时候，溪渠、稻田随处可见草鱼、鲫鱼、田蟹、河虾之类。

父亲趁机提着中型鱼笼在江竹垌或石头溪等处捕鱼，江上水势浩大，常有人用网罾鱼，父亲总是避其锋芒。每次夜间暴雨如注，天未光亮，父亲已捉鱼归来。他煲好了花生鱼汤，等我及弟妹早起，即可饮食。雨季的鱼类品种甚多，肥美鲜嫩，滋味无穷。

父亲向来瞧不起垂钓者。他认为钓鱼效率太低了，又得准备做鱼饵的蚯蚓之类。他认为蚯蚓太脏了。农民总是讲究实用的，直奔主题，不喜欢花架子。每次涨洪水，我总喜欢到碑头湾去钓鱼，一是钓鱼其乐无穷，二是父亲老说碑头湾有一对大青鱼，每条怕有十斤以上。这样的大鱼，在小河算是奇迹了。我有一个隐秘的愿望，就是将那对大青鱼钓将上来。于是，我准备好了“禾钩”（一种主要用来收割水稻及割番薯藤之类的镰刀，刃身细长弯曲，刃口有锐利细齿）般大的鱼钩，乃由铁枝磨制而成，穿在拇指般粗大的蚯蚓上，但从来没见鱼来咬钩。父亲说："你真要钓一条十斤重的鱼，手指大的钓竹就不够了，至少得用晾衣竿做钓竹。"我觉得问题不在此，而是无鱼咬钓。后来，我放弃了那个妄想，老老实实改用了缝衣针拗制的小鱼钩，总算有所斩获。

那天，大雨过后，仍飘着细雨，我跟邻家的阿表相约去碑头湾钓鱼。

江水浩荡而浑浊，我们找了处僻静之所。我将蚯蚓穿在钓钩上，还往钩饵煞有介事地吐了口唾沫，据说唾沫的香气能将鱼吸引过来。我手气不错，先是钓了一只河虾，然后又是一条塘鲺及几尾小草鱼。一个多小时过去，阿表仍连田蟹也没钓上一只。我每次钓到东西，他都红着眼睛盯着我，他脸容略显扭曲，骇人而诡异。他急促地喘气，仿佛有一头猛兽在他的胸口里扑跃。他比我大一岁，是我的好朋友。那天午后，我不知道他在想什么。我装作若无其事，抛竿，起钓，当下一次鱼上钩来，也尽量压抑着喜悦。在某个片刻，一阵倦意袭上头来，细雨仍在飘降，我们不怕淋雨，头上的草帽，与其说是遮雨，不如说是饰物。但坐在湿漉漉的草地上，毕竟有些黏糊难受。有一刹那，我几乎困得闭上双眼。耳畔仍听见咆哮的江浪，以及桶里水族发出的水声。我一张开眼睛，就看见阿表那双应该时刻注意浮标的眼睛盯着我。他一声不吭。我也说不出话来。我走到了桶边，抓出最大的那尾鱼，放到了他的桶中。他绷紧的脸柔软了，咧嘴笑了笑，忽然提着水桶冲着波涛倒转过来，那尾鱼像一块玉石滑入了流水中。

我收拾钓具和钓到的鱼,踩着泥泞的小路回家去。我感到脸上发烫,手足冰冷,我想大哭一场,终究忍住了哭声,但泪水溢出了眼眶。

我始终对碑头湾的大鱼念念不忘,但一点办法也没有。对其垂涎三尺的当然不止是我一人。据说还有人看到了大鱼的青色脊背,耸起如小船的底部。知远不止一次来缠着父亲合伙去将碑头湾里的水戽干,竭泽而渔,这种捕鱼的方法最彻底,可以一网打尽。但是知远没掌握打土坝的技术,他打的土坝不牢固,往往是水远没戽光,已堤决水淹,前功尽弃。而父亲是这方面的大行家。

他从夏天求到冬天,父亲终于松了口。我们两家倾巢而出,扛着大大小小的渔具和锄头、铁锹诸物,来到了碑头湾。之所以选择在冬天,是因为河水流速缓慢,几欲断流。河湾呈半干涸状态,打土坝亦省事得多,不必太高大,戽起水来事半功倍。父亲指挥知远先将鱼笼放在河湾出口处装好,他带领众人在草地上掘土坯并搬到河湾上游的浅滩处筑坝。土坯一定要连着青草,方才结实,若仅是泥坯,水泡久了,便易松碎溶解。筑坝由两头往中间筑起,水流的出口越来越小,自下而上垒叠起来。土坝要宽大,每层须筑五六块土坯,方才牢实。堤坝筑有一米多高,知远不放心地问:“要不要整高一点?”父亲说:“够了。”由于上游流量不大,水涨得较慢,也不能将时间全浪费在筑坝上。坝在筑,水在升,关键是水漫过土坝时将鱼捉起来。每一个环节都很重要，不能浪费时间。下来得赶紧戽水捉鱼，父亲有把握在溃堤时完成任务。这道土坝起到了阻隔上游的作用，河湾里的水不断地往下流去，很快就没水流出了，这样，碑头湾就像一个单独的小水潭。父亲在潭口处再筑一道小水坝，目的是防止戽水时水倒灌。

然后，一场跟时间赛跑的疯狂戽水开始了。所有的戽水工具都派上了用场。两家的四个大人，组成两对，用戽担桶戽水，戽担桶由一只小木桶组成，两端各系着两根绳子，两人合作使用，每人两手各执桶子某一侧的两截绳子，先高高扬起，让桶子晃过半空，“啪”地没入水中，再将装满水的桶悠起来，手腕一掀，那桶水便由空中倒泻到堤外去了，再装水，倒水，周而复始，直到潭里的水被戽光为止。两人戽水务必得配合默契，那木桶忽上忽下，水帘不断地倾泻，让人看得眼花缭乱。戽水者借力用力，看似辛苦，其实比较省力，速度也相当快。两只戽担桶的操作者是戽水的主力，两家的小孩也没闲着，用戽斗及铁桶、脸盆、畚箕之类拼命往外戽水。土坝后头的水位不断上升，我们必须在水漫过或冲溃土坝之前将碑湾的水戽光并将鱼捉起来。

碑头湾里的水越来越少了，它的开头像一个大铁锅，只剩下锅底薄薄的一摊水，由于我们仍在发疯地戽水，水位遂不断地下降、收缩。水潭中的鱼惶恐不安地游动和蹦跳。潭四周边缘全是光滑、扁圆的鹅卵石，往下是细腻如玉的浅滩，之后是黄色及灰色的淤泥，潭底河泥的颜色越来越深，变得有些黑臭。水全被戽光了。潭底堆积着玻璃瓶、塑料瓶、破铜烂铁及其他物什。还有几段腐烂的木头，也许来自久远的年代。

我们对这些熟视无睹，而是开始了紧张和兴奋的捉鱼过程。用网兜、畚箕或手捉，鱼们暴露无遗，无处可逃。只有泥鳅、黄鳝拼命地往烂泥里钻去，父亲经验丰富，总有办法将其揪出来。岸边站满了围观者，捉鱼通常是一场游戏或表演，捕鱼者就像演员一样忙碌而亢奋，其脸庞及身上的泥巴犹如油彩。围观者不仅看热闹，还等着我们撤离之后打秋风呢。这是合法的，他们大鱼是捞不到的，但总会有些漏网之鱼，小鱼小虾总会摸到几个。那一次，我们大获全胜。除了目标中的两尾大青鱼，我们还捉了各类鱼虾两水桶，每家分得二十多斤鱼。

这是辛苦了一天的酬劳。直到我们完成任务，土坝仍稳如泰山，水位离坝顶尚有十几二十厘米，父亲用锄头一勾，缺口打开了，大水汹涌而下，很快又注满了碑头湾，看上去跟先前并无两样。唯一不同的是，水潭中的鱼虾早成了我们的囊中物。当然，潭中也会有新的鱼群入驻，大青鱼却难得一遇。这种竭泽而渔的事，太辛苦，也太霸道，父亲只是偶一为之。

他有时会挎着鱼篓带我去摸鱼，主要是摸黄鳝及塘鳢，偶尔还能摸到花星鱼及“纳锥”。有一次，父亲摸到了蛇，尽管没被蛇咬，但再也不许我们去摸鱼了。

捉鱼的方法多种多样，还有一种迹近于不劳而获或守株待兔的方法，就是在河湾或田垌掘一地牢，高约三二米，圆形或方形均可，直径逾一米，牢顶覆盖些树枝草皮，恰如屋顶一般，以给鱼类遮荫，又好盖住里面的动静，防人觊觎。四面种些水草，中有一通道跟河涌相接，以引诱鱼类栖息。这实际上是给鱼虾盖房子住。所谓筑巢引凤之意。每隔一两月去起一次鱼牢，只须将通道封闭，将水戽掉，正是瓮中捉鳖，手到擒来。若鱼牢设在河中，洪水泛滥，浸过鱼牢，牢中鱼类便趁机越狱了。所以在河中设牢不若在田垌更佳。田垌中的鱼类也不少，那真是能进不能出。

我自己也曾在田垌亲手挖过鱼牢，规模比较小，就像是鱼牢的模型。虽然也有所获，但游戏的成分大于实用。

那天午后，我在过江埠遭遇了两个捕鱼的陌生人。他们仿佛是另一个世界撞入此地的人。装束奇特，背部驮着一只黑色的小箱子，左手拄着一根竹竿，竿上绕着一根铁线，右手持着长柄网兜。他们是外地人，从小河上游一路捕杀过来。这是两个电鱼的人。那个小箱子是蓄电池，我之前闻所未闻。那根铁线在水中划过，将鱼电晕，右手的网兜跟着捞鱼并将鱼放入鱼篓。电流过处，大小鱼虾无一幸免，几乎被赶尽杀绝。这真是奇异之事，我一路跟在电鱼人后头观看。他们不断地将鱼抛入鱼篓中，捕鱼毫不费劲。但我对鱼没有兴趣。我盯着那副电鱼工具。我像一尾鱼那样感到了对这种捕鱼工具的战栗。太可怕了。人类发明了各种各样的渔具：钓、兜、网、鱼笼、罾、渔叉等，现在又有了这种电力利器。鱼类的末日已经来临。那两个捕鱼人已然远去。我望着河水的下游，思绪纷乱如麻。

关于捕鱼的方法有很多，上述诸法都是尽量捕到活鱼，烹食时滋味亦佳。毒鱼之法，却让人毛骨悚然。在某天清晨，总会有一个人在河边发现水里的鱼像喝醉了酒，有气无力地游动。有的小鱼泛起了鱼肚。人们遂奔走相告，有人毒鱼的消息于瞬间传遍了全村。人们操起各种渔具倾巢而出，谁家里没有几个网兜之类的渔具呢。而畚箕也是捕鱼的利器。于是，河上到处是人，毒鱼的药一般是某种山茶籽配以若干味草药，水流到哪儿，鱼就会浮到哪儿。这种药毒性不强，但足以将鱼虾毒翻。

父亲从不去捞这种鱼。我曾以为是他觉得鱼不干净，后来才知道这是某种拒不合作的姿态。他鄙夷这种捕鱼的方式。毒药在上游投放，整条河流都被污染了，而鱼虾无一幸免。即使是刚孵化的鱼种儿，亦被毒死毒绝。河面上飘浮着死鱼死虾，随着烈日暴晒，臭味越来越浓，让人作呕。啄吃死鱼的家禽及飞鸟，亦难免有事。一直要等到下一场洪水来临，才会将死鱼及臭味荡涤干净。河流才恢复清洁和生机。

一年之中，总会有一两次毒鱼事件发生。也许是某人太想吃鱼了，或者他心血来潮，就去采制草药了。但从来没有一个人为这些投毒事件负责。这些乡村恐怖主义者，似乎比本·拉登更善于藏头露尾，更不负责任。我猜想，可能投毒的人也就那么几个，因为不是谁都懂得配制草药的。可能是我们村子的人，也可能是上游乃至水源处的村民。河流下游的人，乃是最终的受害者。投毒者隐匿在暗处,他们无疑就混迹于捞鱼者之中。在我看来,那些捞鱼的人,跟投毒者有何区别?至少也是同谋。但我年幼时没想那么多,也加入了捞鱼者的行列。

一个人要略微摆脱贪欲是多么的困难, 即使他是一个纯真的孩子。在我的经验中,孩子也有邪恶之处,为了果腹,可以去捅鸟巢、捕竹鼠、捉毒蛇……乃至为了取乐而折磨小动物。譬如将蝉的翅膀反剪于背,模仿公安抓流氓,让其在地上艰难行走。将甲虫的脚管折断,插在铁丝拗成的小车上,让其振翅而将小车拉动。而烤小青蛙及青蛙赛跑,都是孩子们喜欢玩的游戏。

在诸多捕鱼方法中,借助鱼鹰猎鱼显得古怪和滑稽。在河流上游曾撑来一只小船,小船无法越过长滩的阻隔而到达下游。于是捕猎者在长滩宽阔的水域上忙开了。有六七只鱼鹰(鸬鹚)伫立在船舷上,它们浑身漆黑,仿佛是从另一个世界闯入的精灵。捕猎者脸上忧郁的神情被鱼鹰的羽毛照得更亮。鱼鹰的长嘴像镰刀,锋锐,略显弯曲,它们猛扑向水中,当钻出水面时,喉囔像吹胀的气球。捕鱼者捉住鱼鹰,将其喉部的鱼挤出来,又驱赶其扑入水中。严格来说,鱼鹰不算是捕鱼者,而只是一件另类的渔具。待作业完毕,主人才挑一些小鱼扔给它们,以作犒赏。鱼在水里游动,自由自在,轻巧无比地转身、穿梭、游弋。它们跟天上的鸟互为倒影。然而,鱼类有太多敌人,水鸟,蛇,还有人类。甚至还有鱼本身。大鱼吃小鱼,小鱼吃虾米,这就是鱼类必须遵循的丛林法则。

捕鱼的不仅仅是人,觊觎鱼肉之美的还有不少动物。我看到猫和狗都曾在浅滩上扑击,但罕见收获。倒是一些小鸟在河面上盘旋,一瞥准了,就像利矢急射向水中,当冒出水面时,总能叼到一条雪白的小鱼。白鹳、黄鹤和叼鱼郎是最常见的鸟类渔夫。白鹳全身雪白,神情优雅,仿佛是鸟类中的隐士或修道人,但它在饕餮或捕猎时,凶性毕露,完全露出了强盗的本质。它果敢,凶猛,即使是遇到蛇也敢出击。白鹳的嘴像一把折叠刀,雪亮,锋锐。黄鹤毛色灰黄、陈旧,仿佛穿着破旧衣服的穷人,衣衫褴褛,神情呆滞,但这仅是一种假象。它们捕鱼时身手不凡,其喉囊有点像鱼鹰(简直是一个小型鱼篓,可以存放捉到的小鱼),带回去吐出来喂食幼鸟。黄鹤在山林间颇为常见,一般栖息在低矮茂密的灌木丛里筑巢,不易被人发觉,也不惧大风吹刮,却要防毒蛇袭击。

鸟类跟蛇向来互为天敌,就看鹿死谁手了。叼鱼郎呢,最常见的是那种黑白两色的,看上去洁净素雅,它们在河面上飞得又平又稳,仿佛是城里孩子操纵的飞机模型,一旦见到鱼类,就像飞刀一样射出,命中目标并飞离水面,仿佛是谁发出的一枚飞去来器。这种小鸟也在田野上啄食草根和虫子, 像小鸡在地上踱步,从容不迫,气度不凡,仿佛在院子上散步的人。偶尔也能见到浑身翠绿的叼鱼郎,头顶上突出一撮黄色或红色的羽毛,颜色鲜艳,犹如王冠。这种鸟行动迅速,飞得又高又远,似乎很少接近水面或地面，仿佛对捕鱼不减兴趣，但其捕鱼的本领高明之极。

大河里的鱼喜欢到小河及田垌繁殖，也许遵循的是某种神秘而伟大的天性，那是生命的直觉，此处的大鱼相对较少，对繁衍后代有利。当小鱼稍为长大，就会随着下一次洪水返回大河。在捕鱼者看来，每个河湾都像一个鱼塘，河鲜繁多，唾手可得。小河就像一个流动的鱼缸。我在小时候，觉得鱼类种类繁杂，南方常见的草鱼、鲇鱼、鲫鱼、鲋鱼、塘鲺、黄鳝、花星、木鱼等应有尽有，有三四十种之多。还有各类虾、蟹、贝、鳖类，仿佛永远不会穷尽。而河流也似永恒不变，谁知转眼间死期已至。

3.河流之死

随着岁月缓慢的推移，我们发现小河发生了难以察觉却不可逆转的改变。譬如河水的流量、流速都在减小，河岸越来越高，河床却在不断抬升。那些鹅卵石变得灰白及污糟，失却了颜色和光泽，淤泥越堆越高，连沙子也不再干净而被泥土所覆盖及代替。河床上长满了奇异的高大灌木及杂草，河流病入膏肓。河水逐渐变得污浊，气味不再清新，如果不是碰到暴雨倾盆或山洪暴发，已见不到一朵像样的波浪了。这直接影响到鱼类的生存。河流就像一座年久失修的旧房子，梁柱崩断，四壁开裂，摇摇欲坠，其倾覆乃是早晚之事。生存其中的各类居民，要么远遁，要么等死。总之，生灵越来越少了。

在二十世纪八十年代中期后,要找到一尾斤把重的草鱼,已极为困难了。母亲多年前牧鹅在河滩捡到一只毛蟹,这种往日多如牛毛的河蟹已不见踪影。而龟鳖之类,已不知所终。大堂哥在村边的“裂坑”(粤方言,小溪流之意)被一只红色甲鱼咬住脚拇指的情形,已经是十七八年前的事了。

大约在那个时候,父亲将一直放在杂物间或柴房的各类渔具搬出来,且就放在屋边,任其水淋日晒。那几个鱼笼,成了老鼠的乐园,逗得几只猫狗气咻咻地追逐。父亲决计金盘洗手了。这不是他突然大彻大语,不再杀生。偶尔我带弟妹去网鱼,也遭到父亲的呵斥。他振振有词:“江上的鱼有毒了,吃了不卫生。”我不服气说:“有毒怎么还不死,你看它们多么生猛?”我也注意到,能用网捉到的鱼类越来越少了。除了一些镰刀、沙皇、菩萨鱼之类的小杂鱼,要用网捉一条二指大的草鱼或鲫鱼,都是十分艰巨的任务了。

村庄的鱼池子正在被打破,鱼将灭绝,水将流失。对于村庄的人来说,河流曾经清澈干净,可资饮用,是天然的洗衣盆、洗菜盆,是村民洗濯什物乃至身体的场所。人们在河上洗草给牛吃,在过江埠杀鸡、宰狗,将禽畜的内脏扔给鱼争食。洗衣服的肥皂泡沫覆盖了埠头的水面。终于有一天,人们不敢再到河边杀鸡了,水太臭了,变黑了。过江埠下的水潭成了水牛的洗澡池。水底积淀着深厚的牛粪。每当午后或黄昏,放牧归来的水牛喜欢躺在水底下,美美地一卧就是大半个时辰,休息够了,才在牧童鞭子的驱赶下懒洋洋地起来。是的，凤凰村人在所属河面上，按其功能是区分严格的。上游保持干净，中游洗衣服，下游则是扔死亡禽畜的地方。但是，他们不顾及小河下游远处的村庄，只考虑本村人的利益。他们没有想到，在上游不过数里之遥，就有着类似的村庄，干着相同的勾当。村庄之上，还有村庄……悲剧就是这样诞生的。

死亡禽畜的污染不可小觑。“污染”这个字眼，在二十世纪八十年代的乡村，仍显得过于陌生，但污染没有片刻在停止。

生活污水，主要是洗菜、洗锅水及洗澡水了，会通过沟渠、裂坑直接排入河中，这些生活污水在村民们将洗头水替代了茶籽水后尤显突出。至于人畜粪便，村民要收集起来做有机肥之用，倒不怎么污染河流。村庄家家户户都养有鸡鸭猪牛等，禽流感来临之际，小河下游的河段堆满了死禽，偶尔还能看到肿胀如鼓的死猪，没有人会掩埋，更谈不上有何消毒或清理措施了。只有死牛，才有人想到挖坑掩埋，但往往埋得太浅，臭味像浓雾笼罩于村庄的上空，经久不散。即使每个村庄的上游都是干净的，他们也因这一个河段而深受其害。苦果是一点一滴地孕育并慢慢膨大的。在小河遭到灭顶之灾时，没有人考虑这个问题。每一个村庄都是这根锁链上的一环，谁也逃不脱其中的厄运和责任。等到河水发黑发臭，连牛也不想再饮用之际，村民们自食其果的时候终于到了。小河曾经是一根闪光的项链，挂在村庄光洁优美的脖颈上。如今，美人已迟暮，链条已锈蚀，一切都失去了生机和灵气。进入二十世纪九十年代，人们发现，河流正在进入它的死亡期，水越来越黏稠，几乎停止了流动。

近年来，小河已经奄奄一息，鱼虾几乎绝迹，连最普通的走水佬、花肚军、麻扁婆之类的小杂鱼都难得一见了。河床上倒是有一丛丛的杂树、荆棘和野草在蓬勃生长，其中的野蓖麻和颠茄，高约三米，在杂树中鹤立鸡群。颠茄开出的花朵犹如喇叭，白惨惨的，像死人的脸；有的又鲜红如血，看上去妖艳而诡异，散发着恶臭。这仿佛是河流的鬼魂在游荡。河湾上的几潭死水，漂浮着塑料袋、死禽和垃圾。绿得让人惊悚的水葫芦在疯狂地生长，那些肥厚的叶片像塑料布要将整个水面覆盖。

当河水不再流动，它已变成了一道臭水沟，失去了自我净化的能力。河流的死亡成为令人悲怆的事实。

多年来，那些无辜而纯朴的人，都参与了对河流的谋杀。没有人看到这种后果，也没有谁承担责任。他们将此处污染之后，选择了离开。稍为有点本事的人，已到了镇上、县城购房生活，做点小生意，过起了体面人的生活。能力稍逊的人，也要到城里打工，做走鬼，总比在村里种地要好。这种想法是现实而有效的，种地越来越难以维持生计了。农民的贫困潦倒乃至濒临破产，是这个古老帝国近两千年来的宿命，他们无法摆脱这个命运。城镇化的结果似乎给他们带来了一丝曙光。至于家园崩溃，那并不重要，只要成了城里人就好。有谁愿意留恋这个穷山村呢？他们似乎没将这个存在了数百年的村落当作家园，不关心河流、山坡及田野的死活。那些卑微的耕种者，也许从来就梦想着逃离。现在，既然有了一线希望，村庄的一切已不再重要。他们继续着对河流及山野的掠夺和索取，直至河流一无所有，山野荒芜。河流是大自然的镜子。它映照的是垂死的土地。土地的过度垦殖及污染是三十年来中国最大的现实之一。

我指责农民向山野索取是不厚道的。他们除了向山野找点糊口之物，还能怎么样呢？他们长期以来，在填饱肚子之后，还得向历代王朝及各级官吏缴纳种种捐税。他们本身也像被压榨的荒野奄奄一息。土地之死和农民的贫困是成正比的。他们是皮与毛的关系，当大自然彻底崩溃之时，农民们将发现，他们再也无法向土地索取一只可以充饥的土豆了。

贵族和大亨在向大自然索取宝石、石油和金矿而不知廉耻，农民对土地和河流的要求并不算过分。但问题是农民并不爱惜自然。这当然很难说是农民的责任，由于历代以来愚民政策的深化及其后果，他们无法受到有效的教育而成为觉悟者或现代性公民。我能指责他们放弃了与自然万物和谐共处的古老法则或民间智慧吗？当工业机器在古老中国大地上隆隆轰响时，农民们蠢蠢欲动了。他们从来就不甘心处于社会最卑微最悲惨的底层。正是稍有点头脑的打工仔成了第一代包工头，有点政府背景的人成了第一代乡镇企业家。

农民并不缺少温驯及纯朴，最缺少的是文化。这当然不仅是本阶层的悲哀。他们只好进城打工、做走鬼。他们像候鸟一样，一年中只在清明、中秋、春节等重大节日才返回村庄。他们发现在城市无法过上体面的生活，甚至喝不到干净的水和不含农药的蔬菜,要呼吸一口新鲜的空气都难得了。但是走出村子的人,宁死也不愿意回去。他们无暇顾及所谓的生活尊严及质量,他们得首先解决吃饭问题,然后攒点钱,供子女读书。即使大学读不起,总得让孩子读完小学及初中吧,长大后去打工也能写封家书,出门坐车也能认个路线。而回去就意味守着一个空寂而死灭的臭水沟或垃圾场。向土地觅食越来越难了,恐怕连成本也捞不回来了。那几块瘦田要抛荒就抛荒好了，在城里最好找个苦力活干(砖瓦工之类),找不到就摆个地摊卖烤番薯或其他小玩意儿,最不济还可以捡破烂,也总比在乡下种粮强。种粮时代过去了。这些人才是城市劳动人口的主力。

老人是不愿出远门的,他们走不了多远了。他们抱着跟村庄共存亡的念头,不愿迈出半步。中国传统的封闭与守旧在风烛残年的老人身上得到了双倍的放大。他们宁愿叶落归根，永守故园。出去还是要回来的。他们都大半截入土了,对生活已学会了忍耐及承受。他们平静如水。但他们内心的忧愁和泥泞一如被不断地堆积垃圾的小河。他们从孩童时代至今一直在重复着对村庄和田地的掠夺和践踏。不要跟他们谈论环保或生态,发黄的家谱和族长的遗训乃至村规民约,几乎没有一个字会提及这些,而讲究阴阳五行、坐向、地形、水土等的堪舆师也被当作封建残余铲除了。那些源自高深古籍的道理,也不是农民可以理解的。

为什么流水保持清洁逾数百年之久，却在近三十年到了万劫不复之境呢？归咎于今人不如古人有环保意识是简单的，却未免失之公允。时代毕竟变了，在过去的农耕社会，村庄、河流及土地的循环和利用是良好的，大自然从未失却自我净化的能力，一旦崩断，亦能自我修复。耕种没有化肥和农药，生活垃圾也多是可以降解的，即使堆满村边或河涌，也能通过大自然的吸收及洪水的调节而恢复生态。但在工业时代，乡土山野间遭到了毁灭性的一击。过度垦殖及大量化肥、农药乃至各类生长素、膨大剂之类的使用，使土地濒临死亡，而附丽其上的蛇蛙虫豸之类，被大量消灭乃至绝种。在日常生活之中，大量化工用品如塑料器具、电池、钢铁、橡胶之类，根本无法让土地吸收及净化。

在二十世纪八十年代之前，化工产品很稀罕，人们洗头还是用茶籽，顶多用药皂。不可融化或降解的垃圾越来越多了，光是装东西的塑料袋，不用几天就积满了小河。装满垃圾的塑料袋在村边的竹林中堆积如山，然后被搬移到河湾中。

在过去，这些“现代性”垃圾是没有的，那些农业时代的垃圾，一部分成了猫狗的食粮，一部分在土地中腐败并滋养草木。最可怕的是，随着村中耕作人员的减少，大量土地遭到抛荒，以前作为庄稼肥料的粪池，不再源源不断地输送粪便到庄稼地上去。日积月累的粪便都要爆棚了，并随着一场豪雨在村巷四处流淌，臭气弥漫，最终排入了河湾之中。生活污水就不必说了。这在以前都是不会出现的情景。农民在水田施的土肥，大部分被庄稼吸收或滞留于田中，但总会有一部分随着沟渠、田垌流失到石头溪、江竹溪等处并最终排入小河。那些盛装肥料的蛇皮袋，也是不错的器物，他们不会随手抛弃，而是在溪河中洗濯干净，拿回家待用。粪桶在使用之后，必须在水中洗净并待下次使用，这是向来的做法。当它装粪水时，污染还可说是微乎其微。但粪桶从来都是调配、盛装农药的容器，它将在农民喷完一次杀虫剂之后，连同喷枪在河水中洗濯，而用空的农药瓶被随手抛在沟壑及河湾里。这也许是鱼虾绝迹的根源之一。

参与对河流的伤害是多方面并十分可怕的，污染仅是一个方面，而淤泥堆积、河床升高、流量减少，则得益于修水轮机房之类鼠目寸光的水利工程。在中国大地上，主要是出于对经济的考虑，每一条略具规模的江河，从源头到中下游，都建成了一座座水电站或蓄水大坝。河流被反复腰斩，这就是当下河流的命运。村庄小河的水利工程微不足道，相较之下，无异于孩子玩耍的过家家游戏。

二十世纪九十年代以降，人们多用上了液化气，对柴草的要求接近于零，山上的杂树柴草蓬勃生长，林木葱郁，更青更绿了。按理说水源不会枯竭。但在凤凰村一带乃至全县，田地大片丢荒是事实，丘陵及山地却得到了过度乃至畸形的利用。大多被开辟为荔枝园、龙眼园、芒果园之类的果园，更可怕的是种上了速生林。速生林生长奇速，三五年可成材，然后再种上新一批，宛若割韭菜。但有人说其对地下水的抽取，更是杀鸡取卵，讥之为“抽水机”。有能力承包山林的不是普通农民，包工头、乡镇新贵以及某些政府官员往往是这些果园或速生林的主人。而果园是需要大量清水灌溉的。像凤凰村的小河，水源枯竭，几欲断流，上游除了漫山遍野都被果树、桉树占据之外，还被“新兴地主”挖了无数口鱼塘，数以百计的抽水泵在日夜运转，将濒临枯竭的水源抽取殆尽。

对于一个建筑在水边的村庄来说，河流的干涸是一个悲怆而严峻的事，但大伙儿或麻木或愚昧，无动于衷。他们没有采取任何措施及行动去抢救。仿佛河流的死亡及逐渐荒废的村巷，跟生活毫无关系。即使抛开任何美学或风景上的意义不提，河水断流已日益威胁到村民的生活。随之而来的是田地干旱，井水减少并变酸，人畜的饮用水将变得艰难和昂贵。然而，那些背井离乡在异地打拼的人，无暇亦无力去想一想河流以及村庄的将来。他们仅于节日在村庄逗留数天，除了拜神仍保持严格的仪式并迫使自己略为平静，一颗躁动不安的心，不会为村庄花太多心思。留在村庄里的老人及小孩，自顾不暇，无视河流的变化。

孩子可能是空心村最大的受害者。他们大多数被隔代抚养，那些颤巍巍的老人无法根据时代的变迁而对小辈进行有效的教育。这是看香港武打片、古惑仔漫画及玩变形金刚长大的一代，麦当劳开到了偏远小镇。目不识丁的长辈即使有几个会讲吴刚砍桂树的故事，也会被孙子用“环形山脉”的科学理论驳得哑口无言。他们无法驯服那些烈马似的孩子。他们束手无策。天上的星座仍然明亮，天空及空气暂时没遭到污染，凤凰村没有任何圈地建厂的迹象,城市化也许过几十年都不会光临中火嶂以及周边的村庄,没有几个孩子再愿意或有耐心倾听爷爷指点繁星解说星座的秘密或传说了。他们除了做那些没有多大意义的作业,就是消费电视、流行曲及游戏机,有的孩子学会了用DVD看黄片。

后来,上网将大多数初中生吸引到了网吧。这比二十世纪八十年代的游戏机、录像室及桌球馆更让家长及老师头痛而棘手。那些只读过一两年小学(或没上过学)的老人只能凭经验教育孙辈,发现他们迈入的是一个捉摸不透的万花筒般的时代。他们落伍了!一个六岁的孩子都会这样指责他们。

孩子们似掌握了大量信息而显得早熟。但他们仍盲目而无知,浪费着无尽激情,也倍感孤独。他们偶尔也想念父母,却发现父母的面容日渐模糊。一年才数天的见面及沟通,无法使孩子寂寞的心得到抚慰。即使有能力赚到供子女上大学的钱,大多数孩子也在高中毕业之前,过早地跟随父辈进城谋生,然后是结婚生育,将下一代留在村庄,交给自己的长辈。即使有的孩子志存高远,也不会是城里孩子的对手。这种无法挽回的命运,使那些过早成熟、胸怀大志的聪慧孩子,感到双重的痛苦和失望。

在思考河流之死乃至土地伦理时,我想起了阿尔多·李奥帕德的《沙郡年记》。该书跟亨利·戴维·梭罗的《瓦尔登湖》堪称自然写作双璧。尽管该书有着田野调查式的谨严及学术性著作的外壳,但其对自然沉思的深度和诗意,跟后者相比毫不逊色,反而多了某些客观、冷静的洞见。书中大量植物、动物及其生态环境的叙述，结合了历史、哲学和诗学的言说，刻画精细生动，笔触悠远空灵，既气势磅礴，又宁静致远，既严肃深邃，又清新轻盈，这是一部可以让人于瞬间安静的书，让人如置身于清风徐来、鸟啾泉鸣的幽深林中。作者并没有停留于对田园牧歌的吟唱，而是指出了工业时代之后土地死亡、自然崩溃的悲怆事实。作为敏锐的生态学家及思想家，李奥帕德对土地伦理及自然保育有精湛研究并在书中将成果清晰地呈现。他有将自然事物玄学化的能力，使该书超越了科学考察而具有优美的文学性。他指出了土地伦理的观念：人类应对大地摒弃征服者的姿态，而换以谦卑的态度；野地的消失意味着人与自然的最后维系已断裂，而人类扰乱大自然必将扰乱人类自身。就此而言，该书对人类及其家园的重要性，仍未获得足够的重视。一九四三年，李帕奥德死于扑救山火。

我一直以为，东方文化强调整体虽有忽略个体或个人的弊端，但其天人合一、崇尚自然的思想却使大自然生生不息，循环往复，能保持物种的多样化及生命的活力。而西方文明虽然对个人给予了最大的尊重，但其享乐主义和科技至上乃是建立在掠夺和毁坏大自然的基础之上。人类扰乱大自然的结果必是扰乱自身而在劫难逃。在瓦特发明蒸汽机之后，大自然隐秘的链条已断裂而无法修复。这不仅是人与自然冲突的根源，也是种族之间、国家之间乃至文化之间冲突的根源，在争夺能源、核威胁、恐怖袭击、生态恶化和社会非正义笼罩的今天，和平深受威胁。

雷蒙·潘尼卡在《文化裁军——通向和平之路》中深入地揭

示了现代性的后果。他从人的本质、宗教、政治及宇宙本体诸个角度重新定义了和平：和平是和谐、自由和正义三等分扇面构成的圆，而被“爱”之圆心所联结（但丁诗云：推动太阳和星星的爱）。认为任何形式（包括个体、体制、政治或宗教等）的独裁和专制不会带来和平，建立在现代科学及文化基础上的竞争、发展、进化、胜利和征服也不可能通向和平。他清晰而严谨地论证了和平的条件就是文化裁军，而特指肇始于西方而肆虐全球的现代性文化（尤其是技术统治和进化宇宙论），将使其成为垄断文化而最终崩溃。进化的、竞争的、战争的上帝，不是和平的上帝。只有吸取人类数千年的历史教训，在平等基础上寻求诸种文化的对话才可能有和平。这表现了作者对某些狂热和绝对主义的彻底否定，这要求个人有足够清醒的头脑及植根于宽恕的行为。作者对当今时代的重大命题——和平、战争、宗教、科学及生态诸领域的论述都让人耳目一新，表现了他极强的综合平衡能力。这本身就是一种跨文化对话的完美示范。该书结尾振聋发聩：“你要有和平吗？自己准备吧！”然而，道理大家都明白，但去不去做是另一回事。人类从不缺少真知灼见，只是身体力行乃至为真理献身的人太少了。

4.园山

村庄四周多是形状相似的丘陵，连绵起伏，或浑圆丰隆如好乳,或狭长如砥石,或山体光秃,或林木茂密。山太小了,很少能看到泉水。在两山之间的带状洼地,便是田垌,常修有水渠或溪涌,一年四季,流水不断。垌中多为水田,此乃村民安身立命之本,主要种植水稻,一年两造,有时亦种红薯、香芋诸粗粮。

山脚多为坡地,土质松碎,故难蓄水,要种稻子(旱稻)或小麦亦无不可,但较低产。多种薯类、豆类诸作物,亦种甘蔗(糖蔗耐旱,果蔗多种于水田)、黄麻等。坡地之上,已到半山,柴草茂盛,树木掩映,多为林地或砍柴处,村民平时所用燃料,大多出于山上的芒草及小灌木。芒草柔软如丝,晒干后体积更小,火势甚佳,且灰烬不多,是乡间理想的柴火。当然,芒草总杂有铁芒萁、山稔、扫把树等杂草及灌木,既不易采割,又不好烧,倒也不必清除。

山上的树木多是桉树、松树、苦楝树、相思树等,多为前人所种。树林多属集体,私人亦偶在自留山地上种树。树叶尤其是橡胶树叶及松针,乃是极佳的燃料,打柴火的孩子用笊篱收集回家,乃厨房的上等柴火。松树上毛毛虫密布,以松针为食,一旦触及皮肤,痒痛无比。

园山在长滩的南岸,外貌像一个面包,整体浑圆,顶部隆起。它和牛洼山、马自山之间的狭长田垌乃是村庄重要田垌江竹垌,江竹溪绕着园山流过,土地庙就在园山脚下,河流旁边。山脚四周是稻田,稻田往山脚延伸,有数十畦菜地,一年四季,蔬果不断,通菜、白菜、芥菜、油麦菜等轮番登场,葱、蒜、韭菜和荷兰豆为菜园的常见之物。这些菜地在坡地上呈梯级分布,不易被牛羊啃食,又靠近河溪,浇水便利。山腰往上,遍布着桉树林、松树和杂树林,林木不算高大,倒也算枝叶丰茂。

我曾反复梦见园山的每一处地方,菜地、山村及柴草中隐藏着的鹧鸪,还有无数件稀奇古怪的事。梦境是如此神奇、广博和飘忽,无法准确地描述,连梦的大概也讲不清楚,但仍能感觉并在临睡前通过回想而浮现在眼前。梦境是另一个维度的世界,它偶尔跟现实交叉,但大多数时候保持着平行或处于另一个天地。越是超越现实的梦境越难捕捉,一个孩子的梦幻更具有梦本身的色彩和性质,神奇、变幻、无从捉摸,即使可以再一次将梦境重现,而一旦回到现实,已不知所终。譬如我能想起园山的每一样事物,我知道我梦见了它,却将事件及场景一一遗忘。只有极少数时刻例外。或者,我通过诱导在夜间反复做同一个梦(人可以两次做同一个梦吗?有两个梦是完全一致的吗?)来加强对其挖掘和追忆。只有那些模仿现实的梦境容易记住,但是比生活本身更单调、枯燥和冗闷。梦与现实的界线混淆不清而难以区分。一个人在睡眠中到了另一个世纪,他在奔跑、跳跃,或像鸟一样飞翔,甚至跳出三界外,不在五行中。淳于棼那个进入了大槐国的神奇之梦,就高度概括了无数人的梦境及人生。

关于园山,我能大略记述的梦境有几个。

其一, 园山在我的梦境中具有崇山峻岭的高大和广博 (也许,中火嶂在梦中巧妙地覆盖了园山并一再放大?),山中峡谷密布,飞瀑流泉在嶙峋山石间倾泻,而山峰之上修筑的城墙绵延数里,城墙里面有一个繁荣而自由的国度,沃野千里,屋舍无数,层层叠叠,店铺林立,到处有鸟语花香,屋顶上的青瓦如鲫鱼的鳞片一样细密和合乎秩序。城垣上挂着一面大旗,写着这个国家的名称,但这已无法记起。那是一个孩子在最大程度上所能想象的理想国。然后是外敌入侵,无数敌人乘坐大船往山城进攻。一时间,飞矢流石,血肉横飞。在梦中我并不惊诧大船如何能顺着山坡往上前进,因为梦境中的山城迅即转化成了一座庞大的海岛,敌人的船队在波涛怒海中疯狂进攻。梦境自动修正着其合理性。在跟敌人的无数次攻守拉锯战之中,我俨然是大将军,白袍银甲,白马银枪,披挂上阵,身先士卒,率众击退了外寇。梦境宏大、瑰丽及惨烈之程度,当然不可复述于万一,而我在梦里度过的神奇生涯跟淳于棼亦有相似之处。当我醒来,并没有因为失去梦中世界而悲伤,只是感激园山给我的梦境提供了模具和器皿。让我醒后仍兴奋不已。不是说我有什么做大人物的愿望(恰恰相反,我随着年龄的增长更趋向于厌恶任何形式的权力,而享受于一个人的孤独与安静),而是我于平庸琐碎的日常经验中有了一次神奇的经历,它改变了我在生活中的单一和平面,使我在无法变改的乡村生涯中出现了深度乃至神奇的陌生国境。当然,梦境中各类事物的意义是不可拆解的,也未必有什么意义。你永远无法解释一个梦。就像你永远无法抓住梦幻水底下的一尾金色大鱼。它不是真实存在的,也难以被清晰地言说。在这个意义上说,弗洛伊德建立在空穴来风和捕风捉影之上的精神分析学，就比梦幻本身更显得虚无和飘忽。

其二，园山是一条通天大路，路面全由浅蓝冰雪堆积而成。大路的两边全是悬崖，而这条路如此宽阔，简直像有边界而无穷伸展的平台，它指向无限和神秘，我不知道道路前头到底有什么（也许什么也没有，远方的前面仍是远方，道路的尽头仍是道路）？我疯狂地奔跑，路上只有我一个人。路面像镜子映照着我的影子，而后头的道路融化于瞬间。我仿若火把穿过冰层。我永远不可能到达终点，我也无法停顿下来，沿着大路最终能跑到地球的外面去？我不知道为什么要在上面奔跑。我也无法从路上逃离。不断地奔跑，奔跑，那就是我生活的全部。我不吃不喝，没有休息，没有睡眠。我的任务就是不间断地奔跑下去。这甚至谈不上是一种惩罚，而那种奔跑本身没有任何隐喻性及形而上的东西。直到我被清晨的鸡鸣惊醒，我才得以在无穷尽的奔跑中脱身而出。那条无限伸展的道路，曾是一座大山幻化而成的景象，已牢牢地占据了我的记忆。

有一个梦是这样的，村里来了一个考察队（我乃其中一员），将踏勘、整合村里的文化旅游资源。在牛洼山的坡地上，发现了一个巨大的厕所遗址，虽然墙垣坍塌，柱梁断裂，灰沙剥蚀，但仍从其巍峨如宫殿般的高墙想见当日之气势，而那个粪池宽广如湖泊。更难得的是，它有数百年历史了。这就成了文物。考察队的人兴奋不已，认为这将是村子的文化名片，有待包装、开发。这个梦略显古怪，我不知道所从何来，又隐喻着什么，也许它无关指涉，一个梦幻而已。考察队在将近黄昏时跋涉到了园山脚下，这是一座高耸入云的大山，奇峰如柱，山尖堆满积雪(我可能受到第四套人民币十元面额图案珠穆朗玛峰的影响，在梦中，园山的高度和形状完全模仿了这座世界第一高峰)，辉煌的晚霞打在山上，将群峰染得金光灿灿，神奇的事情出现了——这座高不可攀、耸入云际的大山布满了雕像，与其说山上的每一座山崖都被雕成了神像(人像)，毋宁说这座山由数不清的雕像所组成。那些雕像面目不同，形态各异，或蹲或站，有的作势欲奔，有的在踱步或歌吟。这仿佛是诸神的乐园。事实上，我记不清任何一个雕像的面目，只记得山上金光闪耀，跟天上的彩霞融为一体。这让考察队欣喜若狂，纷纷爬上山去。这样一座布满了雕像的高山，无疑是世界奇迹。有人大胆假设，这片土地在洪荒年代乃神奇之所，曾经生活过史前时代的一个巨人部落，而那些雕像乃巨人的化石，就像恐龙的化石一样，这些巨人的遗迹正好解释那个厕所何以如此巨型。然后，考察队成员之间、考察队与村民、考察队与当局发生了无数纠葛及离奇之事，我大多忘了。我只记得当我将报告递给市长时，市长也喜出望外，派了一个施工队准备开发景区，山还是那座高山，却怎么也找不到那些雕像了(这无疑在潜意识中抄袭了陶渊明的《桃花源记》，并掺杂了卡夫卡《城堡》的某些情景)。那些场景我记得清清楚楚，这个梦境最有价值、最奇异的部分在于考察队成员之间的纠葛，但我全忘了。我只记得我在梦里写出了一部杰出的小说，但我马上醒悟，我不是真的写下了这个故事，而是在梦见我完成了它。因此，必须马上起床将故事概要记录下来，我就有望在醒后抓住它。于是我克服了睡眠的惰性披衣而起，将故事完整地记述，并回头过了一遍，对自己的记忆力深感满意。

然而，这一切只在梦中发生。当我彻底苏醒后，我依然无法抓住一鳞半爪。类似的事情，我重复过多次，但没有一次在现实中成功地将梦境记录或复述。

关于以梦幻为题材的现代文学，很少人能像米洛拉德·帕维奇的《哈扎尔辞典》做得那样出色（在中国古典文学中，唐人李公佐的《南柯太守传》自然是不朽之作，蒲松龄的《聊斋志异》亦多有述梦之名篇）。此书以辞典的方式，讲述了剽悍的游牧民族哈扎尔在“宗教大辩论”之后改变信仰，于中世纪突然消失的谜团。内容丰富博杂，包罗万象，将神话与真实、幻想与现实、史实与伪经相互缠绕，盘根错节，完全拓破了传统小说的线性叙述。让人啧啧称奇的是，辞条并不是孤立的，它们之间的拼嵌、互文组合成了有迹可寻的完整画面。辞条既相互支持，又相互拆解，从而使小说具有多重阐释的可能，呈现出迷人的开放性结构。那些辞条像蛛网一样交织，纵横交错，有着隐秘而惊人的内在秩序。辞条之间的交叉、呼应和补充，使其成为一部元气充沛、浑然天成的小说，毫无割裂感。就小说中对于梦中人、梦中事和梦中世界跟捕梦者的对峙关系来看，又堪称是一部百科全书式的梦之书，穷尽了梦的各种形态及梦与现实的关系。小说学术性著作般的严谨姿态及故事上的诡异离奇，构成很大的张力。叙事上的变幻莫测和语言上的锤炼精妙，也跟本书梦幻般的氛围相契合，让人有身临其境之感，既如坠入色彩斑斓的梦幻世界，又如乘坐时空穿梭机穿越于历史与当代。

园山上栖息着不少鸟类，鹧鸪能卖到一个好价钱，所以常有人追捕。

我曾看到园山出现了一顶雪白的蒙古包状的捕鸟网。它在山坡上缓慢地移动，它的中轴是一根竹竿，被猎鸟者牢牢掌握在双手之间。他举着那架大网，一只狗跟在身边跳来跳去，吠叫不止。远远望去，那面大网就像是一朵白云，或一团雾状之物，那个情景契合我梦中出现的事物。当猎鸟者遇到鸟雀，就会将大网像锅盖罩下来，直到将猎物捉住放入竹笼中。这种捕鸟法比用猎枪优胜之处在于可以捉到活鸟。竹笼里已有两只鹧鸪，它们在不安地跳动和鸣叫。

那个捕猎者是一个陌生人(很有可能是外地人)。他不因为有斩获而欣喜，他像是从另一个世界闯入的人，他的忧郁几乎将草木染上了灰暗的色调。

5.中火嶂

中火嶂是粤西名山，气势雄伟，奇峰罗列，主峰海拔近三百五十米；跨越官桥、石湾、新安等数乡镇，离我村只须步行半小时，越过数座丘陵及田垌即到。父亲常说，如果迷路了，就朝着中火嶂的方向走，中山嶂是我们家乡。山上林木幽深，泉水叮咚，四面八方都有山涧流泉，是无数条小溪及河流的源头。凤凰村边的小河，有一条支流亦发源于中火嶂。山上野果丛生（夏秋二季，山稔果遍地皆是），野兽出没，登高望远，视野开阔，可望远处大河波涛闪光。四周的水库如都坑、湾头、六蓄等多处，如明镜晃动，清风徐来，心旷神怡。山下屋舍如火柴盒般大小，田畴亦不过如作业本般宽阔。

据说，中火嶂以前尚有老虎出没。山脚下的庞村，有一户地主雇了两个佣工，三月时毛薯藤蔓缭绕，要上篱桩了，便到中山嶂砍杂树做桩，忽闻一阵恶臭袭来，一人担心地问："不会有事吧？"一股旋风出没，一人当场吓晕在地，一人拔腿就跑，边跑边喊："有老虎呀。"他回去一说，大队人马拿起鸟铳，敲锣打鼓冲上山去。众人都看见老虎金黄的身影了。老虎一溜烟跑了。那晕过去的人，背部被老虎撕去了一大片皮肉，血肉模糊，却捡回了性命。

山上又有野猫、野猪和龙狗（当地对某种野狗的称呼，疑为某种犬科狐属动物）诸兽。龙狗最爱偷鸡喂小龙狗，它用嘴叼住鸡。如果有人看见了，就拼命追赶，去捡龙狗匆忙之中掉落的鸡。按乡间惯例，谁捡到就归谁。有时，龙狗被赶得紧了，就将鸡扒土掩埋，但匆忙间埋得不深，被人找到又刨将出来。如果被人发现了龙狗的窠穴，那就发财了，劈几片松木桩插在洞口，母狗进不去，小狗出不来。母狗只好不断地去叼鸡，抛在洞口处，以让小龙狗充饥，却被人们不断捡了吃。发现了龙狗窠，就好比发现了一个聚宝盆，可以不断地吃鸡。在乡间，没有比鸡更好吃的了。直至吃腻了，才下手去捕小龙狗。

山上野禽亦多，山鸡(茅鸡)、田登鸡、野鸭、鹧鸪等很多。我曾在山上跟一只大鸟遭遇。它从松树上振翅飞起，转瞬间即没入了草丛，不见踪影。它有着五彩缤纷的羽毛，光华夺目，我不知道它是什么鸟，却在记忆中留下长久的印象。

中火嶂野果种类繁多，数以十计，野山竹、布渣子、山蕉果等随处可见，最多的是山稔子。清明过后，山稔开花，漫山遍野都是粉红粉白的山稔花，清淡素雅，略带土气，仿佛每一朵花都带着乡村姑娘的羞怯和谦卑，谈不上天香国色，也不算特别鲜艳，却自有几分质朴和清新，让人亲切。六七月间，山上山稔成熟，由青转红，继而发紫，汁多味甜。

山稔果遍地皆是，多如海沙，无穷无尽，采之不竭。中火嶂四周的数十个村庄，都有孩子头戴草帽、臂挎竹篮前去采摘。我多次跟同伴或独自上嶂摘山稔果，一边摘果，一边登山，先填饱肚子，再装满篮子提回去。这种山稔是粤西最常见的野果，遍布两广，每一座丘陵乃至田头坎坡都能见到踪迹。凤凰村的马自山、园山、鬼落山、门星岭诸山亦盛产此物，却不如中山障更密集。这种小灌木又名桃金娘，在嶂上长到三四米高，粗如儿臂，有的老树怕有上百年了。今年砍伐,明年又抽枝散叶,照样开花结果。

在中火嶂东南向一个山麓的谷地上,有一溪水流过,山坡上有一大片野生山竹林,乡人称之为“莲芽”。林中藤萝缭绕,果树茂密,旁边的山溪水流击石,声音悦耳,溪畔苇草如旗,随风招摇。在七八月间,树上硕果累累,生果子呈青色,熟了表皮澄黄,果肉分瓣,亦黄澄澄,跟我多年后在省城超市见到的山竹差别甚大,尽管果肉形状相似,但果实外表及颜色都迥然不同。山竹呈黑褐色,果肉白色,使我疑心“莲芽”并非如别人所说的就是野生山竹。山竹果肉清甜,“莲芽”虽有甜味,却奇酸无比,不敢径直咬食,只能囫囵吞枣,骨碌吞下腹中。饶是如此,吃得多了,牙齿仍酸得连豆腐也咬不动,连牙刷也不敢碰。

来采摘野生山竹的人不多, 树底下密密匝匝地铺了一地金黄,犹如金锭遍地,空气中弥漫着又酸又甜的气味。我第一次潜入果林,乃独自一人。林中幽静无比,林子狭长而宽广,从山脚一直延伸到嶂坡,怕有好几百亩。而四周草树繁茂,涧水淙淙,不闻人烟,仿若置身于世外桃源,又或九重天之上,似误闯入王母娘娘的蟠桃园,既兴奋又略有忐忑。

中山嶂脚下颇多村庄,村头地尾亦多见大榕树,以供村民遮荫休憩。榕树村在嶂坡上辟有茶园,所产“榕树茶”,名声在外。北麓山脚(处于凤凰村之南)有数道山溪汇聚成一处大山塘,堤坝高筑,出水口修有水渠,旧时供水磨及灌溉之用,至二十世纪八十年代,磨坊已废弃,水面颇开阔,清冽见底,有几分“天池”之气概。中山嶂地形险峻,乃兵家必争之地,以前亦为革命老区,山上活动着共产党的游击队。

父亲跟我说过,游击队昼伏夜出,神出鬼没,让驻扎于石湾墟一带的国民党及乡兵闻风丧胆。而双方交战,又每以凤凰村为分界线,他多次目睹双方枪战。

有一次,石湾乡兵到凤凰村收税,遭到共产党伏击,他们从中火嶂下来,埋伏在马自山、园山林木深处,抢占了制高点,而乡兵即在门星岭上对峙。父亲当时跟几个小伙伴在村边的"裂坑"溪里捉鱼,忽听得桥瓮儿传来炒豆般的枪声,子弹在门星岭、马自山和园山之间如飞蝗般穿梭。游击队的人勇猛异常,而国民党从村中撤出,直退至门星岭,又招架不住,只好且战且退,往石湾乡撤退。游击队大呼酣战,直逐到佛子村,乡政府派出增援,方才撤回。双方你来我往。凤凰村中筑有碉堡,里面守着十几个保安兵,收税前必出来放哨,于鬼落山、马自山布防,就是要防止中火嶂上的游击队来袭击。凤凰村是双方势力的中间地带,又是双方驳火的战场。游击队勇猛扑击,冲锋陷阵,而国民党的乡兵就常作卧倒状,情形狼狈。游击队常杀过凤凰村直到佛子村,而国民党就不敢去中山嶂。村民皆为国民党治下顺民,虽无几人参加乡兵,保安队长却是村中首领,又兼当时"禁头"(当地的一种特殊职业,主要职责是维护村中治安)。村中没人参加游击队。

在二十世纪八十年代到九十年代, 我十多次爬到中火嶂上去,每次沿不同路径,尽得登山之乐。我发现上山的道路不止一条。每走一条新路,都会有不同的收获。山上曲径通幽,野果飘香,最常走的还是沿着那段盘山公路,长约三四公里,走完公路,又得越上数座山峰,正是一山还有一山高。沿着高陡的羊肠小道,抓住路边的灌木,一步一个脚印,一个多小时的攀登,就可上到嶂顶,视野极为开阔。山下村舍田畴,犹如缩微景观。山坡上有几块巨石,平整光滑,犹如石台石床,没听到相关的民间传说。据说在二十世纪九十年代中期,山上修建了登山石阶及几个凉亭,是谓旅游风景区,不知游客几何。

一九六〇年前后,传闻蒋介石叫嚣"反攻大陆",我方大量修筑防御工事,在中火嶂亦建了多个防空洞,公路两旁有多个洞口,从洞口探头望入,里面潮湿黑暗,但洞内幽深,时闻滴水声,青苔砾石密布,看来废置多年。据说里面洞府宽广,幽深,有厅堂、卧室乃至厕所,既可贮粮,又能住人。其中一洞横贯嶂坡,从东面进去,可以从西边出来,怕有十几公里,说得神乎其神。我一直深感好奇,也曾经跳入洞中,臭气熏天,黑咕隆咚,终究不敢往深处走。过了数年,又约了好友拿电筒、火把以防二氧化碳,准备来一趟探险,却发现洞口被军队用水泥封闭了。这是二十世纪九十年代初的事了。我有二十多年没上中火嶂了。

我少年时上中火嶂,纯粹出于实用目的,乃是为了采摘山稔、"莲芽"等野果,竟无多少观赏风景的闲情逸致。一直想过重返中火嶂,至今仍未成行。

小时候,我时常于梦中登中火嶂或做过相关的梦境。要讲述或描绘梦境几乎是不可能的。除非你用的是梦幻般的语言。讲述或谈论诗也是如此,除非你使用诗的语言而非日常用语。重现梦境或追忆梦幻都有其可能性,只是你仍然无法形诸于笔端。我常于夜深人静之际,于半梦半醒之间,努力在脑海里搜索往日那些关于中火嶂的梦境,正如人不能两次涉足于同一条河流,却能在最大限度上逼近那个梦,正如一条河流对另一条河流的模仿,总能获得不小的成功。我反复使用这个方法,将自以为重要的梦幻捕捉并一次次强化,其中有中火嶂的相关梦境。当我试图用语言去讲述其大概时就略具可能性。

其中一个梦是这样的，中火嶂像一艘蓝色的大船航行于浩瀚的海面上,转瞬之间又变成了一座巨大的城堡。在城墙外面,有一支军队在攻打,而我则指挥城里的人防守。画面在不断急剧地变幻,人脸像走马灯似的转换。我的身份也在变化,城堡成了一只巨桶,城墙成了桶壁,而无论怎么变化,做梦者永远是主角。我时常梦见我骑着高头大马跃上中火嶂,率领千军万马,这不是所谓建功立业的想法，而纯粹是受木偶戏或小人书中赵子龙白马银枪的影响,我太喜欢这个人物了。在梦中,有时我骑着大鸟在嶂顶的碧空上飞翔。有时我像鸟一样飞。

我梦见中火嶂变成了一座晶莹剔透的玉石之山，阳光照耀下,闪闪发光,因为四周都是低矮土山,这座大山就显得太过神奇，太过重要。而山脚下的湖水倒映着云雾缭绕的刀刃般的山峰。我跟一帮人走在山路上,路边的石头都是宝石,没有一棵树,没有一根草，开始时，我们在山边上穿行，后来发现竟置身于山体内部，整座大山犹如一座玉石建筑和雕琢的宫殿（二〇〇五年七月，我在甘孜稻城上看到阿丁神山，那座山上雪峰巍峨，山尖如锥，觉得似在梦中见过）。梦境在不断延伸、繁衍、流动，犹如河水在变换着不同的浪花，要讲述梦境何其艰难，只能约略说过大概。那些情景、人物的脸庞和四周的事物都显得飘忽莫测，不可捉摸，瞬息万变。画面、时空和人的想法及行为，都像河流上耸起的浪花，于顷刻间涌现而又破碎。我在睡醒之后，就遗忘得差不多了。后来的捕梦或追忆只能影影绰绰地记得大致的轮廓，这足以让人心神俱醉，要形诸笔墨或语言，却无能为力，亦无法保留梦境的神奇之万一。那座庞大的水晶或玉石宫殿，忽然又变成了一座普通的大山，而山尖被一把无形的庞大的钢刀拦腰削去，是谁在虚空中挥舞着那把钢刀？中火嶂的横截面成了一个无限宽阔的运动场，上面椭圆形的石灰线在标刻着跑道。四野岑寂，山风吹拂，我独自一人，在沿着跑道奔跑。没有观众，没有裁判，没有竞争对手，但我在不断地奔跑。没有起点，也没有终点。我只在天穹下的这个无边无际的运动场奔跑，没有目的，没有计划，不断地跑呀跑，仿佛一直要跑到世界的尽头。后来，我才猛然发觉，过去也做过相似的梦境，但梦中地乃是园山，如今被置换于中火嶂。山大多了，那种怪诞之感愈加强烈。

我还梦见我是一只大鸟，双翅伸展，可以将中火嶂完全覆盖，我的翅膀是如此巨大，以至于难以飞翔，只有夏季台风吹刮，我才可以借助风力扶摇直上九万里。可能，我在梦中跟那只神奇的大鸟相遭遇，并渴望成为那只鸟；且记起了一本叫《中国寓言故事》的小册子中的相关故事。中火嶂也是一只大鸟，它飞起来，我仿佛是它，又仿佛是另一个无形的大鸟站在云端之上注视它。

中火嶂不仅给我的少年时代提供了野果、风景，还给我提供了一个梦幻的场所，或梦境的容器。我做过数不清的关于中火嶂的梦，以它为舞台，我仿佛扮演过无穷尽的角色或生活。一个人仅拥有现实生活是不够的，他必须同时拥有梦幻的世界。我在梦中从事过不同的职业和生涯，甚至化身为天地万物，中火嶂就像一个宇宙容纳了这些奇异的情景和事物。要完整讲述一个梦境是不可能的，除非你使用的是梦幻般的语言，看似破碎实则流动，看似模糊实乃精确，正如你要复述“大海”、“宇宙”之类的全部，就得动用跟实际事物同样繁多而宽广的词语。一个人如果只拥有现实世界，那么他的生活就不够完整和美好，太单调、太苍白了。他完全将黑夜的神秘和奇幻错失了。一个常沉湎于梦境中的人，就拥有了两倍以上乃至更多的生活。他在另一个世界里的生活更精彩和神奇。那也是现实，是另一个世界。我少年时就是这样的人。

随着年岁增长，梦幻逐渐枯缺及萎缩，犹如星球的坍陷及死亡。近年来，所做的梦跟现实渐趋一致，混为一谈，而缺少神秘及变幻的梦幻性质。我将此称之为现实主义之梦，它是对生活的抄袭和复制，换言之，它寄生于现实生活而没有灵魂及活力，毫无创造性可言。梦的本质是自由的,无中生有的,它无须附庸于陈腐破旧的现实图景。一个复杂而神奇的梦,是一部巨著,是一件艺术品。梦的核心就是神秘而超越历史和记忆,它拒绝任何形式的捕捉、凝固和阐释。梦即诗。如果梦沦于对现实的复制与模仿,那就是梦想者的堕落和梦境的僵化,生命变得迟钝和平庸。当梦成为日常琐事的抄袭和附庸,就已失去了其独立性——即栩栩如真又不可捉摸的变幻性。

一九四九年之前,化州寺庙甚少,而庵堂颇多,这不知是何缘故。化州城郊外禾化处有唐荫庵,庵有佛像、尼姑及田产若干。再往北部近十里处,石湾乡李山村处有大石庵,再十来里处到新安乡榕树村处,有一神仙庵。在两庵之间,建有甬道,用火砖铺砌,宽逾一米,向为交通要冲,若遇高山大丘,必开山掘路,以利通行。这庵堂倒有几分驿站的感觉了。

这神仙庵广为人知,不为其他,乃因一口奇井。在山冲处有数丘水田,庵堂建在凹口,在水田中有一块长三四米高逾一米的大石头,半截埋入田中,石头上有一细小泉眼,泉水涌流,四季不断。尼姑在泉眼旁用砖石砌出一个正方形水池,井水溢满,长年不息,用之不竭。这水甘甜无比,榕树村人喝茶,用此泉水冲沏最妙。此水之妙,有人做过试验,用碗盛了泉水,另取七八个碗装来源不同的井水,这神仙井的水七天后才有蚊虫,而他井之水只三四天即腐败变质。该泉名声大振,传遍四邻八乡,后来还引来了港商,此乃后话。

听中火嶂老人讲述，这泉水又有个传说。据说清末民初，化州有一少年统领因清朝覆亡，遂逃入庵中，男扮女装，得以保存性命。快过年了，村中有个穷人去算命，算命先生说他今年必有飞来横财。但他到了年三十晚，仍一贫如洗，闲极无聊之际，遂逛荡到庵堂看女尼张贴对联。只见一高大尼姑登上梯子，抬手贴那横批。他一仰头，就看到了该人胯下那壮观物事，不禁惊呼出声。那冒牌尼姑赶紧将他唤入内室，塞了一笔钱作掩口费。飞来横财之说，果然应验。一九四九年后，破"四旧"运动兴勃，庵堂活动禁绝，尼姑被驱逐，不准再念经礼佛。那冒牌尼姑终于东窗事发，屡被批斗，觅得时机偷渡到了香港，竟然如大鱼脱却金钩摆尾去。一九五八年时，举国大炼钢铁，村民将庵堂的砖石拆掉建高炉，至公社化时期又将剩余墙垣拆来建生产队的办公室，好端端一座庵堂被夷为平地。"文革"后，有工作队入榕树村，见村民犁田，常被田中一巨石阻隔，殊为不便，牛亦惊惧不前，遂提出平整田地。于是工作组发动群众，用十字镐、鹰嘴锄之类的利器，将石头生生砸碎清除，更有利于耕作。村民奔走呼告，都说工作队为群众办了件大实事。但那泉眼就此闭塞，泉水也不见踪影了。

谁料，到了二十世纪八十年代初，有个老头从香港回来，自称是昔日庵堂中出家人，愿意捐资二十万元重建庵堂，只是神仙井已不见踪迹。请了专家探斟，挖掘，将那块田地翻了个底朝天，却再也无法找到那个泉眼。只好在神仙井疑似遗址处挖了口新井，中火嶂山下地下水丰富，挖井不难，只是寻常井水，跟神仙泉不可同日而语。用水泥、砖头做了假石头置于泉水之侧,石上当然没有水流出。那出家人鹤发童颜,仙风道骨,白须飘拂,气概不凡,自称有九十九岁,愿在庵堂终老,无人有异议。

中火嶂辽阔绵延,山上杂树草木甚多。邻近村庄的人都来砍柴,多砍灌木、芒草之类,乃无主之物,木材自不可滥伐。柴草砍伐后,就扔在山上晒干,下次才缚挑回去。外地人常来偷柴。偷得多了,当地人就在柴草中塞入庵堂中弃置的木像泥偶,偷柴者不察,待挑回家烧柴一看,被骇得半死。此亦为神仙庵轶事。

第二章 建筑

1.民居

那时，凤凰村的房舍以泥砖屋居多，木格子窗，红瓦面，这是清末民初典型的岭南民居。进入二十世纪九十年代末，渐被那种两三层高的西式建筑取而代之。我读大学时去花都看过重修的洪秀全故居，倘如实复原的话，就跟凤凰村的传统民居难分彼此。屋子分上下二进，设有天井，房子高大的难得一见了。经过“斗地主”等运动之后，富人淘汰殆尽。我高祖如拭公曾考上廪生，在衙门当差，就建了一幢上下二进九间大宅，前有天井，后有果园，多年后仍惠及我祖父。

此类民居建筑材料，多是就地取材，墙基深挖，填以石头或砌以火砖，墙体即以泥砖为主(有钱人家亦在下部砌几圈火砖，无论火砖还是泥砖，均从泥巴而来，做法大同小异，只是火砖坯必须放入砖窑中以烈火焚烧数日方成)。横梁由粗大木头充当，主梁最好是觅得杉木，尽量笔直，削皮后，木匠以斧头沿墨斗黑线斫砍之，弯了就会影响到格子及盖瓦。桉树亦常充当房梁。升房梁的时辰颇有讲究，其隆重谨严跟奠基一样，都是要请用日子的。必有风水师乃至巫师坐镇指挥，主梁贴着兆大吉大利的黄符(所谓主梁，即是主客厅上的主梁，架在屋脊之上)，再沿着屋脊梁两边逐条架设房梁，屋脊梁犹如鱼的脊骨，两边横梁如鱼刺附丽其上，远观之，犹如大鱼被啃光了肉，只剩下骨架。用铁钉将格子(多由尤加利树、松树等锯成)固定于梁上，屋面纵横交错，宛若渔网，再从网眼上铺设红瓦即可。瓦分公母，大片扁平者为母，供雨水流淌；小片弯弓状者为公，反架于两个母瓦之上，将水导引至母瓦槽上去，以防雨水入室。再以火砖盖压，以免因风移动。屋瓦略有缝隙，却防雨又透气，除非屋瓦被人用石头砸烂，或台风时被掀掉。在乡间，孩子打架最忌以石头砸人屋脊。既是软肋，也就总被捣蛋的顽童扔石头。每个房子装两三块由玻璃裁成的明瓦以采光，屋厅装多一块。

时间长了，屋瓦积的落叶尘土一多，就长出杂草野花来，每年必须爬上屋顶清理一番，以利于雨水流淌通畅。否则屋顶变成了空中花园，不好看，兆头又不好，且易于风雨中坍塌。墙体开有窗口，是那种木格子窗，若干圆木柱，犹如栅栏一般，供防盗之用，也济不了事。窗门也是木头的，分为两扇，不利于采光，雨天即关紧，倒水泼不进。大门是木头打制的，门轴包着铁皮，以防磨损，出门时挂上铁锁，晚上睡觉塞上门闩，门闩也由木头做成。风凰村甚少发生偷盗劫掠事件，除了乞丐、货郎(杂货佬，挑着一个微型的杂货店)及大队干部催收公购粮，也没有外人。人们懒得带钥匙，就塞在窗口或厨房门框上，待收工回来，伸手掏出来开门，倒也平安。那时乡村无人使用防盗门及防盗网，民风淳朴。室内多保留泥地，有钱人家亦有铺上陶砖的。

这样的房屋，冬暖夏凉，是适合南方人的。“人”字状的屋顶设计，乃针对南方多雨，高大的建筑物多加上木头制的“金”字架，以利于稳固，例如生产队的旧办公室。有钱人家，多在墙体上批荡(扇灰)灰沙(石灰混凝土)，以保护墙体，亦显美观。后来有人在红砖屋上洗石米，贴瓷砖，道理是一样的。

此类房屋中的天井，其设计堪称神来之笔，既利于四周的房间采光，又使整幢房子显得丰富而有层次。坐在厅堂里，不用出门，一抬头就望到广阔的天空、变幻的云朵及偶尔飞过的鸟，使人须臾不离大自然。在雨天，雨水如绳子粗暴地鞭打，但你大可沿着天井旁边的走廊行走，不遭雨淋，而又能融入雨景。粗大的水柱在瓦面汇聚成小溪流，并通过屋檐倾泻到天井上去。天井上摆着几只瓦缸及木桶，瞬间即满并溢出，水流叮咚，水花溅起。乡间的雨水干净清澈，虽不可饮用，用来洗天井及洗衣服却没问题。

有时，我坐在天井旁边的屋檐，仰头望着雨水哗哗而下的天空。我只看到大雨，天空被充满和遮蔽了。直到夜晚，雨水仍在黑暗中倾泻，雨声嘹亮，天空在夜晚仿佛是一只不停泼水的盆子，无穷无尽，永不枯竭。那场大雨下了一昼夜。待翌日雨过天晴，天空纯蓝，干净，仿佛被雨水洗刷过的新陶罐，锃光闪亮。草木的清香来自山野、竹林、河畔乃至不可知的远方，从门窗及天井涌入，让人心旷神怡。

我多次见过人们打泥砖及烧火砖。打泥砖的砖泥取自稻田，耙得稀烂、黏稠，取一个四方形模具，模具中先垫一张香蕉叶、报纸或塑料纸之类(以免砖坯跟地面粘连而无法剥离)，将泥巴倒入模具中，抹平，将模具取出，再在地上打下一个。砖坯中夹杂着切碎的稻桩，这有利于牢固，倘若泥巴间以糠头(即谷壳)，则更坚固耐用。有的地方以糯米粉、红糖诸物掺入泥土制砖，坚韧异常，但成本太高。村庄未见有人使用。打泥砖最怕雨淋，故多选在风高物燥的冬日制作，南方冬天日照稍逊，雨水却少得多。泥砖晾干后，堆叠起来，上面放“夹茅”以御风雨侵蚀，待建房子时用来砌墙。

分单干不久，那些懂瓦工、木工的人，很快就在新分到的宅基地建起了新房子。都是一些新式建筑，跟传统的岭南民居迥然不同，略具西式风格。多是二层楼，更高大，更宽敞。在设计上，有楼梯、走廊和阳台，有钢筋水泥倒制的横梁，窗口宽大，墙体用红砖彻就。而过去则用泥砖，搭建阁楼的横梁也是木头。

父亲也想建一幢像样的房子。那一堆钢筋就是他凭一人之力从县城挑回来的，每趟走五六个小时，每担挑两百多斤，这是疯狂之举。他之前陆续烧制了一些红砖。这次，他用钢筋混凝土自制了一批横梁,用水泥混凝土(沙子碎石从河里捞取)浇制水泥砖。他脑海里的房子举世无双,高大巍峨,跟人民大会堂在规模上有可比之处。因此,他制作的水泥砖巨大无比,觉得这样才牢固。他做好拆模后,根本无法搬动,叫大伯父帮忙搬了几次,大伯父不想理他了。他好生招待了几个后生，请其帮忙垒叠到一起。

他只好继续去打红砖坯，准备在砖窑里将那座房子的红砖全烧制出来。每年农闲之际，他都陷身于此遥遥无尽的苦役之中,跟土与火搏斗。在烈火的焚烧之下,那些黏土制成的砖坯变成青色或红色的硬砖头。烧火砖的泥土要求较高,虽比不上陶瓷的土料,但也要黏性强,无杂质,入窑烧才不易皲裂。制砖坯时,得用力将泥巴掷入模具再以弓弦刮平,需要一定的技术,晾干后方可入窑。用柴火烧上三四昼夜(时间长短视砖窑大小而定),方才烧熟,又得放上两三月之久,热气散尽方可出窑。而入窑及烧窑更是技术活,火候拿捏必须炉火纯青。

父亲从十八九岁起,持续烧砖十几年,每年或隔年就烧一窑砖,立志将一幢大房子的红砖全凭一己之力烧制出来。然而父亲不是一个好窑工,他烧制的红砖不是过了火,烧得粘成一团;就是半生不熟,松软易脆。一窑之中,可用的不到十之二三。这项工作在持续了十数年之后，他不禁沮丧地认识到，他没有这个能力,只好放弃。父亲垂垂老矣,建大房子的梦想已不可能实现。

那些钢筋被父亲制成水泥横梁。人家的横梁修筑笔直,线条柔和流畅，而父亲做的粗大臃肿，表面凸凹不平，这就是父亲做瓦工的半桶水功夫。倒是结实无比，在屋檐下放了十几年，终究没有架到那座雄伟壮丽而子虚乌有的大屋上去。后来父亲找人帮忙架到溪上横放，充当小桥了。

那时，我们住的老屋是祖母壮年时所建，一厅三房，分给父亲及两位伯父。大伯父头脑活络，分单干不久即在旧宅前面的宅基地上建新居迁出。二伯父在北京工作，不久家属亦离开村庄。

房子搭有阁楼，我幼时常用竹梯攀上阁楼乱翻一气，常有意外的收获，如找到高祖如拭公的木头印章及父亲稀奇古怪的机械模型。父亲年轻时爱搞发明，当然无甚建树。厨房在大屋前面，乃用泥砖建一小屋。大伯父虽已搬出，原属于他的房子就堆放柴草农具之类的杂物，亦常做粪屋、鸡屋及牛栏，极不卫生。我就是在鸡粪、牛粪的臭味中长大的，细菌、虱子甚多，故常生病发烧。父亲对此颇有微词。二伯父尚有多间泥砖屋以放杂物，但禽畜怕人偷盗，就置放于祖屋中，我们一家人算是守护者了。

夏季台风频繁，飞沙走石，摧折林木。有时台风在夜晚来袭，风声呼呼，旷野无人，除了雷鸣电闪，天地间一片漆黑。风暴如怪兽在屋顶、窗外怒吼，我常骇得无法入睡。父亲亦不敢沉睡，他得密切留意室外的动静。好在一夜无事。翌日，台风散去，遍地狼藉，枝叶散落。风停而雨未止，台风常带来暴雨，屋顶上泥砾散落，父亲又得爬上屋顶修葺被风吹乱的屋瓦，犹如理顺被洗乱的纸牌。

每年至少刮七八次台风，我在一次次惊吓中度过了每一个台风之夜。睡到天亮台风亦消逝。泥墙最怕风吹雨打，逐层剥蚀，台风猛刮，墙头首当其冲，每一场暴风雨袭来都被磨去薄薄一层。尽管肉眼难以分辨，日积月累，却是一年不如一年。好在泥砖厚实，要完全蚀透亦非易事，又由于父亲常加修葺，好歹支撑下来。一九九七年初秋，举家迁至化州城郊，二〇一〇年秋天二堂哥将老屋推倒(在原址上建新居)，在人间矗立了六十多年的老屋方完成使命。二伯父年近八十，他有三十年未曾回村(我从未问他何故)，听说后略觉遗憾，幸好之前的一个夏季，我用数码相机拍了几张照片，算是留个纪念，也稍稍弥补他的遗憾。

2.副食店

小店铺自从开张之日起，便显得老旧颓败，俨然是旧时代的产物。房子太残旧，那是一座两间的小平房，屋瓦碎裂，稍加修葺，内壁刷灰，但外墙的泥砖在日晒雨淋之下棱角尽失，泥路显露。这是生产队时代的杂物间。店主也衣饰老派，面目枯槁，据说他因独身而脸色蜡黄，缺少生机。铺子颇得地理之便，坐落于老村古井边、戏台前侧。店铺的开张使村民大感方便。它是一个日杂百货店，油盐糖烟酒茶及各式果脯花生红枣之类，颇为丰富，亦兼营火柴、电池、肥皂、铅笔、练习本等乡村日常用品及学生文具。拜神用的祭品更是不可或缺，如香烛、纸钱、花红和鞭炮都相当齐全。只要有市场,店主就会入货。尽管铺子的货物比石湾墟略贵,货物质量亦平常,但为了图方便,人们经常帮衬。

铺子里也出售一些风车、公仔纸、玻璃珠、拨浪鼓、汽车模型和变形金刚之类的玩具,价格昂贵。孩子垂涎三尺,大人任由孩子哭喊,不轻易出钱。有的孩子将买铅笔的钱拿去买了公仔纸或甘草榄吃。公仔纸是二十世纪八十年代村庄风靡一时的新兴玩具, 所画人物来自当时走红的影视作品或小人书如《霍元甲》、《西游记》、《射雕英雄传》之类。橄榄吃掉后,其硬核乃大受欢迎的玩具,有多种玩法,堪比玻璃珠游戏。

铺子也是村子的通信站, 平时聚集了一些闲人, 大摆龙门阵。张家短,李家长,大到指点江山,畅谈国家大事;小至谈论某某被人家戴了绿帽,全村人都知道了,就是他蒙在鼓里。一些家伙吸着水烟筒,吐着烟圈,说得唾沫横飞,直至月影西沉,才满足地回家睡觉。在过年节或戏台有木偶戏演出时,店铺的生意会红火数倍。外地货郎也会挑着各类零食、玩具、针线之类闻风而来,却不及铺子品种繁多,又有平时熟客。

铺子又是乡村跟外界联络之所。外头的邮递员不会入村,只送到石湾墟邮所了事,信件堆在邮所的桌子上,有没有挂号,一律不管。店主去墟上进货,顺手将来信悉数取回,就放在铺子的柜台上,等村民买东西或前来拿取。村民甚少信件,一有就必定重要。外面认识的人不多,进城打工的人,斗大的字不识一箩筐,若无要事不会写信。信件丢失的情况屡见不鲜,也无从追查。我从小学五年级起，就代父亲跟远在北京的二伯父通信。父亲写信没问题，他更乐意看我写。

二十世纪九十年代初，我在高考前夕认识了一位刚初中毕业的小姑娘。那时我二十岁。我们都写了点东西，在当地算是崭露头角，忝列茂名校园文学“四小名旦”，被赵红尘、浪子编的《茂名青年报》先后隆重推介。我们通信频繁。在等待大学录取通知书的难熬时段，我跟她通了十几封信，每隔三天两头，就能收到回信。她是我唯一的笔友。我们已超出普通朋友的含义，在信中隐约吐露了彼此倾慕的朦胧情意，羞怯、甜蜜而狂热。她只有十六七岁，写的散文华美、清新，仿佛雨后的山野，有着甘蔗林中涌起的清甜气息。她人美丽、聪慧，如花笑靥像午后的阳光般明亮，灿烂，清纯。我经常三天两头就跑到店子去。

有一天，我收到的一封厚实的信，信封有熟悉的字迹：内有相片，勿折。我的手哆嗦着拆开了信封——一个穿紫色长裙的乡村少女冲着我粲然一笑，她伫立于甘蔗地里，白皙的手捏着修长的蔗叶。照片的景象楔入了我的脑海，尤其是她带笑的嘴角，让我每次忆及都泛起甜蜜。

我在信中反复倾诉了乡野生活的艰辛以及对前途未卜的烦躁，泄露了心里的全部想法，主要对她的想念、祝福以及再次相见的愿望。之前，我们在化州短暂相聚。我的措辞委婉、含蓄，热情的字句充斥着一些爱恋和想念迷津般的隐喻。我想她能读懂，在她内敛、冷静的书信中，同样隐藏着雷管般猛烈的力量，一触即发。这一对情窦初开的小恋人,将隐喻艺术用到了极致而克制着内心烈火般的激情和爱欲。我还不懂得爱恋。我从来就不懂得谈恋爱或爱情的奥秘,至今仍无多大改观。我没勇气说出对她的朝思暮想,更不敢说出那个赤裸裸的字眼,爱,或我爱你。尽管我相信她对我也怀有纯真而赤诚的感情。也许,我被胸中熊熊燃烧的情感搞得头脑发热而心怀恐惧。我知道就要迈入一片未知而神秘的领域,我二十岁了,仍没有做好爱恋的准备。我们终究没有走到一起。当时,我坚信很快就会见面,事实上,我们此后再无机会相见。我一直当她是我的初恋情人。

我见过她一次,在高考结束后的县城中学里,在开始狂热通信之前。我故作深沉地说,也许我们明天就相见,也许要十年之后。没想到一语成谶。我俩的纸上交往持续一年多后,终结于莫测高深而威严冷酷的命运中。我搜罗这个小店铺的记忆时,她从我的脑海跳了出来,她的面容依然如此纯美,如此清晰。一个天才的乡村女诗人,她似已辍笔多年。我们渐近中年。距离我写这篇文章,时间过去了十七年。这个数目约等于她当时的年龄。据说她在粤西的一所乡村学校教书,我们失去了见面的理由、方式乃至其他可能。我想念她。

铺子不是第一次装电视的,却是第一个在村子拉上程控电话的,既有利可图,又方便村民。在过去,有急事只能去石湾墟的邮电所拍电报或拨打电话,不能直拨,只能转接,我见过那台装着无数线圈和金属按钮的庞然大物,像一面衣柜伫立在漆黑的房子里，不是一般村民所能操作及消费得起的。尽管也向群众开放，很少有村民去使用。铺子的电话就方便多了，由于长途话费太贵，村民很少去打，却可以在外头打工的亲人打入时接听。每次店主收五毛钱，此乃双赢之举。对方先打一次，约好时间，由店主通知亲人，然后再打一次。店主其实起到了沟通传呼的作用，有时干脆只传口信。店主装电话时耗费不少，话费无须付出而有收入。

后来，村子的店铺由一个增至三五个，之后又随着村子的人越来越少而相继倒闭。那个店主不在人世已有多年。那间泥砖屋亦塌掉了，跟坍塌的戏台及淤塞的古井相对应，并渐成遗迹，淡出了人们的视野。

3.晒坪

在夏日，烈日和暴雨交替进行。有时一天之中下数场大雨，仿佛是前一场雨的重复或翻版，其降临的方式、规模、长度及雨量都难以区分。雨常突如其来，这让晒谷子的人非常头痛。在晒坪（村子的人称之为禾地，乃主要用于稻谷脱粒及晾晒之所，偶尔也晒一下豆类、花生、番薯干乃至柴草诸物），为了应付突袭似的夏日雨水，安排一些人看守晒坪上的谷子就很有必要。看守者通常由老人或小孩担任，大点的孩子还担负起照管弟妹的责任。看守者还得驱赶吃谷的家禽和鸟类，当然，偷谷贼也得防备。村庄很少出现明目张胆的偷谷子行为,这也跟严防死守有关。

有必要介绍一下村子的几个大晒坪。在生产队时期,有一个集体的大晒坪,就修建在过江埠旁边、荔枝园旧址的对岸上。它由石灰混凝土浇铸而成,在混凝土变硬之前,用竹片反复敲打使之结实,凝结后牢固而光滑。

由于晒坪是稻谷脱粒的主要场所,要经受连枷的拍打。连枷在村子叫禾把子,一种类似于双节棍似的农具,手执的长柄部分有两三米,将老竹连头挖下,中间穿孔眼,另一截是长达一米的木头,两截由“弄子”拴紧。一起一落间,短的那截棒槌重重落在稻穗上,谷子迸溅,禾叶稀烂,直到将饱满的谷子全跟禾叶分离,方才罢手。配套的农具还有禾叉(一种铁制的两股叉,装在木柄或竹柄上,作翻秆之用)、畚箕和扫把、笊篱、耙趟等。而盛装稻谷的容器主要是箩筐,这是一种常见竹器,细密,结实,筐口宽大,上有四耳,耳系绳索以利于搬运,乃村庄搬运稻谷的工具,跟竹扁担有如配偶,常出双入对。稻谷晒干后,还得搬来木头风柜扬场,采其精华,弃其糟粕,将混迹其中的秕谷及砂石清除、吹掉,方算是完成粮食的收割及晾晒之任务。至于碾壳烹食,还有贮藏于谷仓,那是下一步了。

晒坪除了晾晒谷物,首先是作为打谷场。由整块巨石凿制的石碌也是脱粒的农具,怕有两三百斤,乃由石匠采制于深山。那是一具直径近一米、高半米的圆柱体物什,表面溜圆、光滑,两边的平面上凿着四方孔眼,装着两段方形楔子,以固定于“牛轭”

(类似于套车的辕驾,以让牛拉动石碌在稻穗上来回辗动,以达到脱粒之目的)。

牛拉着石碌在铺着厚厚稻穗的晒坪上绕圈子，驱赶耕牛的农夫手执鞭子,这根鞭子跟他牵着的缰绳,确定了牛行走的方向和速度。他手上的鞭子确保牛不敢擅自停顿,为了防止牛趁机偷吃稻秆,在牛嘴罩了一个“牛笠”。那是一个圆帽状的竹篾编织的“口罩”,孔眼有利于牛呼吸,却无法吃食。牛绳的另一端系着穿过牛鼻子的铜制“牛剑”,稍一用力,牛疼痛无比,不敢不从。牛拉动石碌的景象，犹如北方拉磨的驴，其工作方式及命运如出一辙。

当时,大晒坪被分割成若干区域,每户占用一块。稻穗脱粒后,就将稻秆清除,剩下湿漉漉、黄澄澄的谷子,遂摊开在晒坪上晾晒。有时是晚上或凌晨脱粒,待太阳升起再晒谷。倘若将晒坪晒烫了再晒谷子,将事半功倍。这就有烘烤的味道了。随着岁月增长,村子人口繁衍日渐增多,就如大树分丫,新的小家庭不断从大家庭中分离出来,独立成户。山地和稻田也被分割出去,晒坪就显得太小了,僧多粥少。有人就觅日照充足的空地或在家门口修建晒坪，既属私人所有，就不必跟他人争夺集体的大晒坪了。

我们家族在生产队成立之前,曾有一个老旧晒坪。其表面略有沆洼,倒是结实耐用,除了扫谷子有点费劲,倒也不错。曾被生产队收归公有,分单干后又还给我们。

晒坪处于门星岭脚下,旁边有一丛桉树、相思树混合林,树荫茂密，有利于我带弟妹驻守在此看谷子。另一头有一棵龙眼树,夏日乃龙眼成熟之际,正好一边摘果,一边看谷,弟妹们乐不思蜀。龙眼略有甜味,就被采摘殆尽。六七月间,门星岭上的山稔子漫山遍野皆是,稔果熟时由青转红,继而发紫发黑,甜味弥漫于空气中,略为走动,就能采摘半篮。稔果熟透后,涩味尽除,清甜软绵,是山野仅能采摘到的几种野果之一了。孩子任务艰巨,有东西吃,也就好过了。我又带领弟妹扎稻草人,玩捉石子、过家家、买卖诸游戏,孩子们乐不可支,时间也就飞逝而过,熬到收割水稻的父母归来,也就松一口气。

而看守谷子,除了驱赶鸟雀及鸡鸭外,最紧张的莫过于得注意雨水空袭。看云识天气,若天色突然暗淡,乌云密布,压顶而来,风由热变冷,那十有八九必有降水。村庄的人大呼小叫,相互提醒,仿佛消息树上放哨的人在大叫鬼子来了。大家紧张不迭地去收谷子。若东南角的中火嶂顶聚拢着乌云并不断扩大,村庄必有豪雨,屡试不爽。有时乌云聚拢,距离下雨尚有一段时间,经过紧张的收谷，总能抢在大雨倾降之前将谷装入箩筐并用塑料雨具及稻草遮掩,待雨过天晴再来晾晒。有时一天反复多次,累得筋疲力尽,苦不堪言。最可怕的是天上阳光灿烂,毫无征兆,却突然下起大雨。无论如何拼命,弟妹齐上阵,有人用耙趟收拢,有人用笤帚扫,有人用畚箕倒入箩筐,谷子都不可避免被雨水淋湿。倘若瞬间又有烈阳,水影渐被蒸发,谷子就免了发芽之虞。

大伯父开头跟我家共用那个老晒坪,两家各用一截,或者视需要轮流使用。他家里土地较多,稻谷丰产,就颇有不便。

于是,他在门星岭东南面的向阳坡上,新建了一处晒坪,有两三百平方,彼处无大树遮蔽,光照充足。他又带领堂哥堂姐们掘了一条新路,由山脚通向晒坪。建成后才发现一个问题,就是要挑着一担稻禾爬到山坡上的晒坪,或者挑着稻谷返家,都十分费劲。小堂姐瘦小,她挑着满满一担稻穗,只见到圆滚滚、黄澄澄的两团物事在山路上艰难地移动,却看不到她的半点身影,就如屎壳郎推粪球似的,异常艰难。待伯父发现这个难题时,晒坪已投入使用。人力物力均耗费甚多,只得硬着头皮用下去了。

通常,晒坪旁侧都建有一间小房子,俗称禾地屋,平时可供装放稻谷、稻草之用,亦可供看谷者歇息。在下雨之际,将谷搬运到屋中,就凸显其用途。冬春二季,晒坪多闲置不用,屋子自然无须动用,那就成了山鼠的乐园,又暖和,稻秆又有余谷。既有老鼠,亦偶见猎狗出没。流浪汉(主要是外地来的乞丐),蓬头垢面,衣衫褴褛,无衣御寒,倘若觅得野外的一间禾地屋,那是人间至乐之美事。主人也不去管他。

某年,有两个流浪汉为了争夺某处禾地屋的暂时居住权,在晒坪上大打出手,翻来滚去,搅作一团,犹如两团肉球,从晒坪上滚到路边,又坠入稻田中。目睹者团团围观,大声起哄、发嘘,却无人阻止。一人头破血流,鼠窜而去;胜利者鼻青脸肿,却咧嘴傻笑,露出一嘴肮脏黑牙。他的衣服不成样子了,本来还庶几能遮掩身体，如今成了一束束烂布条挂在身上。没过几天，胜利者也消失了，没有人知道他为何要离开，又到了哪儿，乃至他是死是活。

4.谷仓

稻子晒干之后，通常要好好贮藏，作为过冬的粮食，合理分配每天的膳食。当然得先缴够国家的，留足集体的(公购粮之类名目繁多)，剩下的全是自己的(实已所剩无几)。凤凰村人多地少，实行计划生育之后，部分迟到人世的孩子属超生之列，在分田时没份。我们家七口人，只有一亩多水田、半亩坡地，所打粮食不多，寅吃卯粮，入不敷出，只好将谷子严格控制，在吃饭喝粥之前，先杂以南瓜、番薯诸杂粮，以度饥荒。尽管如此，杂粮所收亦少，一家人的吃饭问题让父亲伤透脑筋。

在我们家，谷仓是用不着的。父亲买的几张锡皮谷卷，只望丰收时贮藏粮食，但从未动用过。所收的几担谷子，暂时存放于瓦缸之中，很快就消耗殆尽。

家境殷实的人家，才用得上谷仓。他们专门辟了一间房子放稻谷，黄澄澄如金子的稻谷堆放在那里，一直堆到屋顶，四面均用石灰将墙缝抹得死实，只有一个玻璃小窗，略为透光。我估计老鼠仍不时光顾。这些善于掘洞的家伙，形容猥琐，内心狡黠，说不定已从地底或墙壁找到了通达谷仓的暗道。大多数人家都用那种锡皮或苇草编织的谷卷，将谷子贮藏起来，需要碾米时就用畚箕搬运到谷箩中去。谷卷底部连着地面,腰部呈圆筒状,顶部有一个圆锥状的盖子,看上去俨然是谷仓的模拟,只是小得多。

我曾跑到生产队时期的谷仓看过,尽管尚未倾塌,屋瓦被风吹掉了一半,有两根横梁断裂。阳光长驱直入,粉尘及霉味直喷鼻孔,里头暗黑,发霉。墙角处结着几道银光闪烁的蛛网,堆放着铧犁头、耙齿之类的铁制农具,锈迹斑斑,还有朽坏的木头风柜、畚箕和谷箩。那个风柜的外形有点像《三国演义》小人书上画的诸葛亮发明的木牛流马。里头有一把大木秤。秤杆由大人手臂粗的树干制造,上面的铜漆秤星已被磨损,模糊不清,那个秤钩由生铁铸成,形如弯月,秤砣像打铁铺的大铁砧,将地底砸出了深坑。这样的杆秤称得起两百多斤。还有一块圆形木板,用阴文反刻着“丰收”二字,在过去要印在装满谷子的箩筐上,谷子会留下清晰的字迹,据说有防盗之用。

这个谷仓废弃了,两扇木门只剩下一扇,门脚也毁坏了。里头当然没有一粒谷子,只有过去年代的证物。尽管生产队结束的时间未及十年,那些器物朽坏之迅速却让人不可思议,连谷仓也在坍塌和消逝,仿佛要迫不及待地抹去那个年代的记忆。看来不用多少年,它就能达到目的。

5.土地庙

在粤西乡下，每个村庄都有土地庙。土地是镇守此地的神灵,是农民的靠山。初一十五,逢年过节,都要拜神,人有三灾六难,都求神保佑,指点迷津,觅得生路、财路乃至灭绝仇人之法。土地庙就坐落于园山及黄栌山之间,中间隔着一道长滩,实乃牛洼山之山嘴处。土地庙不大,隐身于一处苍郁林莽中,那个小树林不大,却有古树名木,里面树种多样,古藤如龙蛇缠绕,有一两株巨木,数人合抱而不得。村庄自大炼钢铁的年代之后,只见速生林,没有巨木。林木常受集体斫伐,这些树木乃仅存之硕果。以个人之力,再贪婪亦不敢伐取土地神的树木,在集体迷狂症驱动下的人群,双眼血红,则不在此论。破“四旧”那阵,连庙宇也敢拆,连神像也敢砸。那处小树林古意纵横,有原始林莽之气象。它确是原始林莽残余之一角,可惜如今成了孤岛,正被时代的大潮所冲刷、缩减。它的面积越来越小了,仍有几分神灵之所的气象。那座树林遥望更像是一座法度森严、不同凡响的庙宇,那庙前的两株古樟树如巨人把守着门户。

林间茂密幽暗,鸟雀啁啾,虫鸣唧唧。生长着金银花、白花茶、杜鹃花,花朵粉白粉红,香气弥漫。最奇的是仍有几株橄榄树及栗子树。树上果实无人采摘,栗子掉到地上,孩子在大人的怂恿下去捡拾。这是神赐给孩子的宝物。成熟的栗子从树上掉落,从暗红而尖刺密布的栗子皮中脱出,珠子般滚落地上,形如圆锥体,比板栗小得多。捡到了,用嘴一嗑,有仁的放进口袋,没仁的扔掉。捡回来让母亲炒熟,香味浓郁,肉质白亮如玉,是世间难得的果仁。每天清晨, 都有一群孩子像老鼠从不同的方位潜入林莽,捡拾,嘴上沾着泥土,笑逐颜开。

我小时候,村庄有栗子树的地方,仅土地庙一处了。据父亲说,他年幼时,此类野生栗树连同橄榄树、荔枝树、水翁树等野果树,遍地皆是,一年四季,果子摘也摘不完。除了二十世纪六十年代困难时期村民饥馑,有谁去吃野果?在大炼钢铁时的熊熊大火中,难以计数的野果树连同巨木古树一齐被砍伐塞入土高炉。炼铁的结果众所周知,他们砍光的不仅仅是一些在人世间存活了数十年乃至数百年的树木,而是将孩子们的欢乐、梦幻和乐园连根拔除。这些古树一直受到祖先的礼遇及敬畏,尤其是土地庙,原本郁郁葱葱,遮天蔽日,成片均是原始森林,一直延伸到牛洼山的顶部,现今早已荒凉光秃,只剩下高及膝头的柴草及灌木丛了。土地庙后头的森林处,被砍伐后,辟作了桑园,如今桑园也不知所终。

土地爷和夫人的雕像端坐于神龛之上,八仙桌供花男花女摆放供品(通常有鸡猪肉等三牲及鲜鱼果品茶酒之类),桌前摆放着一张草席,已发霉,沤烂,看来有好些年月了。庙前有一个炉子,烟囱高大,供烧纸钱花红之用。至于鞭炮,那是拜神不可缺少之物,就随便挂在庙前的树杈或藤蔓之上,被火药炸得剥皮露骨,不忍目睹。庙前的空地较大,地面被善男信女踩得瓷实光洁,可窥见高远的天空,阳光透射进来,使林子如开了天窗,异常光亮。这块空地就如绿涛汹涌中的一处岛屿,也正因为跟幽深林莽有所隔离,才不至于酿成火灾。也许是土地爷神通广大,故能确保无事。

每年的节日社日(如一年四季的重要节日春节、年例、清明、端午、七月十四、中秋节等)定要拜神,虔诚者初一十五也少不了,平时有事相求或许愿还愿还要过来。土地庙长年到头,香火不断,几乎每天都能听到鞭炮声。节日前一天,亦是村中社日,做社有头头支持买猪、杀猪。以太公的名义分猪肉,按户分配,人人有份,抓阄领取,汤粥则每户一碗,以酬神恩。杀猪及煲汤粥,均在土地庙前完成。故庙前的一个灶头,铁锅及几副碗筷平时虽闲置不用,却又不可不备。一年之中,也能用上好几趟。

拜神是个人的事,巫师却充当着神灵与人之间的中介者,传递着人们的愿望并征求神的看法,再转述给拜神者听,起到了沟通人间与神界的作用。巫师有一套说辞,其请神时灵魂出窍,全身痉挛,以神的名义告知神的启示,完毕方恢复常态。请神之后,四肢虚脱,大汗淋漓。巫师通常有一副牛角制作的卜卦,正面主吉,反面主凶,征求神灵时,抛卜卦以作定论,犹如抽签。巫师均为能言善辩之士,口若悬河,舌绽莲花,滔滔不绝,总能凭借大神之力,将求神的意愿顺利达成,或五谷丰登、六畜兴旺、生意兴隆、出入平安、子女升学之类,又或降妖伏魔、驱除邪祟,至少让其疑窦或恐惧尽消,全身兴奋或轻松而返。许愿之后必得还愿,巫师随人布施,并不主动索要钱银,人求神者既让其出力,必得酬报。年节之时,巫师每日所得,甚为可观。遇到包工头之类的暴发户,巫师一张利嘴,巧舌如簧,一番吉利言辞让其心花怒放,一两张百元新钞亦是常事。

在凤凰村人看来，土地神除了保境安民，庇佑村中人畜，还有为人们指点迷津、排忧解难之能。总之，有麻烦去求神便是。

随着村中人口迁徙日多，土地庙香火大受影响。在清明、中秋、年晚、年例等重大节日，人们无论走到多远，都要赶回村中拜神。土地神是村民最信赖的神祇，是他们走南闯北的唯一信念。这种朴素的民间信仰跟宗教尚有距离，跟所谓的虔诚亦无甚相干。他们需要的是一种希望和能力，借此将荒凉而悲苦的日子持续。千百年来，农民都是路面上的尘土，深陷于车辙之中，人世艰难，江湖险恶，而他们无力以自保，亦无得力之团体以作庇护，只好相信冥冥中存在的天道及神灵。农民从来是中国社会的根基，但这个根基并没有得到真正的重视及匡护，待柱础毁坏而大厦将倾时，多少统治者才幡然醒悟却悔之晚矣。农民的生存之本是土地，在凤凰村不远的乡镇乃至县城，有大片良田被强征以做工业园或房地产，有的失地农民呼告无门。工业化的巨手虽然无处不在，却没可能延伸至此偏僻之地。农村里的新兴豪强或强抢或蚕食，将粮田化为鱼塘和速生林地，最可怕的是农民因种地没有出路而抛荒不种，宁愿背井离乡跑到城里干苦工，或做风险不小的走鬼。农民倘若无法过上安稳的日子，将国无宁日。

他们对土地神的拜祭并非出于虔敬，而是祈求和希望。但愿神灵祝其行好运赚大钱，早年安守田园是五谷丰登，六畜兴旺；如今是祝愿生意兴隆、买码中奖一本万利之类。不可简单地斥之为堕落，实则举目四望而一片迷惘。他们从不关心永生和天堂，对地狱和罪孽亦少有概念。他们只拜神敬神，谈论鬼怪是一个禁忌，但愿从不需要涉及那些恐怖的字眼，无须因诸事不顺流年不利，而在巫师的说辞和做法中跟这些邪异之物相遭遇。他们只关心此时此刻或尘世上的幸福，而无暇顾及更多。

作为中国最庞大的社会阶层，这些拜神却称不上有何信仰的庞大群体，让人深感羞愧和不安。这跟他们所接受的教育及其受教育的方式和内容相关。上一辈农夫多为文盲，且不去管他，而二十世纪六七十年代出生的农民，已成为村庄中的主体(他们大多数接受过较为完备的中学教育，尤其是初中，但没条件上幼儿园)，他们从小学起便被教育要成为小草、螺丝钉，热爱头头和集体，做一个毫不利己专门利人的高尚者。从结果来看，这些教育一败涂地。难怪这些学生考试时从不合格。当一个国家的底层人民将前途和命运寄于神灵的恩赐之上，这不仅仅是他们的悲哀，简单地说其愚昧、贪婪是容易的，却显得冷酷和偏颇。当这一庞大群体依然保留着一百年一千年前的农民思维方式和行为习惯，我们同样不可能有真正的前途。当乡村的人通过读书入仕，或在城市里混成新贵(尽管人数不丰且异常艰难)，而仍旧被农民意识所笼罩；又或者市民阶层在从事艺术、科学和商业时，仍被农民巨无霸主宰他们的头脑和行动，要建设现代公民社会就是一句空话。

让我担忧的是，土地神所象征的道德世界已摇摇欲坠，当拜神的人越来越多,却连土地神也不再相信而又无所凭依(找不到旧秩序)时,那才是大混乱之开始。这绝非是危言耸听(当农民像铺天盖地的蝗虫扑向城市时,等待着他们的不是青色麦苗和金黄谷实,而是咒骂、驱赶和扑杀)。农民已无法返回故园。他们的生存处境并不乐观。他们从来不是城里的人。而城市的统治者和设计者,从来就不考虑城市的栖居处有农民的立锥之地。要不,为何城乡户籍壁垒森严二元对立至今不可摇撼?农民从不指望在城乡之间自由流动。这些正在失去土地(或抛荒土地)的人,游荡在城市中,只有过年过节才返回家乡,仿佛维系着他们的只有沉睡在坟墓的祖先和神祇的庇佑。他们对着神像叩下头颅时,重新找到了扑向城市的无穷信念和勇气。

当下中国的现实是,建立在土地伦理和农耕文化基础上的农业社会已分崩离析,而工业时代的诸种福祉不可能真正惠及农民及其子孙。他们缺乏资本,也没有技术,致命的根源是他们不仅在经济上赤贫,在文化上同样匮乏,在政治上更属于暗哑的人群。他们发不出声音,也没有人代言。不是没有社会精英从各个偏僻的山村走出,并活跃于社会大舞台。但他们很少去考虑出生地的未来,以及留于斯者的前途。如我辈为农民说不了什么话。我对他们的了解太过肤浅,无力亦无法代表他们,尽管我是这些人中的一员,却说不出这个群体内心的隐秘阴影,唱不出郁积于他们心头的忧愁之歌。

6.不存在的房子

父亲是一个乡间浪漫主义者，凡事率性而为，天真烂漫，那种异想天开、孩子气式的浪漫精神持续至今。他相信车到山前必有路，爱说“活人还会给尿憋死”？他是农民，但像一个诗人。我号称诗人，却更像农民。

我年少时身体瘦小，神情忧悒，怕跟人打交道，只有在空无一人的树林或田野才得到放松。忧伤像艾火在焚烧，我没有办法解决内心的冲突。贫穷以及贫穷带来的饥饿和自卑日夜折磨着我，除了像传说中的渔夫将魔鬼封锁在胆瓶之中，别无他法。胆瓶在下沉，一直沉入心底。我感到胆瓶在晃荡中发出声响，瓶中的精灵在暴怒而绝望地挣扎。这个少年，就是一间黑房子，对着整个世界闩上大门，简直是一间地下室。我在荒诞的处境度过我的黄金时代，我是指我的童年，我金色的童年并不存在。在铁桶的现实面前，我感到了压抑和窒息，我整个人成了一支利矛，但最终缩回心中的矛尖，犹如刺猬缩回了身上的尖刺。在这种情况下，我将所抓到的一切当成了反抗的武器，包括愤怒、悲伤和仇恨，就像一架愤怒的投石机，但我并没有将咆哮的石头对准世界，而是让其坠入心底。我忍受着这一切，包括沉重和聒噪，忍耐作为我的性格，已缓慢地成形。我的内心堆积了那么多沉重的石头，我整个人犹如一只装满石头的布袋，一种石头带来的沉重黑暗在我忧伤的脸庞和沉默的四肢泄露。我没有找到爱，我还不懂得爱的奥秘，换言之，我还不懂得在一间漆黑的房间中点亮那盏锈迹斑斑的油灯。这就是我的少年时代，我的忧伤犹如乌云在乡村的屋顶聚拢。

父亲是不同的，他身上那种奇特的、与生俱来的浪漫精神，不仅体现在他的生活态度上，也体现在他做的每一件事上。父亲曾一度沉迷于发明创造而无结果，也热衷于堪舆、算命、中医等杂学，并略有心得。父亲为了留下祖母的遗像，自学过炭画，成了“画家”。父亲只念过初中，可以辅导我们五兄妹的功课一直到高中，除了外语。他擅长作文，我今天能从事写作，得益父亲甚多。他在六十岁之后，写了数十个笔记本无法归类的文字，惊动了当地媒体。父亲为了将多病的孩子养大，自学中医，略有心得。然而，在一个饥饿的年代，浪漫情怀是奢侈的，无用的，一个乡村浪漫主义者注定要在现实中碰壁。父亲的奇思异想没有结出一个像样的果子。

他想建造一幢红砖屋，这是一幢旷世无双的房子，也是一幢未完成的房子，它一直未曾动工。父亲在头脑中无数次勾勒过它的范围和轮廓，挖好地基并砌起高墙，最好是买回那种光洁的方砖铺上地面。这是父亲毕生最大的梦想。在他的头脑中，堆满空想的砖头和檩梁，还有无数钉子和细沙。但这幢房子只存在于父亲的想象中，它不可能建造出来了。日渐老迈的父亲已力不从心，被迫放弃。一个人在年轻时代确立一项工作，并付出毕生精力为之奋斗，结果却是不得不放弃。人的一生中，总是被各式各样半途而废的事情所耗损。当父亲站在宅基上凝视地底的时候，我能体会到他的苍凉和遗憾，地底下本来生长着一幢瑰丽无比的大房子，但已没有机会破土而出。

父亲年少时确立的理想未能实现，数十年过去，他生育的五个儿女长大成人，他也年逾古稀。在乡村，建房子是一件大事。一个人过得怎么样，看他的房子就知道了。建房子是一个人发达的标志，人们穷极一生的奋斗，目的是为了建造新居。在二十世纪八十年代，村庄的房子大多是低矮的黄泥小屋，泥砖垒起来的墙壁，木头削成的横梁，阴暗、潮湿而充斥着尘埃。我就是在这样的房子中长大的，泥砖屋是祖母留下来的，墙壁被风雨剥蚀得一片斑驳，小窗的木格子被烟火熏得一片漆黑，灰白的瓦面堆积着落叶和尘土，还生长着杂草。

我们当然想住上好房子，但建房子要花一大笔钱。父亲没有钱，他没有赚钱的能力。如果要靠赚钱去建房子，那永无实现之日。他去寻求一个不用花钱或者少花钱的建房计划，这听起来很荒谬！父亲决定自力更生。建筑房子的关键是拥有建筑材料，如果自己会砌墙的话，就用不了几个钱。父亲很早就着手去做这个工作。这个庞大的计划在他的头脑成形并付诸实践。他决定通过双手使这一切变成现实。他先后学习建筑和木工，花半年时间粗通了这两项技术。他在山坡大量种植桉树和杉木，桉树可作檩梁，杉木可锯成瓦格子。二十年乃至更早，树木就可以成材了，将会被砍伐并制作成檩梁和“格子”。

为了建一幢房子，父亲决定付出二十年或更长的时间。在他看来，这不算太长，房子能如期完工就很好了。建泥砖屋是较容易的，一个秋天就可以打好泥砖，但父亲矢志要建的是红砖屋，这样就难了。材料除了做屋梁和瓦格子的木头，关键是砖瓦，父亲决定自己把红砖和屋瓦烧制出来。当父亲做出这个决定时刚成年，这个异想天开的决定耗尽了他的青春。

这些浪漫想法都是不切实际的，当务之急是将我们养大。他的工作集中在给我们寻找粮食。我们张开的嘴犹如深渊。母亲瞅着我们的空碗，唉声叹气，说大船载来也不够吃。这句话成了这个乡村妇人的口头禅。父亲将所有精力放在侍弄土地上，村庄分的一亩七分耕地，要养活七口人谈何容易？父亲每天踏着晨曦迈向山冈，锄头用坏了好几把，他终于开垦出好几亩山地。父亲在山地种上番薯、木薯、南瓜和棉豆诸物。由于土地贫瘠，没甚肥力，薯苗倒是茁壮，但收成甚差，薯实比指头大不了多少。如果说那些绿油油的叶片，犹如父亲那浪漫情怀的倒影，那么这些薯实就是残酷的现实。倒是南瓜和棉豆之类的蔬果收成不错。番薯叶、南瓜叶和豆荚叶，都是粤西乡间常见的蔬菜。有一段时间，南瓜是我家的主食。当回首往昔，我身边弥漫着一股南瓜的滋味，依稀可闻。

第三章　植物

1.草木概说

在凤凰村,野草遍地皆是(庄稼亦多属草本植物,在此仅说野草),只要有泥土的地方就有草。草是牛的食粮。牛是食草或素食动物,植物的叶子、根茎、果实乃至粥饭,诸如稻草、甘蔗叶、薯类、豆类及瓜类的藤叶都是牛的果腹之物。但牛的主食还是草。河畔、坡地或田埂上的野草,绿油油的,柔软,脆嫩,像精致的甜点,是牛的至爱之物。

野草种类繁多,大多数没有名字。从村口通向诸个田垌及丘陵的每一条土路两边都长满了草叶，仿佛青草的弹簧和野花的螺丝钉加固着路基。而土路中央,由于人畜践踏,无法长出草来,路面光滑而瓷实,像面筋般白色且略具弹性,草叶扫过脚面,也略有酥软之感。当你牵牛走在路上,牛一边走一边啃草,像一台割草机修剪着小路两旁的杂草,使其保持同一水平。

每天清晨,都有孩子挎着竹筐及镰刀去割草,主要是给牛提供草料。牛的胃口太大了,它的腹部就像一座贮存草料的小型仓库。太阳还没有升高,草地上八角网状的露水,随处可见,像脆弱的蛛网,草叶的露珠在孩子的镰刀上破碎。而孩子几乎是半跪或坐在草地或田埂上,露水将衣裤全打湿了。孩子们要忙碌一个上午,才够牛美美吃一顿。割草喂牛通常是女孩的工作,她们将割取的野草挑到小河洗濯供牛享用。除了洗衣服、煮饭及喂猪等诸项事务,女孩们还得挑着柴筐或畚箕上山砍柴。砍柴比割草劳累得多,对力气的要求更大,尽管柴火也多是须芒草、茅草之类,亦夹杂着铁芒萁、扫把树、黄芽茶以及一些不知名的灌木,有的相当坚硬。男孩也没闲着,稍大一些的,都要跟父母下田耕作了。

乡间的野草种类浩繁, 即使是经验丰富的老农, 也语焉不详。某些草类在乡村生活的重要性或影响力太大,人们还是努力辨识或径直命名。草无非是水生及陆生,我也能叫出三五十种草的名称,水生的有“关草”、“菩萨草”、“高塘蛇”、芦苇等。陆生的有蓟草、“簕固”(其叶片及果实酷肖菠萝,不可食)、茅草、芒草、牵牛花、雏菊、野兰草等。但这些野草生存在封闭的乡村方言中,我无法将其跟植物学上的术名相对应。人不像牛那样吃草,但不少草本植物也有食用及药用价值,譬如田艾、荠菜、紫苏(乃炒田螺上佳之调料)、鲜汁菜、益母草、“蛤拨”(端午节裹肉粽时必放,香气浓郁)、鱼腥草等都可当野菜烹食或做食物的调料。像薄荷、荆芥、地胆头、白花茶、蒲公英、车前草、“臭气草”等都是乡间常用的草药。

“关草”长在河湾或浅滩处。它们在浅水上伸出修长、碧绿而呈菱状的叶梗，极其柔软而富有韧性，若用小刀切断，可看到其横断面乃是小三角形，叶子短小而稀疏。“关草”头像葱头一样雪白，用其煲塘鲺鱼头可治鼻血症，我幼时就吃过几次，其味略苦。“关草”晒干后变得更柔韧，常有人当小绳子拴缚东西，或编织草席，这种席子比竹席更为柔软而清凉。

“菩萨草”是一种藤蔓上长着圆形小叶片的水草，常聚居着大群菩萨鱼。这种小鱼如指头般大，形如鲫鱼，但条纹更密集更鲜明，有的五彩斑斓，美观而易养活，寿命亦长。常有孩子抓了装在瓶子、水罐中养来玩，有时在水缸也放几条，有的能活命数年之久。这种草无甚用途，孩子养菩萨鱼时，必扯几根菩萨草放在一边，算是给那些囚徒营造“更美好的环境”。

“高塘蛇”是一种能治数十种皮肤病的神奇药草，我想中草药典籍或有记载，但我对不上号。此草生于沼泽湿地处，脆嫩细藤上缀满小叶片，藤上生满白色根须，随水漫延，模样略像西洋菜。乡村卫生条件较差，孩子易患“鸡屎拿”、“礼抓”、“牛皮癣”等各种疮疥及皮肤病，或奇痒或剧痛，苦不堪言，诸药无效，唯此物最见功效。扯一把放入锅中煮沸，取药汤洗濯患处，再敷以数种外用药物，三五次后必化脓、结疤乃至根治。父亲就多次用此草给我们治过，屡试不爽。乡间一草一木，若使用得当，皆是良药。

竹子可能是最巨型的野草了。竹子属禾本科多年生常绿植物，与稻、稗等同属一科。但其茎管坚硬，犹如木质，说是草未免牵强。那么，除了竹子，芦苇称得上是野草中的巨人。

寒芒跟芦苇在外观上难以区分，芦苇茎管中空，而寒芒不是；寒芒到处可见，芦苇乃择水而生。寒芒亦不若芦苇高大繁茂。芦苇的秆和叶片都嫩绿欲滴，闪闪发亮。中学时读孙犁的《白洋淀记》印象很深刻。夏天芦苇荡漾碧绿无边，在秋天芦花白头，如霜如雪，一片白茫茫，让人顿生秋风萧瑟之感。在我们乡间的水边，芦苇就没那么密集大片，但成丛成簇，茁壮，蓬勃，犹如一队腰肢细软的少女在跳跃，在嬉戏，在水边梳头，随风摇曳，婀娜多姿，让人陶醉。芦苇易折，但繁殖力惊人，其植株涌现的生命力让人欣喜。帕斯卡尔说："思想形成人的伟大。人只不过是一根芦苇，是自然界最脆弱的东西，但它是一根能思想的芦苇。" 据说芦苇有很多用途，譬如建茅房、编器具（如苇席、绳子等）、造纸等，芦笋能食用，芦叶、芦花、芦茎、芦根、芦笋均可入药。村中芦苇太少，多派不上用场。村民有时攀折芦花以作笤帚，是清洁锅煲的上佳用具。近年来，随着河水干涸，要寻觅一丛芦苇恐不可得了。

在初春，田艾草在犁翻了的田坯密集地生长，植株细小如丝绳，叶茎上长出淡白淡黄的小花。孩子们常挎着菜篮采集，让母亲洗净捣烂了，拌在糯米粉做田艾糍粑吃，苦涩中有甘味，且能辟邪，乃乡间常见之美食。在以前，亦有人用艾草晒制成药，烧炙以治病。狗尾巴草在坡地上生长蓬勃，颇得女孩青睐。常在割草或砍柴之余，折得一束，拿在手上玩耍，好几天都不舍得丢弃。“害羞草”及“簕固”高大而长刺，常有人移植于果园及菜地边上围园，以作篱笆墙之用。

在百草之种，能治病及入药的很多，父亲常采集白花茶、车前草、蒲公英等配伍成方，再掘取土茯苓之块茎，加上去药房抓的几味中药，煲凉茶供我们饮用。父亲对清热解毒较有心得，亦多赖药草之功。乡间有用地胆头煲鸡汤的做法，父亲以为此乃暴殄天物。地胆头虽能解毒，却非滋补之品，一煲鲜美鸡汤就糟蹋了。白花茶在坡头地尾常能见到，在盛夏开花之时，花朵虽细小而繁茂，于绿叶青枝中如波浪般涌现，远望之密集如白帐，如堆雪，异常夺目。车前草则随处可见，村头地尾乃至菜地上皆见，其籽实亦入药。

有一种村人叫“臭气草”的野草，其植株及花朵都有点像野芍药，气味有点难闻，其叶子捣烂成药饼状，乃止血止痛之首选。乡间能止血的草药甚多，就是番石榴树的叶芽，放入嘴里嚼烂了亦能止血，却不及此物见效。孩子在村巷戏耍奔跑，有时摔倒、撞伤或踢到尖石，常有流血事件发生。大人总是从路边或野地随手摘此物以止血，过得数天，疮口遂生肌脱痂，恢复如常。在诸草药中，我对此物及“高塘蛇”印象最深，后来我在惠州登罗浮山时踢伤了大脚指，血如泉涌，见路边有一丛“臭气草”，生长蓬勃，遂取之敷用。罗浮山出产诸多药草，山下还有制药厂，不知此物是否入药。我年少时常发奇想，倘若将此物如云南白药般炼制成药粉或药膏,必属世上最好的金疮药之列。我说干就干,采集了一堆叶片,放在瓦煲里熬得稀烂如泥,奇臭无比,只好倒掉了事。

蒲公英是乡下孩子的花朵与梦幻。每年春天,蒲公英开出小花,黄色或白色。它只是一种普通的植物,它在别人遗忘或遗弃的时间与空间里成长。只要求一点点的温暖和舒适,并且已经得到了。蒲公英如果有香气,那香气必定早被一阵阵的风吹散了。它的颜色是那种平淡的白色或淡黄,叶子上有一层明显的软毛。它太小了,既不会引起画家的瞩目,也没有诗人为它歌咏。除了采药的老翁,就只有嬉戏的孩子发现它的存在并如获至宝了。

几丛飞絮扬花的蒲公英,就像无人使用的梦的材料,还不是真正的梦,但加上几个吹蒲公英的孩子,那一切都不同了,一切都变得生动起来了。这就是真实的梦境, 像缥缈的云彩一样鲜明,它是应该入诗入画的。一朵朵蒲公英的飞絮在一个女孩的唇边吹送,并消失于五月间的原野,这是让人怦然心动的景象。

一个女孩跪在地上,小心翼翼地折下一株蒲公英,折下的是一朵会做梦的花乃至梦境本身,生怕将它惊醒了似的。蒲公英的花瓣早已脱落,跟泥土混淆在一起,它的果实顶上生出一个奶嘴状的东西,上面镶嵌着一簇白毛,无数根白毛聚集在一起,整个头状花絮便变成了一个白色的小绒球。更多的孩子将那些绒球摘了下来,用嘴轻轻一吹,蒲公英的果实就漫天飞舞,好像一顶顶缩小了千百倍的降落伞,缓缓地飘向远方。游戏是成人世界在儿童世界的折射与投影,是孩子梦想的方式以及对梦想的抵达,无论哪一种游戏，它都会给孩子带来欢快与有趣的记忆。但没有哪一种游戏，像吹蒲公英那样更接近梦想乃至梦想的飞翔。孩子们没有说话，专心致志地重复着吹送，这无关输赢，蒲公英也不是一件庸俗的玩具，而是梦想的模拟以及载体。那些白色的、絮状的小伞，一朵一朵飘走了。它们将在一个崭新的、陌生的世界扎下根来，并开枝散叶。那是孩子们从来没有去过的地方。而孩子们吹走的不仅仅是蒲公英的果实，而是心底最纯美的幻想。

那一次，我跟同伴在原野上吹蒲公英的经历让人难忘。孩子们摘下一株又一株，他们没有喧嚣，没有聒噪，即使是最好动的孩子，此刻也在微风中安静下来，沉浸于一种微醺的醉意或难得的安谧之中，他们仿佛青色或银色的小鱼在清澈的溪流中沉淀。即使没有风，蒲公英也在自我吹送。而孩子的加入，使一种普通的植物具有人的思绪与感觉并互相融入。你瞧，孩子们仿佛也在自我吹送，作为其中的一分子，我感觉我抵达了一个陌生的、奇异的境界，仿佛一只钟表返回机械的内部，清晰地听到了光阴消逝的低语。从来没有这样的一种游戏，可以让孩子进入一种纯粹的安静并为之沉醉。

野草不择地而生，只要有些泥土，就能扎根并长出草叶来。坡头地尾野草多且不说，就是菜地、稻田、薯地、豆地等亦长满野草或稗草，此乃对农作物的冒犯，一律称之为杂草，必欲除之而后快，或拔或铲，这些草或随手抛却，或收拢以喂牛。

屋顶瓦面上，风送来尘埃及草籽，亦多长野草，有些还生长茁壮，招展如旗。父亲常借助梯子登上屋顶，将其一一拔除，以免其根须将瓦面拱乱；又疏浚瓦面槽沟，保持其通畅，以防夏季的暴风雨。泥砖屋的四周亦多有繁茂杂草，乃至长到砖墙上去，父亲平时懒得理它，除非心情舒畅而又得闲，才动手铲除，过年时必将其扫荡。

在村口的大水井，井台四周长满野草，井壁亦垂挂着几丛铁芒萁、茅草之类，要清除不易，亦只有临近过年清淤时才一并拔除。

除龙眼、荔枝、芒果、杨桃等果树外，凤凰村的树种多为南方常见的常绿乔木，高大挺拔，生长迅速，木质粗糙，所产木材质量一般。常见的有苦楝树、桉树、相思树、杉树、松树、榕树、樟树诸种，其中最多的是桉树（如尤加利、柠檬桉等，进入新世纪，又从异域引入速生桉树种，据说此树生长奇快，三五年即可成材，但木质松软，主要供造纸、一次性筷子等使用。犹如水泵将地下水吸取殆尽，树叶散发出难闻气体，速生林之中，寸草不生）。倒是村庄以凤凰树命名，我却连一棵凤凰树也没见到。打电话问父亲，又在网上搜索，对凤凰树隐约有些了解，却一直以未能目睹而为憾事。

也是奇事，在本书写作中途，昨天（二〇一一年五月二十八日）我携妻儿赴龙洞森林公园登山，群山连绵，虽不甚高，却仿佛绵延无尽，当爬上数处山顶，以为必有下山之路，没想一山更有一山高，一连爬过十余座山头，仍未见尽头，已略显慌张。彼时山林寂静，蝉鸣鼓噪，凉风拂吹，空气清新扑面，四下里阒寂无人，时闻数声鸟鸣。

我发现山上有一个小树林，皆是那种树身灰褐、盛开着如火红花的树木，地上亦厚厚落了一层花絮。一脚踩在松软厚实的落叶之上，如踩被衾。我在乡村生活了十八年，略知草木之名。却说不上此树种是甚，脑海灵光一闪，莫非就是我一直寻觅而不得的凤凰树，此刻却受着冥冥中的安排而得以在广州郊外遭遇？拍了几张照片，上网查找比对，各方面的资料都吻合。尤其是得一资料，可谓有力佐证：龙眼洞诸山上荷木成林，绵延无尽，乃两广常见之荷木。亦见小片凤凰树。由此可推断，我当时转悠了数小时之久的林子乃是荷木森林，而那个小树林则属凤凰树无疑。没想到，在出生地销声匿迹的凤凰树，却在居住地繁衍不休（据说龙眼洞以跟其相毗的火炉山、凤凰山三大森林公园联合，有亚洲最大的森林公园之称，也不以何为据）。我在广州过了十八年才得以目睹其真容，这恰好是我在村庄的时间。十八岁后，我远走他乡。之前，我从未想过要为村庄写一部怀念之书，没有“凤凰”的意识，没想过它也是一个树种。今年初，动此念头着手操作时，竟就真见到了它。这是什么样的神秘力量？

我童年时村庄已分单干，山丘林地亦相应分到各家各户，由私人培育、照料及砍伐。村庄的森林早在大炼钢铁时砍伐殆尽，不少树种已绝迹。几株漏网之鱼的巨木，亦被各家砍伐以作他用。分单干后，稍为成片的次生林及人工林均已被肢解成小块，不时砍伐，以建房子（做梁木、柱子、顶木及格子之用）乃至篱桩、扎篱笆。树木生长缓慢，砍伐却易，没几年，大树已难觅踪影。

诸树之中，杉树木质较佳，但生长迟缓。我童年时所见杉树均为大炼钢铁后栽种，生长了二三十年，仍不过手臂般粗细，恰好是锄头柄大小。松树林矗立于各山头之上，松脂清香，依稀可闻。而树上的松针之上，更蠕动着难以计数的毛毛虫（乃蝶蛾之幼虫），外形丑陋而可怖，毒毛密集，稍一沾惹，必皮肤红肿乃至溃疡，痛痒难当。毛毛虫喜以松针为食，亦无人喷药救治，任由其自生自灭。在夏天，松树上多见一种黑褐色的丑陋小蝉，名曰“松木蝉”，叫声之嘶哑难听与其外形相吻合，更具野生本性。在村庄四周，桉树、相思树及苦楝树上，枝条上布满了绿蝉，叫声激越悦耳，其肉亦鲜美可口，常为孩子所捕食。树上常有一种大黑蝉，鸣声激昂粗哑，如铜锣般震耳欲聋，可食而肉糙。竹林中生长一种小竹蝉，体形娇小精致，宛若精美的黄玉被包裹于数片透明如纱的羽翼中，亦可食。此三种蝉似沾染了不少人间烟火气，其叫声略跟人类的情感相沟通，仿如蜘蛛一般，亦有家蛛及野蛛之分。

樟木木质柔韧结实，纹理细腻，芳香好闻，不怕虫蛀，据说可供雕刻神像之用，而樟脑丸亦从樟树中提炼而得。樟木树上亦繁衍着无数如巨形毛毛虫之物，看来可怖却无甚毒性，此即樟木蚕。常有孩子捕捉并抽取其体内的蚕丝，粗如丝绳，异常坚韧。那些蚕儿就被活活整死了。孩子们干得认真、严谨而完美，将所得之蚕丝连接并在线轴上缠绕，彼此炫耀，实无甚用途。坡禾林的河边处，就有几株大樟木，在林间飞舞的斑斓大蛱蝶，有哪种来自樟木蚕呢？

我们家在村庄的最南端，莅临池塘边的十几棵相思树是大伯父少年时所植。此片小树林是全村孩子的乐园，每天都有孩子像大鸟伫立于不同的树木上。树干显得光洁滑溜，全是孩子们攀爬过的痕迹。相思树不会长得太高，它总是不断地分杈，横生枝节。而树身之光滑仅次于柠檬桉，其表面清洁，干净，质感很好，枝条又坚韧结实，有弹性，不易折断，不像龙眼树、芒果树、苦楝树之类，这都吸引了孩子们去攀爬。有的孩子攀着树枝往下悬垂，甚至做出悬空或纵跃到他树的惊险动作而安然无恙。再也找不到比做“走树赢”游戏更理想的场所了。每天，我几乎有一半时间在那几棵树上消磨闲暇。有一棵歪脖子树，从池塘岸边斜生横逸而出，大半株树干及枝叶均在池塘上空。你可以从树根出发，挺直身体，一直行走至树巅，并在最后的一个大树杈上舒舒然坐下来，或以树为床，躲在上面午睡。即使滚落池塘也没多大关系，下面全是水。有一棵树长到半空，忽然拐了个弯，整个树干折成了一个直角状，离地一米多高，遂成了天然的单杠。

每棵相思树都有数不清的“Y”状树杈，很适合蹲坐在上面。我那时忽发奇想，如果将那个大树杈伐来做弹弓，应当用轮胎来做弹簧，整张牛皮做弓底，石碌般的巨石做弹丸，或锄头柄做箭矢，方才相称吧。只是找谁来拉开这样的一张巨弓呢？恐怕除了传说中的远祖大力士黄应国，旁人是无法撼动了。

相思树木质寻常，苦楝树可打家具，榕树倒是无人砍伐，冠盖如伞，适合遮荫。诸树木叶都是不错的柴火，尤其是松针，火焰蓬勃而无余烬，亦不冒烟。

桉树中的尤加利是凤凰村最多的树种，粗生易活，能于贫瘠处扎根。其树叶、果实萎落于地，被孩子们用竻篱收集装入柴筐挑回厨房，乃上好柴火。当然，更好的是尤加利树枝及柴片。毛薯地、豆角地、黄瓜地里的篱桩，亦多取伐自尤加利上的枝条。尤加利木材质地不佳，易皲裂，做家具不太合适，做长条木凳尚可，床柜之类就不行了。在二十世纪八十年代，村人盖房子，将尤加利木头锯开成格子以盖瓦，乃普遍之事。村庄做"木生"时，主要是砍伐尤加利及松树。小的用斧砍，大的先"裁枝"(将树枝斫断，仅余下粗大树干)，再用拖锯锯至将断之际，在树丫上系一根绳子，往预定方向上拉去，应声仆倒。尤加利树桩砍后不久，即抽出一束枝条，枝叶嫩黄、粉红，继而变青、发绿，没几天，就长成了一把小树苗。有几株脱颖而出，假以时日，必定成材。这尤加利就如韭菜似的，收割了又会长出下一茬来。新伐的尤加利木头，有时将桩子打入田垌或溪畔，亦会发芽长叶。

柠檬桉亦是村庄最常见的桉树种，叶子跟尤加利相似，树干表面却不同。尤加利皮粗肉厚，表面粗糙皲裂，就如乡野粗人。这柠檬桉却皮细肉嫩，树皮光滑如翩翩浊世佳公子，从未沾过重活(树干比北方的白桦树更光滑)。柠檬桉的树皮老了，颜色变深，就会脱皮，宛若长蛇蜕壳一般。换上新皮，粉白，嫩滑，宛若美妇人的滑腻肌肤，在夏日挨贴上去，遍体清凉。很少树木像柠檬桉这么女性化。柠檬桉的木材无甚特别，其树叶却可以炼油。常有人在夏秋两季，来到村庄筑土炉炼桉叶油，被土炉熬煮过的桉树叶失却绿色，堆积如山，气味难闻，而炼油的污水径直排入溪水或小河中，污染甚大。又由于其表面光滑，只要四肢有力，就可以抱住树干，紧贴肚皮，两腿一伸一缩，模仿壁虎爬墙，一步步攀爬至树杈上去，方才喘一口气。爬柠檬桉树比赛，向来是村庄的传统游戏。此类树木高大笔直，自有雍容华贵的风度，在一片矮小树林中，犹如鸡群里的鹤。

2.桑树和苦楝树

在长滩对岸的黄栌山斜坡上，生产队曾建了一幢泥砖坯小屋，这就是蚕桑屋，作为村办集体企业养蚕的地方。而在土地庙的后头，长滩西岸直至牛洼山脚的一块狭长土地上，被开辟为桑园。桑树长得很好，枝叶繁茂，桑叶碧绿。

二十世纪八十年代初，我们一伙小孩常在桑林中钻进钻出，玩捉迷藏的游戏，脚下踩着的泥土松软、舒适，桑林里空气清新甜美，让人神清气爽。进入夏天，空气中流淌着桑葚果的甜蜜滋味。果子陆续成熟了，果实变得肥硕、饱满，由青转红，继而发紫发黑。桑林里的桑葚密密匝匝，一串串垂挂于枝叶间，犹如黑珍珠或红宝石,闪耀着光泽,比山稔子更密集。摘一颗放入嘴里,酸甜,汁液四溅。我们一边摘一边塞入嘴里。汁液将嘴唇染得乌黑血红,宛若流血,而牙根也微微发酸。大人也不管,我们大可当其为野果采摘。吃得差不多了,才用衣襟或小篮子摘一堆回去。

有时,我们也会从蚕桑屋捡几条蚕虫,摘几把桑叶,养起蚕来。蚕长得很快,雪白,圆滚滚的,有点像毛毛虫,但身上光溜溜的,没有毛。它们的相似处更在于未来,将会作茧自缚,并破茧而出,脱胎换骨,长出翅膀飞翔于枝叶间。我们很少有人有耐心将蚕养到吐丝织茧,那意味着长久的专注、耐心和劳作,当然还得有相应的技术。大多数的蚕蛹在破茧之前,已被人割开,将茧取走。蚕蛹也是一种食物,但味道古怪,村庄的人不爱吃,我觉得蜂蛹、竹虫蛹都比它好吃。我们养蚕是为了感受蚕吃桑叶的沙沙微响。蚕儿进食的速度之快,让我略感惊异。

众所周知,蚕丝是高级绸缎的材料,村企业所养的蚕茧将被收购到县城丝绸厂上去。当时,丝厂如日中天,有上千名职工,厂里房舍林立,绿树成荫,食堂、图书室、体育场及游乐场等一应俱全,是当地赫赫有名的国企。所产丝绸远销海内外,在粤西地区享有盛誉。二十世纪九十年代初,我还跟同学到过丝厂玩,不禁惊叹其环境之清幽寂静。但没几年就败光了。村里的蚕桑场败得更早,不过三五年,已宣告破产。水轮机房倒塌后,废弃的桑屋就转为碾米房了,当时村庄已通电。一时机器轰鸣,糠屑飞扬,满屋子全是尘屑,连眼睛也张不开。桑林还持续了数年时光,愈加高大茂盛。

我常独自钻入林中,坐在桑基上倾听林外淙淙的水声,眼前不时有几只黄色的小鸟在扑飞,发出清澈如水的啾鸣。我坐于林中,感到身体彻底放松下来,融入了天空和大地的深处,将一切烦恼抛之脑后。我想到很多东西,能记起那些沉醉不已的梦境(这通常在夜晚将睡未睡时才能忆及),也有一些远大理想之类的朦胧意识。但我做梦也没想到有朝一日会离开村庄。

我很容易就在桑基上入睡,那些繁密的青草柔软如床单。穿过桑林的风也刮入了我的睡眠。有时,我睡到午后乃至黄昏,金色的晚霞像略显锈迹的箭矢射入林中,林中逐渐变得幽暗而宁静。有时我被鸟鸣、鞭炮声(桑园前的土地庙经常有人烧香拜神,而放鞭炮是最后也是必需的工序)及难以分辨的噪声惊醒。有一次,我仿佛听到了洪水奔涌、巨浪哗然的声响。我霍然转醒。原来是一头水牛就在耳畔嚼食桑叶。它硕大的头部和身躯在密林枝丫中强行穿越,使桑树剧烈摇撼、枝叶摩擦而发出响亮的声浪。我喜欢桑园。它既安静又清洁,靠近水边,叶香水气,扑鼻而来,又靠近庙宇,就给人肃穆而安全之感。至少,鬼怪不敢作祟。事实上,这片不大的桑林,也像一座绿色的庙宇,可以使一个忧郁的孩子平静,并发出微笑。

我在桑林中感到了喜悦。我甚至遗忘了村庄。一个充满掠夺和争斗的村庄,犹如群鬼出没的荒丘,它经常是我做噩梦的源泉。而我在桑林中涌起对人类、星空及草木的柔情。

桑叶可入药，能清热解毒，父亲开药方常用此药。桑叶据说还可以当蔬菜炒吃，我没见村人吃桑叶，那只是昆虫或牛的食料。后来，我在广州“金桑园”的餐厅里吃到了上汤及蒜茸炒的桑叶，味道上佳。乡下人一年没几次油水，却不缺蔬菜。每户人家都有一个菜园子或菜地，就在长滩一带及园山脚下，靠近河边，也就便于灌溉。一年四季，白菜、通菜、芥菜、苦麦菜、大白菜以及黄瓜、丝瓜、蒲瓜、西红柿等层出不穷，食之无尽。桑林终被砍伐，刨掉树桩，代之以速生桉树。桉树苗长得很快，数年就有了林子的模样。桉树林或相思树、松树林在村庄太过平常，而唯一的桑林已于现实中丧失，只停留在我头脑的一片空地中，随着岁月推移，也变得越来越模糊了。我到了石湾初中读书，开始独自面对世界。我在桑林度过的美好童年已杳如黄鹤。

早几年，我回到桑园旧址去看，连桉树也被砍伐一空，生长了二三十年的桉树，已可换取钱财。地上长满了野生的灌木丛及荆棘，野草长势凶猛，将桉树桩也掩盖了。一种类似于芍药的野草，叶茎高大，开出细碎的小花，白色或黄色，散发出呛鼻而难闻的气味。这儿成了野草和老鼠的乐园。长滩上那曾经如明镜般闪亮的小河湾，裸露出干涸而丑陋的河床，堆满了塑料袋、玻璃瓶、断砖碎瓦之类，犹如一位垂死老妪露出瘦硬肋骨及空瘪耷拉的乳房，而她曾是双乳饱满、明艳照人的美妇人。

在岭南乡间，苦楝树随处可见，这是一种美丽的树木，黑蓝的树皮有一圈圈乳白色的花纹，在春日开出密密麻麻的粉白小花。将在秋天挂满果实，外形如金橘，浑圆，金黄，只是较金橘略小，亦不可食用。这些果子坠地后，将会长出数不清的幼苗。这是乡村常用的家具木材，算不上好材料，但也质朴实用，且成材较快，十几二十年就能砍伐来做家具。村庄的男子会从野地掘几棵树苗，种在屋边或菜地边上，等长大成人了，树也成材了。正好伐来做新婚用的大床，打几把椅子。我童年时种过几棵苦楝树，如今高大繁茂，算得上粗壮老树了。

在村庄，人们看重的只是果实，那些怒放的花朵多么浪费！农民意识操纵着一切，无论做什么事，都要看一看有没有用，实用主义是唯一的法则。孩子作为农民的继承人，对此早已心领神会。很快，那些细小的花朵结出青色果子，在夏天变得饱满而发硬，并将在秋天成熟。然而，苦楝果不可食，成熟对孩子毫无意义。孩子们倒是在青硬的果子上发明了一种奇特的用途。

于是，孩子们像猴子一样爬上这些低矮的树木，将苦楝子采摘下来。每一捧苦楝子都连接着一根细小的果柄，恰好可以牢牢地抓在手上。在这个游戏中，这些苦楝子就是子弹，而一棵苦楝树就是取之不尽的弹药库。“打苦楝子仗”是村庄的“合法”游戏——由于危险性轻微而得到大人的默许。

在我家砖窑旁边生长着一棵苦楝树，没有人知道它是何时生长起来的，也没有人知道它是怎样生长的，它在不声不响之中，就长到碗口般粗细，枝杈横生，树冠亭亭如盖，在春日还开出了无数细小而淡白的小花。苦楝树乃是粤西乡下的寻常树木,在水塘边,或山坡上,随处可见。而这棵苦楝树的生长,乃是对沉闷岁月的抵抗,是生命对苦难所取得的一次胜利,它犹如时光之书上一枚精美的书签,不经意间就点缀出生命的美丽。

每年初冬,它都要经历一次炼狱,父亲一年一度的烧窑对于它来说不亚于刀砍斧戕,万箭穿心!在冬天,苦楝树掉光了叶子,它还称不上粗壮的躯干和每一根枝条都暴露在北风中, 它静立着,在天空下保持沉默,黑蓝的树皮有一圈圈乳白色的花纹,看上去仿佛已经枯干!而烈火焚烧砖窑,烈火透过窑壁烘烤这一棵皮细肉嫩如少女的树木。我以为它早就停止了呼吸。直到第二年春天,它才从枝头上抽出淡绿色的芽苞,并长出绿色的叶子,当绿叶覆满枝头的时候,那些密密麻麻的小花又灿然怒放了,仿佛是一些芬芳的音符。待冬日到来,叶子腐烂成泥,这棵苦楝树又要经受新一轮的考验。生死之考验从来都是如此严峻,要么顽强地活下去,要么在死神面前缴械投降。

十年前,我从省城回到阔别已久的村庄,我看到了那几堆被父亲分成三个等级的砖头, 那些半生不熟的砖头在日晒雨淋下完全没有了棱角,作为一块方砖,它们已不存在,而几乎成了一堆庞大的烂泥,上面长满了野草和藤蔓;而那些过熟的砖头黑乎乎的,犹如一堆焦炭,它们是泥土的灰烬还是时光的焦炭?那些原本最漂亮的红砖也面目全非,砖缝间生长着野草,砖面上落满鸟粪,砖头布满虫豸爬过的痕迹,这些砖头的确非常坚硬,但它们在时光之刃前显得那么脆弱，世上没有什么东西能躲避时间的腐蚀。我不禁感到一阵酸楚，这些来之不易的红砖本来有机会成为房子的一面墙壁，但最终在默默无闻中归于尘土。

我还专门跑到山坡去看那口砖窑。由于年久失修，风雨侵蚀，砖窑已倒塌了半边，而那棵英雄般的苦楝树已不知去向，只有那个枯朽的树桩才能让我找到它当年的位置。它是自己走到了生命的尽头，还是在别人的斧锯下夭折？这棵树，在早年习惯了火焰的浇灌和滋润，如今没有烧窑的烘烤反而感到失落？莫非它跟这口砖窑已有了一种说不出的玄妙的关系？它们之间的生命已互相渗透互相影响？我不愿意再深究下去，但砖窑的倒塌乃是事实，而这一棵为我童年时所喜爱的苦楝树也不见踪影。我坐在树桩上仰望着天空，天上飘散着云彩，我的视线跟随着浮云在移动。一只大鸟飞入树丛，像一声叹息坠入我的心底。

3.橄榄树与芒果树

我童年时，坡禾林里尚有十数株高大的橄榄树。其中一棵高入云霄，状若参天，就掩埋于密实竹林中，必须披荆斩棘，方可到达树前。它在春天开出米粒状的小花，呈淡黄色，在夏天结出纺锤状的果实，中间大，两头尖，只是太过细小。果实逐渐膨大，果核变得坚硬，但也大不到哪儿去，无非像指头般。熟时果肉变硬，果核坚硬如铁。这都是制作橄榄凉果如甘草榄、甜榄之类的原料。我们也等不到果实成熟，就用竹竿去捅扫或将竹竿顶端劈开，上塞小木棍，张开口子，咬住橄榄枝再用力拧绞，就可以将其扭断并摘取枝上的果子。

待到七八月间，榄果渐大，连果核亦略硬实，总会有人拿着箩筐去摘果，孩子闻风而动，再不动手就一个都不会剩了。于是，所有的橄榄树上都爬满了猴子般的孩子。他们索性徒手爬到树上去，连竹竿也不用了，一直爬到树梢或旁逸的枝条当中，用手将有果实的细小枝条折断并抛掷到地下，自有同伙捡拾并摘果入筐。孩子骑坐在细小枝条之上，胯下的枝条起伏不定，往上看触目惊心，好在没有人坠地。倒是有成年人爬上龙眼树摘果坠亡。我胆子小，不敢爬到细小的枝条上去，但爬到树杈还是可以的，再接过弟妹从地上递过来的竹竿，也能摘到不少果子。倘若你仍在地上，就够不到高处的果子了。低处的果子已被采摘一空。

这些摘回来的果子，肉嫩味涩，果核虽成形仍显柔软，吃一个，酸水直冒，须经一番炮制方可食用。譬如放在盐水及甘草中浸泡数日，再晒干，虽不及市面上的甘草橄榄好吃，倒也滋味不错。待我们将半箩筐果子摘回，母亲也来了兴致。她用水清洗后，挑到鬼落山那边人家的碓屋里，将橄榄倒入舂坑，杂以山姜，用木碓将其舂得稀烂，细幼如米糠状，拿回来装入坛子里，放点盐略为腌制，是送粥的上等咸菜。

橄榄树上密布着一种硕大"割虫"。这是一种不知名的虫子，不知在昆虫名录中为何。若皮肤稍一碰触，必如烈火烧灼般疼痛，有时红肿起来，宛若利刃割伤，故名“割虫”，我无法在普通话中找到相应的译名。但可能是某种昆虫的幼虫，犹如毛毛虫是蝶蛾类的幼虫。其呈半透明状，淡绿色，犹如缩小的叶子，就重叠于叶片之上。每片橄榄叶都有一至数只虫子，叶片既是其活动场所及承载之物，又是其粮仓和食粮。这种割虫跟竹林里咬啮竹叶的“割虫”应是同类，但面目迥异，身形更粗壮，也更凶悍了。

除了割虫，橄榄树上还密布着种类繁多、数目不详的毛毛虫，我们统称为“狗毛”，毛毛虫最多的地方是松林，那些黑褐色的凶恶虫子将坚韧松针咬啮殆尽。

有一次，我爬上橄榄树时，避开了割虫的攻击。我环抱着树杈以图进一步上升时，裸露的手臂突然一阵剧痛，我哎呀一声，差点松手从树上坠下，心胆俱丧。我看到一条雪白、光溜的虫子在虚空中掉落。刚才我箍住树木时，接触到了毛毛虫，而它将身上的毒毛悉数刺入了我的臂弯。我收慑心神，强忍剧痛，镇静而缓慢地从树上爬下来，待到地面，方有暇察看，手臂早已红肿、溃疡，让人毛骨悚然。毛毛虫的毒毛比“割虫”毒性更甚，仅一两根毒毛蜇刺，已让人疼痛难忍。“割虫”蜇伤之处，过几天自然会好；而毛毛虫蜇过，又痛又痒，苦不堪言，必须处理。父亲赶紧从泥墙的陈年泥砖刮下一层硝泥，用井水略作搅拌，敷在我的患处。说也奇怪，痛楚立马减轻。过了两三个小时，父亲将已凝结为硬壳的泥巴剥掉，换以新的，换得三五次，手臂上的毒毛被泥巴吸取抽离,毒毛神奇地从手臂上转移到了泥巴,并被父亲抛弃到屋边的竹林中。如是反复,直到毒毛全拔除为止,我臂上的烧灼感和刺痛减也慢慢消失了。

我想起前几年,鼻血症发作时,父亲也利用泥墙来止血,但用法迥异。只要方法得当,连泥土也是对症良药。

村庄的橄榄树在二十世纪九十年代被砍伐殆尽，包括那棵三四人也不能合抱的树王。它是大炼钢铁时期硕果仅存的几株巨木之一,至少在人世间生存了三百年。它是村庄最后一棵被砍伐的巨木,这意味着一个时代的结束。到处都是速生林,再也没有巨木了。橄榄枝是和平的象征,鸽子口衔橄榄枝即意味着灾难的过去,而橄榄树在父亲童年时成片成林,如今在此地的消失,仿佛隐喻着安宁难得。

门星岭的坡地上,曾生长着一棵单独的橄榄树,属于私人所有。每当果子饱满之际,总有孩子用小石头去掷砸。主人用簕竹围住树身,孩子们就爬不上去,便用石头投掷,亦能使果子坠落如雨。主人闻讯赶来,放狗追逐,或从山顶上用石头掷击。孩子们如被驱赶的麻雀轰然四散,往坎头田野上纵跃,夺路而逃。

有一次,主人的手臂像投石机有力而准确,成功地在一个孩子的额头砸出了一个洞。该孩子血流如注,当场昏厥。人被抢救回来,却留下了硬币般大的疤痕。这免不了一场纠纷,橄榄树的主人汤药费赔了一笔。不就是小孩摘几个果子么，能下如此狠手？主人在树丫上挂一小牌子，上面用红色油漆歪歪扭扭地写着：喷有剧毒农药，采果子者后果自负！却无人理会。主人气不过，索性将橄榄树伐倒。一棵橄榄树带来的冲突和纠纷，终于结束。

老象家的那棵芒果树，不在宅基地亦即旧屋的庭院中，而是在旧屋的东侧，相距约摸二十米，伫立在旧屋的东窗前，亭亭如盖，四季常青。该树在二三月间开出金粒般澄黄的小花，香气扑鼻；在夏天结出青硬的果子，形如猪腰，密密匝匝地挂在枝梢上；入秋便熟了，黄了，味道很香甜。这棵树是妇人嫁给老象那年春天种的。当时她未满二十岁，花骨朵般的人儿，心里想必也盛开着繁花似锦的梦幻吧。她临终时对老象说："老象，你要好好看着这棵树，见到它，就等于见到我了。"这句话是老象对着手持斧锯正要对这棵树下毒手的土虎说的。土虎否认老象说过这句话。孰对孰错，只好存疑。土虎要在新居旁边挖一个沼气池，这棵树就碍着他了。沼气池在乡村算得上新生事物，其实不过是个大粪池罢了，只是多了个密封的水泥穹顶。沼气可供照明、烧水，也算是燃料。

土虎说："不就是一棵果树吗？不要看得那么重。"老象央求说："不要砍它，你不能砍它。你妈妈让我好好看住它，我不能让你将它砍掉了。"土虎说："你不要跟我发神经，这棵树我是砍定了。"老象抱着树干说："我见到它，就像见到你妈妈一样，你砍它就像砍了你妈妈，就是砍了我的命根子。你不能不孝哇！"土虎哈哈大笑，说："扯淡！母亲我是不会砍的。你的命根子我也不会砍。这棵树不是你的命根子，田小寡妇才是你的命根子哪。但你再不走开，伐木工手上的斧头不长眼睛，真要跑到你的脚上去，可不关我的事。"

两个伐木工走过来，要扯走老象。老象双手抱住树干，双腿一伸一缩，攀缘而上，居然又稳又快，就像壁虎一样敏捷，一会儿就爬到了两三丈高的大树杈上。他身子往上一翻，就像猴子一样灵巧，再沿着一根粗大枝丫爬上去。转眼间，身影就隐没在枝叶浓密的树冠中了。土虎仰头对着树冠说："你给我下来！"老象说："我下来你就要砍树了。"土虎骂道："你不下来我也照样砍！"一个伐木工在腰间别了一把砍刀，也"嗖嗖嗖"地爬上树去，咔嚓咔嚓，三下五除二将芒果树的枝条砍掉，只剩下光秃秃的粗壮树干。此称之谓"落枝"。这样，匿身于叶丛中的老象无所凭依，就完全暴露了。一股极度的惊恐袭上他的脸庞，他像一只瘦削而骨架奇大的大鸟在树杈上瑟瑟发抖。但他仍然不肯屈服，他双手搂住树杈，全身摊开，就像一张膏药紧紧地贴上去。

伐木工不去管它，持着一根粗大的绳子，往大树杈抡上去，绕着树杈打了一个死结，然后顺着树干飞快地溜滑下来。在树底下，土虎已经和另一个伐木工来来回回地拖着大油锯，刷刷刷地割入了树干。老象知道那根粗绳子的用途，于是身子倾斜过去，摇摇晃晃着用手去解。但绳结系得很牢，他怎么也解不开。他情急之下，张开大嘴去咬。尽管老象是六十多岁的人，身体还很硬朗，牙口也蛮不错。但绳子是用石湾墟一带闻名遐迩的黄麻编成的，坚韧极了，就是用刀割也不容易。他直咬得满嘴流血，而那绳子却一时咬不断。

土虎一边拖着油锯，一边望着树上笑说："那倒要看是谁快呢。"锯子在沙沙地锯动，越割越深，细沙似的、雪白的锯末，从锯齿上溢出，簌簌而落，空气中散发出新鲜木料的味道。伐木工越锯越起劲，眼看就要锯断了，连皮带肉只连着一小部分。一个伐木工抓住树杈垂挂下来的绳子，轻轻拉了拉，芒果树晃了晃，摇摇欲坠。他说："老象，你下来吧，你再不下来，树倒了，也会摔死你！"老象应声咬断了那根绳子，但他无可奈何地望了望树底，树马上就要锯断了，再做什么也没有意义了。锯断的树木，不会再接驳上去。他脸色煞白，但是终于屈服了，又将咬断的绳子拴回到树杈上去。

土虎说："这就对了。你跟我赌什么气呢。不就是一棵树吗？"他畅快地笑着，持着一把长长的大楠竹做的梯子，架在树杈上。

老象从竹梯上颤巍巍地爬下来，垂头丧气的，嘴角滴着血，全没有刚才爬树的豪勇和敏捷了。土虎要去扶他，他甩开儿子的手，终于忍不住一屁股跌坐在地上，号啕大哭起来。伐木工又锯了几下，就抽开锯子，都跑去拉绳子了。只听得众人齐声高喊："一，二，三……"没拉几下，那棵大树就往那块预料的空地上轰然倒下了。那根绳子，原本就是为了控制树干扑倒方向的。老象边哭边说："香芹呀，我没用，我没保住你的树啊。"香芹就是土虎的母亲。他一边哭一边控诉,从午后一直哭到傍晚,好不凄惨。之后,他生了一场大病。

很快,土虎的沼气池就建好了。老象病好之后,经常爬到沼气池的水泥穹顶上去,呆呆地盯着那看不见的池底。下面曾经是树桩的位置,现在是一个蛆虫攒动的粪池,堆满了土虎家人及其六畜的粪便。那棵树桩也早被土虎挖起来,劈开当柴烧了。

老象望着空气中不再存在的芒果树,想象着它曾经的树干,枝条,节疤,叶片,那些无穷无尽地涌现的花朵和果子,不禁老泪纵横。那棵树曾经在这片泥土上面的空间占据着一个实实在在的位置,如今已弥散于无形,就像从来也没有存在过。他伸出手去,一遍遍地抚摸着记忆或想象的树木,摸着油绿的叶片、金粒似的碎花和椭圆形的果实。那双在空气中摸着想象之树的手,温存,虔诚,无限温柔。它们迷醉,悲伤,又带着痴狂。那是一双在情人肌肤上逗留的手。他时而喃喃自语,时而放声大笑,时而低头啜泣,他的神态显得古怪而恐怖。

4.龙眼、荔枝、杨桃及其他

在凤凰村,没有什么比这两种果树更相似的了,它们肯定是近亲,就像人类和猴子。龙眼(又名桂圆)树和荔枝树在枝干、树叶上彼此相似,不是有经验的人,根本无法区分。它们的花朵也何其相似,淡黄色、碎粒状,有点像芒果花,但没有芒果花的浓郁香气。作为花朵,实在是太朴素了。然而,花朵里头隐含着不简单的能量,向来受蜜蜂宠爱,在岭南,荔枝蜜是上佳的蜂蜜。这仿佛在表明,日后结出非凡果实大有依据。在南方,此二物向来是最名贵的水果,尤其是龙眼肉制成的元肉,既是滋补之佳品,亦是《本草纲目》记载的良药,价格尤在荔枝干果之上。即使在结果时,它们仍保持了一贯的相似性,淡黄色的小果,表面上分布着粒状物,凸凹不平,貌不惊人,堪称是水果家族的丑小鸭,却会在夏天或初秋变成白天鹅。

荔枝开花及结果的时间较之于龙眼早上两三个月,成熟期亦相应隔开,这是上天对人们的眷顾,也是对它们的关照,以免两虎相斗。这两种水果,受欢迎的程度因人而异,难分伯仲。本地荔枝在十二月前后开花,一、二月间结实,荔枝花朵凋谢而结出小果时,龙眼开花了。当果实膨大及接近成熟时,两者才清晰地区分。一棵成熟的荔枝树仿佛挂满了红色的小灯,或跳跃着一簇簇火苗。我这样说不仅是要强调荔枝果的表面色彩,同时强调荔枝肉里隐藏的火焰,能将人烧伤。“一颗荔枝三把火”,这是南方人说的上火,荔枝甜美可口,却不能多吃。吃时蘸点盐水,有利于去火,但作用不大。上火的人,只好去煲凉茶饮服。或者用瓜咸(蒲瓜切片晒干腌制而成的咸菜)煲粥食用,亦颇见疗效。一树成熟的荔枝显得太张扬,太激动。每一只荔枝果都像呈心形的火焰,跟跳动的烛火何其相似。而果子成熟的龙眼树就很沉得住气,果实表面布满了颗粒,果实颜色似比绿叶更显低调,颜色更淡而呈青黄色，而得以从叶丛间区分。龙眼果呈椭圆形而近似圆球，可能是水果家族中接近于地球形状而最为细小者。龙眼果显得较为温和，也就不那么容易上火。

父亲说，过去村庄的空地、村巷处及山野上，到处都是荔枝龙眼树，荔枝的品种有很多(三月红、黑叶、妃子笑、白糖罂、桂味、挂绿、鸡嘴荔、糯米糍诸如此类)，不乏名贵品种。但荔枝不能充饥，亦无人晒荔枝干果，只好任其坠地而腐烂。在二十世纪六十年代大饥荒时，有人收集荔枝核放入碓坑舂成粉末状，当米粉来蒸糕吃，庶几可以填腹，味道却苦涩，亦甚难消化。荔枝核还有一个用途，乃是孩子们做旋转游戏如扦转及陀螺的玩具。

有一种叫“火山枝”的荔枝，熟后颜色青黄，酸涩无比，无人问津。相较而言，龙眼果自古至今，均大受欢迎，尤其是制作元肉，可储藏数年，在饥馑年代乃奢侈的滋补品，比起“荔枝核糕”，乃天壤之别。村庄里的龙眼树也有好几种，却不若荔枝那么容易区分，形状、颜色均大同小异。只能从果肉厚薄、汁液多寡、果核大小、甜味浓淡等细微处区分，“广眼”和“鸡眼”则处于好坏的两极。“鸡眼”颗粒细小、肉薄味淡；而广眼则反之，是龙眼果中的极品，制作元肉时，亦多以此为原料。茂名地区的龙眼量大质优，居全球之冠，跟化州毗邻的高州龙眼尤其是“储良”广眼为最佳。

自我懂事起，村庄的荔枝树已销声匿迹，上头曾一度要将山头全开辟成荔枝园，但无疾而终。龙眼树则零星可见。但多是近年种植，树龄也无非在三五十年间。父亲说，过江埠旁边的田地原为荔枝林(至今仍叫荔枝园),生长百年以上的古木数以百计,遮天蔽日,荔枝果成熟时,枝头如火光蔓延,地上铺满了果实,无人采摘,连空气都弥漫着甜味。荔枝木坚硬如铁,做家具就是木质粗糙易裂,那些数人合抱不过的巨木被砍倒,锯断,劈开,全被投入了大炼钢铁的土高炉中,化为木炭。而炼出牛粪样的黑乎乎的东西,比泥砖还松脆。那片荔枝林子在世间存在了两三百年,也许在凤凰村开村不久就种植了,却被毁之一旦。这曾经是村庄最美的风景,如今种上了水稻、番薯和白菜。消失的不仅仅是一个果园,更让人痛惜的是那些古树名木。即使它们从不挂果,也自有其威仪和价值。

随着一片繁茂林子消逝的,还有难以计数的物种及生灵。一个林子的消失,仿佛是这个村庄的魂魄在飞散。

无论荔枝还是龙眼树,枝头上都布满了椿象的幼虫及成虫。也许是其作为食物的果叶都如此相似之故,龙眼树上更多,可能是龙眼叶更美味可口。树上还栖息着蚂蚁、"大眼鸡"(一种外观有点像孔雀的昆虫,当然细小了千百倍)之类的昆虫(黄蜂及马蜂也常在这两种树上筑巢)及各种鸟类。龙眼树叶浓密如盖,有时你只听到鸟声密集,树冠在不断地晃动,仿佛被风吹或一只无形之手在摇撼,其实是数十只鸟儿在共同推动着枝条,而你根本看不到一只鸟。椿象常被孩子捉来玩,并烤来吃。据说在饥馑年代,椿象(尤其是其幼虫)成了难得的美味,然而椿象细小、单薄而有硬壳,实在没什么入肚。一只椿象,再加上铁丝及小竹筒,倒可以做成椿象磨之类的玩具。荔枝核也是制作扦转的好材料。

杨桃在村庄又叫“五敛”。“敛”乃凤凰村土话，即瓣成小块，取其杨桃共分五瓣之意。每只果子均是五瓣，不会多，也不会少，其横截面必是五角星，长得周正均衡的，五瓣基本一致，那就接近于正五角星，多是角有大小，长短不一。

常有乡村货郎挑担子穿村过店，一为收购废品，如烂鞋底、鸡肾皮（即鸡内金）、鸭毛、鹅毛、牙膏壳、塑料袋、破铜烂铁诸如此类，亦推销针线盒、胭脂水粉、肥皂等日用百货，而招徕孩子的法宝即是糖果（如花生糖、冬瓜糖、莲藕糖、木薯糖等，每个货郎都是煮糖的好手，用红糖或白糖手工烧制出各式糖果）、凉果（如甘草榄、山楂片、腌杨桃诸如此类，亦多为自家炮制）。其中杨桃割为五瓣，浸泡于玻璃缸中，又甜又酸，鲜美难言，每瓣卖一分钱，物美价廉，颇受孩子欢迎。花生糖之类高档而昂贵，不敢轻易问津。只要去竹林或垃圾堆中翻找几个塑料袋，换取几瓣杨桃解馋并非难事。大人老说，杨桃是用糖精浸泡的，多吃无益。但孩子不管。

村子里亦有几株杨桃树，有的一年四季，不断开花结果（又是一种“四季桃”），如番石榴一般。有的只在春天开出米粒大的花序，呈粉红色，至初秋即硕果累累。我有时摘得数只杨桃，不惜“斥巨资”买回白砂糖腌制，滋味却一般，无法跟货郎的相比。将杨桃以盐水腌制成咸菜送粥，别有风味，跟橄榄糠均为果子制作的上佳咸菜。至今仍是化州、廉江一带有名的风味小吃，在白粥铺或酒店的餐前小食常能见到。村庄的杨桃就味道而言，可分三种，一是甜味的，一是酸味的，有一种甜酸掺半，恰叫“半酸甜”。乡下人大多油水稀缺，生吃杨桃，必酸水直冒乃至呕吐，故生杨桃不宜多吃。酸的更乏人问津了。吃杨桃之乐，当在饱餐酒肉后，肠胃油腻时吃几瓣“半酸甜”，腻喉之感立消。

我在村小学读书时，有个同学提了一篮杨桃到班上去，见者有份。大伙儿奇怪，他家里没有杨桃树，从何而来呢？该同学洋洋自得说，在西埇石头田往北走数里许，有一个杨桃村，村头巷尾，到处都是杨桃树，有的百年老树，遮蔽天光，数人不能合抱，枝叶婆娑，枝条上到处都是果实，怕比树叶还要多哩。我纳闷问，但人家的果子，干我们甚事？该同学说，你甭急，这杨桃太多了，就比泥还贱。吃不完，也无人收购，任由其烂在地上，还害得村人去扫垃圾。我们找个日子去摘取，都不要钱。大伙儿狐疑不定，天底下哪有此等好事？

我们终究忍不住诱惑，每人挎上篮子、蛇皮袋、“笨”（一种竹篾编织的器具，形如箩筐，只是小得多）之类，徒步往“杨桃村”进发。刚入村口，已闻到杨桃的清香及烂桃的酸味。再深入村庄，我们都惊呆了，仿佛到了神话传说中的国度，果然到处都是杨桃树，树上树底到处都是杨桃果，这真是一个杨桃的世界。

一阵狗吠声将我们从梦幻般的情景惊醒。狗叫声引来更多的狗，我们赶紧捡起木棍，以防被狗咬。还好，随着狗叫声出现了一位少年,他冲着群狗斥骂了几声,狗们往村庄深处遁走了。少年好奇地打量我们,大惑不解。他对这些劫掠者似无恶意。他什么也不说就走了。我们开始去摘杨桃,不用爬树,也用不着竹竿或“割钩”,反正到处都是,踮起脚跟就能摘到,唾手可得。开头还略有点紧张,亦有做贼之感,一会儿那种惊恐及羞耻之感就消失了。

当我们摘好杨桃准备撤离时,一个男子出现了。他拦住了我们,喝令我们将杨桃倒掉。我们大惊失色。那男子又说:“都是酸的,太酸了,你们既然来了,就不能坏了我们杨桃村的招牌!”他将我们带到了村庄深处的一个杨桃园,指点我们重新采摘,直至满载而归。我先试吃了一个,果然清甜无渣。在归途中,我有点可惜那些扔掉的杨桃。该同学说:“有什么好可惜的,还不是全烂在地上?”

凤凰村有几棵橘子树,但很少挂果。据说三十年前,村庄有好几个橘园,园山、马自山到处都是橘子林。唉,为什么好东西总是湮灭了呢。我小时候分不出橘子、柑子和橙子之类的区别,连金橘也统称为橘子,这都是跟着大人叫的。那几种果树也彼此相像,不是经验丰富的人,也无法区分。

橘红树跟橘子树在我看来亦无甚差别。相似的还有柚子,只有挂果时才能区分。橘红不算是水果,皮厚无肉,苦涩不可入口,却是化州称得上名贵土特产的几样东西之一,是治咳嗽的良药

(除了化州外,邻省亦有较大面积种植,但因气候及土壤等之故,品质无法相提并论,常有奸商拿邻省的充当本地产的蒙骗顾客),其地位跟高州的缅茄树相当。据说全国只有高州有几棵缅茄树,其种子坚硬可做雕刻品。橘红在《本草纲目》中有记载。

化邑流传一个故事,说某朝代的太守久受咳嗽之苦,有一天,他喝了婢女煮的药汤,却霍然而愈。太守甚是奇怪,那副药服过多次,效果不甚理想,遂召婢女询问。婢女大惊,只好老实交代,说因一时偷懒,没用井水,乃随手舀了庭院中的池水煲药,奴婢该死——太守闻讯出来察看,发现水池中飘浮着朵朵凋零的橘红花。池边有几株橘红树,生机勃发,枝头上橘花吐芬,有的已凋谢并结果。橘红花能治咳嗽遂不胫而走。后来太守发现,橘红果疗效尤胜橘花。

据说化州橘红是赖家园所产为最佳,至今仍有出产。化州中药厂提炼成药,驰名中外。近年来,化州橘红果亦走俏省城。我读书时返乡,曾受人所托带过橘红果,据说疗效不俗。又有一说法,当地人饮服效果反不若外地人,也不知何故。鬼落山的私人果园就植有数株橘红树,橘红果呈青色,厚硬如石,球状如碗大。主人将果实摘下晒干,变成黑褐色,缩小至拳头般大小,如此这般,即可入药。

番石榴乃南方常见果子,村人也叫桃子。事实上,它跟北方的石榴迥然不同,也不是青硬酸涩的毛桃或肉质细腻汁液饱满的水蜜桃。从其树木外观来看,跟山稔(桃金娘)有相似处,树干较光滑,叶片呈卵形对称互生,表面有绒毛,花朵的形状及颜色亦相像。叶芽儿据说能治腹泻及有收敛作用,这跟山稔的叶子亦有相似处。山稔只是小灌木,长不高,番石榴却能长成大树,由于枝节横生,也不会长得太高,树冠亭亭如盖,树底下阴凉异常,村庄的人多在屋边或庭院种一两棵。

村中番石榴常见的有四季桃,一年四季开花结果不断。果子青硬,成熟时变黄变白,但味道不甚佳,熟透了更难闻,臭如鸡屎。普通品种均在春季开花,夏天果子膨大并逐渐成熟,多甜脆爽口,乃果中上品。番石榴相当高产,树上密密匝匝均是果子,会陆续成熟。早生的早熟,同一根枝条上的果子,日照充足又熟得快些。成熟的果子一多,空气弥漫着甜香,就将各类鸟雀吸引来了。老话说,鹩哥吃黄皮,不熟不吃,在这儿同样适用。每只果子被啄食大半,就算是毁了。

在过去,村庄到处都是番石榴树,我童年时就只有零星可见。倒是鬼落山的私人果园里,有数十棵,吃不完,市场上也卖不掉,就任由其坠地腐烂。孩子常跑去偷摘番石榴,主人养着一条凶悍大狗。有一次堂妹刚钻入番石榴林,盯住了一只果子,手尚未伸出,那狗已狂吠着奔出,堂妹夺路而逃。那狗紧追不舍,一直追过小河,她在河滩上跌了一跤,浑身湿透,狼狈不堪。她甫一站稳,那狗已追到身后,作势欲扑,堂妹骇得哇然大哭。幸好河边有大人扛着锄头走来,那狗才掉头返回。

因为诗人安石榴，那个曾经长满了番石榴树的广西藤县石榴村让我记住了。在石榴村那个黑暗无边(夜色如墨)又光辉无穷(群星涌现)的夜晚,其重要性堪比我的故乡广东化州凤凰村。这两个南方山村,这两个山村赖以命名的象征之物:石榴树和凤凰树(前者是果树,后者是高大乔木,在春夏间开满大如杯盏的满树花朵),它们之间构成了两组隐秘而多层次的对应。也应和着我跟安石榴长逾十年的交往。与其说这是兄弟情谊,毋宁说是诗或精神的胜利,我们像两面斑驳的古老铜镜,从对方身上窥见了自己历尽沧桑又宁静喜悦的内心,总之,那一切相似及差异都显现无遗。我为此写了长文《石榴村的昼与夜》。到了二〇一二年十一月十一日,“中国诗人出生地之旅”选择了我的家乡凤凰村,安石榴则为我写了长文《凤凰村的两个黄昏》。

5.毛薯、深薯、木薯和芋头

凤凰村杂粮品种甚多,光薯类即有番薯、深薯(即淮山)、大薯、手掌薯、牛卵薯、甜薯、马铃薯、棉薯及木薯等诸多种类,被广泛种植。番薯最为普遍,四季可种,水田坡地均适宜生长,薯体可食,薯叶是最重要的猪菜,亦可炒食如菜蔬。

重点说说毛薯、深薯及其近亲。

先整好薯地(以坡地为佳),在二、三月间,挑选较饱满无虫蛀之薯做种,分间隔栽入垄里,约在八九月间可收获。毛薯品种主要有三，一是耙齿薯，细长如耙齿，煮熟后略“生水”，口感及滋味不佳。二是虾米薯(又名反髻薯)头部鼓突如髻，糯软粉松，香气四溢，乃上等美味。三是“八月白”，薯体长大粗壮，最为高产，而滋味亦介乎前两者之间，不太生水，也不噎口，实乃良种，遂被广泛种植。毛薯种植简易，粗生，不必刻意管理。因其属于藤本块茎植物，藤叶繁茂，枝蔓丛生，有一项工作是必须的，那就是上篱桩。上山砍伐桉树枝条或杂树，削去枝叶、削尖桩头，插在毛薯地上，以供藤条攀缘而上。不扎篱桩亦可，可在薯地上铺铁芒萁、芒草诸物，总之，让藤蔓跟土地隔离，以避免其发根，方可保证丰产之可能(薯苗的能量遂集中到繁衍果实上去)。

甜薯跟毛薯彼此相似，薯藤及薯体外形亦难以区分(甜薯身上少根须，而肉质较细腻，颇接近于“八月白”)，只是甜薯生长期较长，庶几接近一年，亦不必单独种植，可间种于芋地之中。待芋地上的作物如香芋、黄瓜、黑豆、番薯等一一衰败，方去掘取甜薯。用甜薯煲糖水，向来是化邑乃至粤西著名风味小吃。

深薯、大薯、手掌薯、牛卵薯、糯米薯诸种应为近亲，其种植及收获方法大同小异，其植株、藤蔓在外观上亦难以分辨，薯体虽形状各异，而表皮及肉质均相差无几。它们有个共同特征就是都打“铃”(在藤萝上结出果子般的小薯体，俗称薯铃)，“铃”还附着几根白须，可食用，但多作下一季的薯种。这都是毛薯、甜薯所没有的。种植时除了薯铃，亦可用薯体，分割成小块，放入草木灰中，三五天即发芽，一窝放入一块，培土即可。同样要上篱桩，目的跟种毛薯相似,以促其高产。深薯具有较高的食用价值及经济价值,切片晒干后,尚可入药。寻常深薯长如手臂,颀长,滚圆,直探入地底,用锄头难以掘取,只好动用刃口单薄锐利的钢钎(此种工具常为捕蛇者所用,以挖洞觅蛇)来挖。

有一次,父亲用数种化学剂料自制尿素,施在深薯地上。待收获之日,我见父亲用钢钎挖掘,父亲越挖越深,那薯体尚未见尾端。父亲一面挖掘一面拭额头的汗滴,他亢奋起来,越干越起劲,仿佛要将地球挖穿,纵是如此,他也要将薯体挖出来。终于,薯地被父亲挖出了一个小井般的洞穴,才将薯体取出,用米尺一量,长逾两米,粗大如大人胳膊。这是我所见最长大的一条深薯。

大薯无甚特色。手掌薯及牛卵薯外形酷肖所譬之物,大可望文生义。上述诸薯表皮皆呈灰褐色,味道相近,或煮食,或掺以大半煲粥,皆是乡间充饥杂粮,除深薯市场常能买到,其他薯种难登大雅之堂。姜薯的植株及薯体酷肖生姜,故以此得名。此薯低产,味道却不俗,清香细嫩,亦时见种植。棉薯植株则略似姜花,只是叶片阔长,宛若大斑竹之叶,虽不似某种宽大竹叶可作斗笠填充物,却可代替宽大竹叶在端午节包粽子,其薯体雪白,多纤维而难以吞咽。农夫种植主要还是摘其叶子包粽子,薯体倒无关紧要了。凤凰村田地有限,每户人口不过两三分田,一半为坡地,坡地相对贫瘠,缺水,种不得水稻,只好种薯类、芋类,又或种甘蔗、芝麻、黄麻、豆类等等。

我跟父亲多次去削过篱桩并给薯类上桩。山林之中,随处可见，诸如“扶棍木”之类的小灌木，一刀两断，将枝梢叶片削去，将桩削尖如矛，以利于插地，一根不错的篱桩就诞生了。有时亦从尤加利树上砍伐树枝，或用竹子劈开两半，都是不错的薯桩。我跟父亲将一大捆篱桩扛到薯地里，薯藤茁壮，叶片或油绿或嫩黄，长势喜人。我们将篱桩用力插在薯种旁边，然后用手将薯藤略为缠绕，过得几天，薯藤就围绕篱桩生长了，故不可太短，一米多两米为宜。亦不必太长，以免台风来临时被连根拔除。上篱桩后，很快就枝叶繁茂，宛然是一个安全而舒适的小世界。

上述薯类藤萝丛生，繁茂如林，就吸引了各类鸟雀来搭窝，叶丛之中，常有小鸟钻入钻出，叫声不断。“龙公狗”(粤西乡间山林中最常见的一种灰色小蜥蜴)亦喜欢于薯地定居并繁衍。待八九月间，薯叶逐渐发黄萎落，只剩下几根枯藤，已无法遮挡什么秘密了。距收获薯为时不远。各类飞禽走兽不得不撤离薯地，返回山林之中。俟翌年薯季，却又举家来迁，则是可预料之事。

杂粮粗劣，颇难消化，却适于充饥。旧时大米不够吃，各人非得吃够一定份额薯类，方能喝粥或吃饭。往粥里掺芋头糯米薯熬煮稀烂，再剁些香葱芫荽进去，放些油盐，却堪称美食，比寻常白粥更受欢迎。满腹毛薯或大薯塞在喉咙里，噎得难受，而又滋生胃酸，非得喝两碗粥进去，有了米气，方才通体舒泰。

在我看来，木薯是一种奇特的薯类。其植株高大如树，叶片分叉有长柄，如五指张开的巨掌，这跟木瓜略有相似处。而木瓜树身空洞松软,亦难以让人跟树木相联系。长有粗壮如树干的木薯植株,实乃薯类中的异数。木薯一年一造,春分时种植,用去年留的木薯植株截断做种,此跟种甘蔗有相似处;留种时只要下半截略用泥土掩埋养之,就不会干枯,待十一月左右可收获。木薯块茎硕大硬实,亦如木头,却甚为高产。木薯虽是粗粮中卑贱者,却用途广泛,故受人青睐。

木薯主要分青梗及黄梗两种,青梗者煲熟后粉香无双,但毒性难尽,时有煲新鲜木薯吃中毒事发生。木薯含有剧毒,不可生食。即使煲熟了,稍为不慎,亦可能致命。但新鲜木薯太好吃了,常有人冒险食用,颇有冒死吃河豚之风。木薯收回来,通常的处理方法是刮皮,切片放在晒坪上晒干,装入大瓦缸中保存。在冬天饥肠辘辘之际,木薯片几乎成了我们家主食,"飞"两三次水,再辅之以油盐,滋味甚佳,只是顿顿吃此物,亦相见成仇了。

父亲又将薯片拿去碾米房打成薯粉,再由母亲炮制成各种粉条及糕点。一样东西,可做出数十种吃法,滋味尤远胜原料。木薯就如大米及黄豆,乃多种食品之母。冬日,炉膛火正旺,我们围坐在母亲周围,帮忙搓木薯粉做糕点,热情高涨,其乐无穷。我以薯粉做出种种禽兽形状,尽管内馅无非是黄豆、萝卜及生葱诸物,但制作过程中,就是妙趣横生的手工游戏,吃来更有滋味。至于用木薯粉制作生粉,在技艺上有较高要求,我们无此耐心,这都是母亲的工作了。

芋头也是凤凰村的重要薯类，却不以薯类命名。种芋比种任何薯类都更需要认真对待，做更繁重更扎实的准备工作。种“坡芋”略为简单，但那种听天由命的态度导致的必将是芋头的歉收和减产，反正芋头的主产区在于芋田。挑选芋田时必在田垌水田丰美处，选出一块。先耕作粉碎泥坯后，用锄头和铁锹将田泥垒叠成畦，每畦宽约一米，长度视乎田之长度而定，畦与畦之间，就是坑沟，主要供排水之用，坑中积水亦有妙用。芋种是去年选留的小芋仔，它们曾附丽于芋头之上，被分离而保存下来。按一定间隔种入芋地即可。当然，芋穴中早施加了粪水、草木灰诸肥。芋分两造，早禾芋及晚禾芋，种芋时间都是正月，早禾芋多种坡地，五月有收成，亦有坡芋之称。而晚禾芋至七八月方有芋可收，那时刚好收完早禾芋。

在三四月间，有一项重要工作要做，那就是“挑芋”，即持专门农具“芋挑”(一种平面锋锐的铁锹，利于挖掘及切割泥土，乃乡间铁匠专为挑芋而量身订制)将芋坑中的田泥“挑”(土语中乃铲送之意)至芋畦上，一块叠着一块，垒叠而上，结实牢靠，层次分明，叠痕流畅。要求每一块田泥匀称，看上去像奇妙的建筑，有几何的造型之美。此乃重活，非气力充足者不能胜任。我少年时不自量力挑过芋，因泥坯大小不一，力气时大时小，且随意堆放，杂乱无章，难看不说，重要的是不能为芋头生长提供足够的土壤。倘有松疏，又无法抵御夏季的暴风雨。后来，凡是我挑过的地方，父亲只好亲自出马，重挑一次。父亲鼓励我说，挑芋是乡村一个男子汉成长的标志之一,还有就是“驶牛”(驾驭耕牛犁地、耙田或利用其拉动石碌脱粒稻穗等),我尚需磨炼,但迈出了第一步。那年我十五岁了。

挑好芋地之后,芋地更显雄壮,每一畦芋地都俨然是一座堡垒,方方正正,像舰船停靠于波涛之上,而芋坑深度尤甚。在“挑芋”前后,在芋地上陆续间种瓜类(如黄瓜、丝瓜、苦瓜等)、豆类(豆荚、大黑豆和黄豆等)、甜薯、萝卜并种上番薯苗,以割取番薯叶喂猪。

芋苗逐渐长高,叶梗挺拔修长,芋叶亭亭如盖,呈心形,略近似荷叶。豆瓜诸作物亦蓬勃生长,必须扎篱桩乃至搭瓜棚的瓜类,沿着篱桩蔓延而上。很快芋地里绿叶浓密,瓜花深黄,豆荚花或雪白或粉红或浅蓝,又于绿叶掩映中垂挂着诸种瓜果及豆荚来。芋地俨然是一个微型的立体农庄,将每一块泥土都利用到了。芋坑里的积水,正好用来浇灌蔬果,田垌水流不绝,雨天则芋坑满溢,却不会危及高出一截的芋地。芋坑之中,小鱼虾甚多,常有孩子拿着网兜及畚箕捕鱼,穿梭于田垌上的诸家芋地之中。

芋地上绿叶成荫,瓜棚豆架如亭,常有禽兽出没其间,蛇鼠及青蛙亦是常客。篱桩上还偶见有蝉蜕,瓜藤常伫立着绿蝉,这都给乡村的孩子带来了某些行动的想法。夏日骤雨倾泻,走在田垌上,而又未带雨具,遂栖身于芋地上,觅宽大芋叶庇护乃是首选。待雨势减小,掐一块芋叶顶在头上,既能防雨,又具谐趣,不论大人小孩,都是常干的事。

间种的蔬果很快就有了收成。人们陆续采摘，其生长期甚短,从挂果至败亡无非一两个月。这些都是过客,芋头才是芋地的主角,至少要生长到七八月才略有小成。亦不可用锄头挖掘,以免毁坏芋地,地上的番薯及甜薯仍在持续生长发育中,约到十月后方有大成。

在收芋之前,芋苗已有所贡献。农妇会持“禾钩”(一种身窄、齿锐的小镰刀,乃割稻的常用农具,亦可用于收割番薯藤诸如此类)将“芋壳”(实则芋苗的叶梗)齐根处割取,去掉叶片,略晾晒一下,将表面的水影晒干,切成细段,放入腌缸中用盐水浸泡(刚开张时须浸两三日,青涩之色转暗即可,谓之曰“浸熟”,因酱汁酽稠,后续者只浸一天)。捞起来,置于扁箕之上,摘来香蕉叶覆盖,上压石碌或巨石,以使其水分榨出而显干爽。而后,放入装咸菜的坛子或瓦埕里,坛上或密封盖子或塞入稻草,方能保鲜。要吃时即取,或煲或炒,乃粤西如化州、廉江一带的传统上等咸菜,跟菜苗(即萝卜苗,而白菜、芥菜制作的咸菜乃另外一种)统称为“菜苗芋壳”,乃农人家庭餐桌上必备之物。

以前的乡村女子,在出嫁之前,已在母亲教导下掌握了十余种咸菜的腌制及贮藏之法,其他诸如洗衣、砍柴、做饭、喂猪等基本功更不在话下。一个不会做咸菜的家庭主妇,让家里的小孩没菜送粥不说,还会遭旁人讥嘲。

母亲做的芋壳有点酸,鲜美无比,吃来开胃爽口。这样的结果就是吃饱了,还想再吃两碗粥,常将肚皮撑得滚圆。母亲笑逐颜开，又忧愁抹泪。她一声叹息："唉，大船载来也不够吃——"家里的米缸前几天碾了米的，转眼又见底了。母亲制作芋壳的秘诀在于，浸泡的火候恰到好处，而又榨得干爽，浸得不够，就显生涩，若浸过了头，却因腐败而略臭。有人嗜食烂芋壳的腐烂之味，那另当别论。

一季芋头当中，可做三五"水"芋壳。芋苗不断生长出来，直到七八月间枯萎而失去长苗的活力，无论芋头大小，都尽了力，转眼即可收获。

芋头品种很多，以风凰村所产的为例，主要有"长江红"、"罂芋"、"香芋"等四五种。"长江红"芋头较小，芋仔亦少而小，产量不高，但最"粉"，大受欢迎。"罂芋"不太粉，却最高产，芋头大如南瓜，芋仔围绕大芋头四周，挖掘一棵"罂芋"，犹如捕获了一窝穴居小兽，拖男带女，一网打尽。"香芋"在当地有"潮州芋"之称，来历无考，乃诸芋中唯一菜芋，能登大雅之堂。粤菜餐馆中常见此物，一道风味菜曰"拔丝芋头"，以砂糖烹调，脍炙人口。

芋头在七八月间已陆续挖掘烹食。食用方法之多，在诸薯中首屈一指。譬如连皮煲熟可食，又或去皮加水煲芋汤，或再于芋汤中添入大米、绿豆、花生之类即为芋粥。而芋饭是凤凰村人嗜食之佳肴。进入七月，暴风雨袭来，又或秋雨连绵，农民无法下地劳作，闲着无事，乃设法搞些美食犒劳一家大小。彼时芋头初长成，正新鲜热辣，芋苗尚茁壮蓬勃，芋头却基本定型了，余下的日子，只用来长芋仔。农民戴斗笠披雨衣至芋地，挖掘数只芋头，在河水中搓洗泥巴，再以禾钩或小刀刮皮，切成薄片，放入铁锅中调以油盐爆炒，再加米加水煮成芋饭，香味从厨房中溢出，整条村巷都能闻及。于是，村里的人就如患了传染病，纷纷用锄头挑起畚箕奔向自家芋地。每次煮芋饭，父亲都再三提醒，切莫贪吃，以免撑坏了肚子。芋头较难消化，不比喝粥。但我们发现，吃得最凶猛的每次都是父亲。

每年七月十四日，凤凰村人最重要的事，除了拜神，那就是家家户户都做"薄箕炊"(一种以米粉或芋头为主料，调以适量水及香料炊熟的糕点，有三五层，爽滑可口。在粉水中调入舂烂芋头者，滋味更佳，称之为芋头糕，乃薄箕炊中之极品)时，芋头将大显身手。

待彻底收获之时，芋田中的芋头及芋仔已所剩不多。而芋头存贮方法简便，不可放在阳光下暴晒，放在屋角或阁楼等，略为通风荫凉处即可。芋仔更耐贮藏，被选作芋种的芋仔，可放至明年正月时再种到芋地去，完成芋头生长的下一个轮回。而在芋仔的残骸之上，将会长出硕大芋头及多个像样的芋仔。

在村庄的池塘边、田垌、河边溪畔，常见有一种野芋。长年累月都在生长，四季常绿，到处蔓延，生命之顽强，有"无归家"之誉，即取其适应性强、四处为家之意。一丛芋苗底下就是一个芋头，没有常见的芋仔，因芋仔亦很快即发芽长叶，钻出地面及水面。寻常芋仔需有芽苞，却掩埋于地下，务必在其钻出地面之前收获回家，方能做种芋。"无归家"虽是野生，长势却旺盛，芋苗高大茁壮,亦有农妇收割以制芋壳,滋味尚可。野芋头亦极粉,但入口极痒,无人敢碰。当然,在二十世纪六十年代饥荒时,即使吃了嘴痒,亦被抢挖一空。先填饱肚子再管嘴巴好了。就是因为会痒,所有芋头均不可生食。刮皮时,不慎接触,亦会奇痒难禁,挠到哪就痒到哪。通常,刮皮切芋之后,母亲都要将双手放在炉火上烘烤一阵,方将芋痒除去。普通芋头煮熟后,就不会发痒了。那“无归家”即使煲熟了,入口仍痒不可耐,故无人取食。

凤凰村流传着一个笑话,某知青见人们从芋地挖出番薯削皮吃了,又有人拔出萝卜吃了,他贪心,却挑个头更大的芋头,削皮来吃,才啃得几口,手及喉咙都痒得要命,手痒尚有法治,却断无用火去燎喉咙之理。凤凰村无知青插队,也不知故事肇始何方。

6.菜园子与篱笆墙

在凤凰村,家家户户都有一两畦菜地,比去市集买菜更省钱,更方便,还能吃到新鲜时蔬,全是放心菜。当然,你要付出心血和汗水,譬如最好于晨昏各浇一次水。淋菜时顺手将菜摘了。为了浇灌方便,菜地多设在河边长滩一带的坡地上。菜地多施土肥,以粪水和清尿为主,有时可撒鸡粪,不施化肥。一年四季,各类时蔬不间断,主要有青菜类(如白菜、菜心、芥菜、油麦菜、通菜、韭菜等)、瓜果类(如倭瓜、黄瓜、丝瓜、西红柿等)、豆类(豆角、荷兰豆、四季豆等)及调味或辅菜类(如葱、蒜、芫荽、香芹、辣椒等),按照四季时令种植及采摘,一种败了,又接种上另一种。总之,菜地上总有新鲜蔬果,四时无尽。所种蔬菜如芥菜、通心菜等,只要勤加浇水施肥,采摘一茬,又长新叶(譬如摘芥菜吧,将菜叶从叶梗处掐断,而又不损坏其根本,青菜植株遂不断产出新叶),持续数月之久,才会衰败枯死。

屋边路边的稻田,为防牛马践踏,就要用竹子、木桩之类,修建简单的栅栏。做法是从山上砍伐胳膊粗的桉树或松树,锯成一米多高一截, 用油锤或榔头敲入田埂或田边的地下。先立好木桩,再用长逾三四米的小树干打横固定在木桩上,隔三四寸系上一根横栅,或拴或钉,以使之牢固。有竖栅及横栅之分,一道栅栏乃十数个斜“井”字的重复及连接。水牛或黄牛来到田边,必欲饱餐稻苗而被拒之栏外,亦免却了猪狗践踏之厄。

菜园子一般辟在屋边空地或坡头地尾之上, 除了防牲畜破坏,还得防家禽啄食。鸡呀狗呀常在菜地上撒野,此乃预防的主要对象,就算不设栅栏,篱笆墙也是要扎的。

我告别童年后,每年春季,在母亲播种菜籽及瓜种之后,都跟着父亲去帮忙扎篱笆。所用材料无非是竹木二种,有时动用上铁线、钉子和胶钳,但父亲多用竹篾连接诸物,其牢固程度不亚于铁线。父亲所扎篱笆,主要有两种,一种是用拇指大的篁竹,去掉枝叶,斜插在菜地边上,然后反方向再斜插竹子以使其交叉而形成网格状结构，那些网眼大小均匀，协调美观，网眼呈菱形状，几乎全是相等的。在每两根竹子连接处，再用竹篾或铁线扎紧，以使其牢固。另外一种做法是，先将粗大木桩敲入地下，再将预先用竹篾编织好的竹篱竖起来围蔽。前者工作粗疏随意，但更有劳作之乐。你看着地上本来空无一物，那些经你手插上的竹子，逐渐组成了网状竹墙，且越来越大，有一种即兴编织的乐趣及亲眼看着篱笆成形的愉悦。后者的工作重点在于编织竹篱，砍竹、劈篾乃至编织等前期工作均由父亲完成，我只是协助他将木桩及篱笆墙搬到菜地上去，简单安装即可。后者显得精细而隆重，篱笆细密，严实，能将禽畜拒之门外。即使是一只会缩骨功的小狗，亦无缝可钻。

篱笆墙的长度完全取决于菜地的大小及形状，多是不规则的方形或椭圆形，必须将菜地全部围住，并设置一个小门，浇菜或摘菜就得从此门出入，而平时则掩闭不开。

篱笆高度在一米半至两米之间，这基本将鸡、鸭、鹅及猪狗摒弃在外，除了少数会短暂扑腾乃至飞翔的小公鸡或能飞扑的鸭子，寻常家禽难越雷池一步。这就达到了隔绝禽畜的目的。当然飞鸟是无法阻拦的，豆角、西红柿乃至白菜常被鸟雀啄食。于是，几乎每个菜园子都伫立着一个头戴草帽、身穿破衫的稻草人，被一根木棍连接着插于菜地里。有的稻草人身上还拴着铁制铃铛，随着风吹而发出清脆铃声。稻草人虽是菜园一景，看上去却昏昏欲睡，对鸟雀只眼开只眼闭，爱理不理的，也就作用不大。

鸟雀开始还略有顾忌，时间一长，就肆无忌惮了，甚至飞过去啄食稻草上剩余的秕谷。有一次，我在菜园的稻草人腹中发现了一窝麻雀，有三只黄嘴角的小雀在嗷嗷待哺，它们距离飞翔仍有漫长的距离及时日。鸟雀爱吃果实，一般不啄食菜叶，也不全是坏事，譬如它们会捕食菜叶上的虫子。

菜园子里菜花金黄，清香弥漫，蜂蝶循香而至，篱笆当然无法阻拦亦不必阻拦。

一堵篱笆墙的寿命通常是两到三年，水淋日晒之下，会沤烂腐朽，又总有一些猪呀狗呀持之以恒地撞击，最终会撞出缺口或发现漏洞。有一次，不知谁家的猪破门而入，将一畦油麦菜践踏得遍地狼藉，只有地上的一堆猪屎，才留下了猪先生到访的证据。父亲曾多次做过亡羊补牢的工作，将漏洞堵上，修补结实，类似事件仍时有发生。一堵篱笆墙在新扎时显得固若金汤，时间一长，就会在风雨及各种敌人的袭击和摇撼下，松动、漏洞百出。

菜园子的蔬菜一年四季不断。油麦菜败了，就种上豆角和丝瓜，通菜败了，则种上白菜及芥菜。菜地很少有空闲的时候，篱笆墙也在沉默中衰老和磨损。一只狗轻轻一击，篱笆墙像一张纸那样被捅破和推翻，篱笆已名存实亡。除了被当作柴火送入炉膛，已没别的价值。于是父亲持刀奔向树林及竹林，伐木丁丁，新一道篱笆将被我们扎到同一块菜地上去。

第四章　风土

1.雾、风和雨

雾的颜色和形状，都具有某种轻盈性，如纱线，如牛乳，绵延不绝，丝丝缕缕，在流淌、滑动中越来越稠密、越浓厚。它像梦虚幻而缥缈，却切实地遮挡住了你的视线。我们在清晨通过过江埠的小桥到达田野，只能看到白色的小径以及路旁的草叶和叶尖的细小露水，而看不清前方的山野和田垌，树林和竹林的绿色枝叶也全被雾覆盖，只有一大团略显灰暗的白雾。我们像在云端里走，双脚仿佛踩在棉花里，有踏空的感觉。我跟父亲相距不过数尺，却彼此看不清面目。我们仿佛也由浓雾所构成，具有梦中人的特征和虚无感。连鸟的啼叫也显得飘忽和朦胧。它们的叫声和翅膀被雾水濡湿了。它们偶尔从耳畔飞过，甚至撞上我的额头，我能感觉到羽毛的轻盈打了折扣，显得磕磕碰碰。

我无法在浓雾中看清一只鸟的模样。一头牛、一座村庄及群山都被雾包裹得严严实实。雾遮天盖地，它仿佛是从河流升起并向山野扩散、上升、弥漫，最终取消了天与地的界线。天地万物都被笼罩于这一层乳白而黏稠的混沌之雾中。

我回头望村庄，只看到一大团白色的东西，视力无法穿透雾的包裹，而像糖融化于水那样消失于雾中。雾在涌动，逐渐将一个乡村的早晨变得朦胧、飘忽而像乳白色的夜晚。它跟夜色有个共同处，就是使人无法看清远处的事物。太阳越升越高，一开始它的光芒仍显无力、绵软，仿佛一个被囚禁于无数重磨砂玻璃中的银盆，在闪光，但几乎透不出一丝光线。阳光逐渐强盛，并在大雾中撕开了缺口。浓雾曾像坚不可摧的白色帷幕，如今被光线撕成碎布条，并在不断地、无穷尽地拆解下去，由碎布条变成了丝线，逐渐隐退于虚空中。雾越来越淡了。远处的田野山林露出了影影绰绰的轮廓，我们面前的道路方向明确，路面清晰，连路上的石子都看得清清楚楚。一只癞蛤蟆趴在路中央，在我的脚步踩落之前，灵敏地跳入了旁边的溪水中。雾被阳光一再驱散，如今只有山坳及河面上还有几团烟雾，飘荡着，转眼就要消失了。一场大雾的凝聚和飘散，并没有给田野带来实质性的改变，但它留给眼睛的震撼却难以平息。

母亲说过那次在雾中的遭遇。也许那只是话语的狭路相逢、声音的碰撞和狙击，犹如短兵相接，迸溅出火星及金刃劈空之声。

那是初秋的一个清晨，浓厚密实的雾如茧子笼罩着你，你只能看清脚下的道路，四周都是丝状缕状的无穷尽白影。世界是一道白色的、浮动着的帷幕。当你在移动时，那个茧子也跟随着你，世界也是一个巨茧，它只是那个无限大的茧子极细微的一部分。母亲只能听到脚步声——自己的脚步，还有前面及后头人的脚步声——而看不到人。他们正从三队的晒坪沿着门星岭的山路往家里赶。他们为了抢着将队里堆积如山的稻穗脱粒，已搏斗了一个通宵。那些疲惫的脚步仿佛踩在棉花堆上。漫天大雾仿佛使声音变得弯曲和绵软，听来有深一脚浅一脚的感觉。一群人在雾或梦的沼泽中跋涉。他们仿佛在梦游。母亲累得张不开眼睛，她几乎睡着了，即使睡着了仍往家里赶路。我对这种经验并不陌生。我曾在暮晚挑一担柴草从山下小路回家去，我睡熟了，而双脚仍在机械而忠实地执行着走路的指令，直至掉进溪水中，才彻底苏醒。大雾既遮蔽了道路和桥梁，也掩盖了陷阱和坎坷。这给母亲就算跌倒也会给浓雾阻挡的错觉。那些浓雾给她一种网状防护栏之感。忽然，前面的一个声音如冰冷的火焰，灼痛了她："阿水怎么还没死呢？眼看他差一粒米就死了，没想到又活过来了。"旁边有人搭讪，但母亲听不真切。她马上反击："你死了他也不会死。"等她说完，才发现那是大伯父的声音。前面的人马上缄默了，只传来凌乱而慌张的步伐。

大伯父的本意并非是要诅咒父亲，而是表达一种憎恨。乡间的人，只有用"死"这字眼，才能表达出极端的程度。大伯父和父亲之间的憎厌与其说是现实层面的，毋宁说是心理上的。大伯父是那种不苟言笑、正襟危坐的道德家，没什么文化，儒家那一套却与生俱来，整天板着脸孔，一副苦大仇深的样子。照他看来，父亲如此贫困，就应当拼死累活，哭丧着脸。他有什么资格那么轻松和快乐？父亲自由不羁，不按常规出牌的活法更接近于道家，这既是两个人的内在冲突，也是两种价值观必然的碰撞。当然，作为农民，他们也许连“儒道”都闻所未闻，更无法区分，但这些延续了二千多年的文化在血脉中流动。

凤凰村距琼州海峡及北部湾不远，夏季台风频繁，每次都对村庄影响甚巨。台风到来的前夕，彤云密布，天色阴沉。之后风雨大作，狂风过处，林木摧折，作物损坏。台风带来的强降水，导致山洪暴发，泥流倾泻，河流两岸的作物悉被践踏、冲毁。稻田里的稻子半青不熟，或来不及收割，已被吹得倒伏并贴在水田中，谷子一沾到水，遂吐出白芽，减产之多，自不待言。

有一次，台风未至而传来台风的消息。我们一家人早早洗脚上床，静静地等待台风降临，内心忐忑，难以入眠。待到半夜，窗外风声大作，发出猛兽怒吼般的巨响，让人心胆俱寒。随后雨水噼啪作响，如繁弦急管，经久不绝。我在黑暗中睁大眼睛，迷迷糊糊直到天亮，似乎耳畔风声未尝少停。风雨声、飞砂走石、风掀动瓦片的声音，连父亲也为之色变。我们一直居住在祖母遗留的黄泥屋里头，墙体历年被风雨剥蚀，屋顶不少瓦片碎裂。父亲担心台风吹刮，遂披衣而起，点燃油灯，倘若一有动静，即可携妻儿逃离。好在每次台风来临，尽管屋瓦被吹乱，掀翻数处，屋顶的格子及梁木倒保持原状，墙体亦有惊无险。有雨水从屋顶漏下，房内几成水潭，却未尝有惊险之事发生。有时台风猛恶，但毕竟隔了些距离，台风到时，已成强弩之末，并非正面袭击，又兼村子处于低洼之地，四面有门星岭、黄栌山、园山等环抱如盆地，故有屏障阻隔。屋背坡上的民居首当其冲，便有被吹塌的房子。

第二天，父亲搬来梯子，爬上屋顶，捡了几块新瓦，修葺、补漏，并用砖头将其镇压，使之不再漏水，并暗暗祈祷它能在下一场台风仍安然无恙。

雨来临之前，天空具有变幻莫测的形式，有无穷尽而十分明确的征兆。主要是乌云带来了雨，还有雷电。雨有各种各样的方式和形态，来到村庄，落入一个乡村孩子的眼中、耳朵和睡眠中——即使你坠入了梦境，雨也一直在下，在缓慢地渗透你梦中的世界。雨滴像适合嵌入诗句的词语，透明、结实而容易破碎。雨声像一支抒情曲的旋律，有时低沉、细微犹如诗人的笔尖在纸上划过，有时响亮、粗暴如无数根液体的鞭子抽向大地以及林梢。每场雨看上去都彼此相似，仿佛是一场雨的复制、扩大或缩减。那些水的气息、滋味难以区分。实则每场雨都有其严格的边界、数量及长度(包括它降临的地方，东边日出西边雨——雨水的粗细、密疏、强弱乃至雨势的大小及其持续的时间)，我们只是笼统地划分为细雨、大雨和暴雨之类。还有某些奇特景象，过云雨、雷阵雨和台风带来的暴雨，夹杂着冰雹和雷鸣电闪。冰雹像鸡蛋大的石头砸向农舍脆弱的屋瓦，它们本质就是水，但坚硬而不易融化。

有时，一朵云像晒坪那么大，它内心蓄满了硬币般闪光的雨点，却像一个黑布袋那样沉重下垂。它往下倾泻着雨水，水倒光后，那个黑袋子也消弭于无形。

也许，所有的水都来自云块？乌云或灰云就像水罐一样充满了雨，是谁将罐口倒转或失手打翻？但罐口肯定装着孔眼疏密不一的筛子，所以雨水才像丝绳一样垂挂而粗细不一？有时，我听到雨水敲打屋顶的声音，才觉察到下雨了。雨本身的声音、雨水相互撞击、落在大地及地上事物发出的声音，清澈、混杂而十分悦耳，能使一个躁动的人平静于瞬间。

沿着家门口前面的河湾“荷包袋”一直望去，有一片宽逾四五里的开阔地。前头依次是鬼落山、猪娘山和对砍笃山，对砍笃山上的密林像一道绿色屏风对着村子。这次，我光是看见了白濛濛一片于瞬间将山丘笼罩，仿佛一只白色塑料袋将其兜头套得严严实实；那片白濛濛的东西越扩越大，越来越近，我眼前的天地已被完全覆盖了。我刚醒悟过来，下雨了！我耳畔听到雨水的沙沙声，越逼越近，越来越响亮，一场大雨于瞬间从远方奔来，泼到了村庄。

我无数次目睹过相似的情景。雨水自远而近，越下越大。我赶紧关闭门窗。雨水噼啪作响，落在屋顶上，从门缝和木窗里溅入泥砖屋。我从窗缝向外望去,天地间一片白茫茫。暴雨比雾更加直接和暴烈,它不由分说,将旷野完全置于其罗网中。

乡村的雨十分清洁。而暴雨在夏日最为常见,它使酷暑一扫而光。雨水从屋檐下汇流成水柱,雨帘像珠帘一样破碎又涌现。村巷成了临时的溪涧,从天上来的雨变得污浊,夹杂着烂菜叶、塑料袋和破布条之类涌流下来,进入了村边的"裂坑"并汇入小河。小孩子喜欢在雨水中奔走、呼叫,他们发痒的皮肤需要雨水的鞭笞,而总被大人老鹰抓小鸡般揪回屋子。这样的暴雨,通常不会持续太久,两三个小时后,天空转晴,阳光普照,被雨水淋浴过的山林和庄稼,显得更加繁茂和青绿。但有时也会下足一整天,巨蟒般的闪电仿佛将天上的蓄水池撕开了缺口乃至将其劈开,仿佛一直要下到世界的尽头才肯停歇。雨后的天空有时一望无际,都是纯净的蓝色,没有云彩,没有雾霭;有时仍被阴云缭绕,下一场雨说来就来。在田间劳作的人,经常被一场突如其来的暴雨袭击,雷声在田野上空震荡,他赶紧丢掉了手上的锄头或铁锹(在雷雨下手执铁器是犯禁忌的),跑回家去。

大雨过后,池塘满涨,江水也饱满而变得混浊、苍黄,上游的山洪源源不断地补充,小河骤然扩阔,波浪层叠,像一群咆哮的黄色马头。在平时,小河平静而温娴,波浪难得一见。如今水声浩荡,江面宽阔,一直铺展到天边,颇具气势。大水汹涌往下游流泻,除非有连日暴雨,否则很快就会付之东流而恢复河流往昔的模样。

下雨的时候最好待在屋里,父亲多次告诫过我。在雨中,仍然有人在劳作,摘菜或放牛。有的人已经用罾网在河湾冒雨捉鱼了。

村庄有各式各样的雨具。譬如老式的斗笠,一种用竹篾编织成帽状、中间填充上宽大竹叶的雨具,也可以遮阳用,不少雨具同时兼具防晒的功能,譬如伞和笠。戴着斗笠的人,犹如古装武打片里士兵尖顶或圆顶的头盔。又如蓑衣,这是一种用稻草或蓑草编织成的斗篷状雨具,从颈部往下围住全身,垂到脚下,一般跟斗笠连用,适用于大雨出门。葵篷的形状跟蓑衣相似,但更加牢固和密实,它的编织方法跟斗笠类似,也是先以竹篾织好外壳,再填充竹叶或葵叶,密不透风,它的外形类似于乌龟的壳盖,人穿了它在路上行走,犹如一只巨龟在直立行走,看上去十分滑稽,行动亦略显迟钝。却可防暴雨,连冰雹亦可拒之篷外。一个披上葵篷的人,就像一只巨大的甲虫,有着厚实的甲壳。但后来,此类实用而笨拙的雨具逐渐被塑料雨衣和雨伞取代了。小媳妇在雨中干农活时,顶多穿透明或有花纹的鲜艳雨衣,可以防雨而无损于身体的线条。如果仅在雨中行走,无须干活,则打一把雨伞是惬意的事。一件雨衣或一把伞使一个人从雨水的世界中隔离出来。

在小雨中,农夫仍没有停止劳作,耕种或采摘,那些如发丝、如牛毛般细小的雨水打在他们身上,腾起一阵水雾。

放牛的人披着雨衣也陪着牛走在田埂或河边的草地上。牛不怕雨淋。牛在田埂上走动，它的嘴像一部小型的割草机在发动。在牛嘴掠过的草地上，平整，顺滑，那些草叶已进入牛腹并化为养料。牛是农夫最得力的帮手，它基本是作为一件农具而被养牧。牛对粮食的要求不高，但要填满那个深不见底的胃，得花上漫长的时间。它只要有机会，都在啃草或饮用主人备好的草料及米糠粥水。让牛吃饱是重要的，这才能保证其存活并在耕地上使出无穷尽的力气。让牛吃饱的方式主要是喂养及让它在草坡上啃食。甘蔗叶、稻草和庄稼地里扯出的杂草，都是它可口的食粮。而孩子每天有一个任务，就是挎着竹筐用镰刀将那些还滴着露水的青草割回来，在河水上洗濯并送到牛的嘴边。牛一旦要去耕作，将无暇去找草吃。

雨滋润着树木和庄稼，也使小河得到一次彻底的清理，仿佛大扫除一样荡涤飘浮及沉积在河湾里的塑料袋、腐烂禽畜、农药瓶之类，崭新而鲜活的水将河床的旧水彻底换掉了。这使得河流延迟了它腐败发臭的时间。然而，雨水一年四季下过不断，村边的河流自我净化的能力越来越弱，最终无可挽回地失去了它的活力。它连蓄积洪水的河床都已经丧失。找不到溪流的雨水显得盲目而悲伤。它们下得漫无目的，疯狂而不知节制，那些雨水汇成了一个个小潭，没有任何出路。一条河流的消失，就是一座庙宇的倒塌。汪洋一片、江水浩荡的景象已杳如黄鹤，而村庄也逐年荒废。

那种骑兵长统靴式的水鞋，是村子颇为稀罕的高级雨具。它完全是工业时代的产物，由塑料制造而成，可以防止雨水泥巴溅到裤腿上去。这种照顾到双脚的雨具，农夫在过去闻所未闻，也显得过于奢侈。农夫及乡村孩子通常只护着头部，顶多是身子不遭雨淋，至于双脚则无暇顾及。在雨中行走，也是穿着拖鞋(或干脆赤着脚)，高挽裤腿，任由雨水及地上的污水溅过脚面及小腿。事实证明，水鞋是必要而高档的雨具。在雨季，由于双脚老泡在水中，会被"沙虫"咬噬。脚丫子之间红肿、溃疡，实乃类似于湿疹之类的皮肤病，又痒又痛，严重时溃烂见骨，举步维艰。我小时候深受其害，乡村人家对付的方法不甚高明：一是以"竹搅火"(晒干竹篾燃烧发出的火焰)在脚丫间来回快速地移动、烘烤让水分蒸干，脚上熏黑一片，略有效果，一旦沾水，又故态复萌。二是采集薄荷叶子捣烂了敷在患处，可以止痒，但治标不治本。直至雨季过去，天气干燥，顽疾才不治而愈。

雨季对村庄最大的影响是燃料逐渐耗损，难以为继。勤劳的人家，在天晴时必上山砍柴晒干放在柴房里，以备不时之须。

有时雨水接连不断，连绵无尽，持续一二月之久，房里东西都发霉了，长出青苔来，纵是有先见之明的人，柴火亦罄尽难继。这真让人头痛，就只好打起了干草（稻草晒干以备牛过冬的食粮)的主意。干草烧光了，还有一个办法，就是烧篱桩。这种以小树干或杂树削成的桩子，原本是做菜地、薯地、瓜地、豆地扎桩或扎篱笆用的，以让藤蔓攀附而丰产，迫不得已，只好先烧了，顶多到时再上山削制便是。一九九四年秋季，雨水持续了近一百天，能烧的东西都想尽办法了,眼看阴雨连绵,仿佛要再下一百年之久。父亲只好冒雨上山砍来桉树枝及松木,将其削成薄片,平时一边煮饭,一边烘烤。松树的油脂含量甚大,颇易着火,即使半湿不干,亦能燃烧,只是搞得厨房乌烟瘴气。母亲做饭时被熏得涕泪交流,咳嗽不止,却也是无可奈何之事。

直至雨季过去,方才恢复正常。雨水旷日持久带来的后果是多方面的,譬如大多数青菜被沤烂了,东西发霉,换洗的衣服迟迟不干(也只能采取烘烤的办法了,晾于室内)。我记忆中最可怕的是道路完全被雨水毁坏了,那些村路和田垌、山地上的道路泥泞一片,连路基和路面都成了一锅烂粥,寸步难行,一脚踩下去,犹如踩在沼泽地里,半天拔不出来。我当时想起教科书上所说的红军过草地,以前有不好理解处,此刻豁然开朗。有时老牛一脚踩空,陷入泥窝里,似深不可测,它折腾良久,也无法站起来,放牛的孩子在旁边急得猛拉缰绳,用鞭子抽打,大声呵斥,而牛眼缀满泪水,好半天才逃脱淤泥之困。即使在雨水连绵、土路泥泞的日子,我们也不可能困在家里睡觉,起码,人们要到菜地里去摘菜,牲畜要到草坡上觅食,否则,哪有这么多草料填满它们小仓库似的肚子?按时的农事,却难以进行了。有勤劳的人,趁机去山上种树苗,易成活,但雨天挖树坑也很费劲。人们在雨天闲得发慌,心闷,到处都是水汽,湿漉漉的,即使在寒冷的冬日,也没有这么难受。

在冬天,沤水亦是常事,那就更祸不单行了。乡村没有什么娱乐(至于拉电、收录机及电视之类,那是后来的事),顶多也就是串串门,侃大山,年轻人迷恋打纸牌,斗地主,打升级或争上游,偶尔小赌。我以为年轻人是喜欢沤水的,起码不用去地里像牛马那样干活了,而他们无穷无尽的精力总排得上用场,有异性在彼更神采飞扬。我也喜欢串门,看到哪家开着门,就可以推门进去。

在雨天,有哪家人不在家里呢。由于屋舍低矮,有人在家就很少关门,除非雨大到溅入屋内。我爱听大人们讲述那些奇闻轶事、古老传说乃至村庄近期发生的事。有时,他们讲得较含混或隐晦,我听得似懂非懂,却丝毫不影响事件本身的精彩及倾听的乐趣。尤爱听那些刚中学毕业或进城打工归来的年轻人聊天,他们三五成群,凑在一起打一种叫“拖拉机”的纸牌游戏,有男有女,一边交谈,一边出牌。男子亢奋的声调越来越高,而女子绯红的脸上闪耀着奇异的光泽,有时羞怯地垂首,有时啐骂一下讲述者,语气交织着恼怒和欢喜。他们是一些见过世面的人,听他们交谈给我带来的喜悦是难以言表的。也有人下象棋或军棋。但很少人看书。有几本藏书的家庭也屈指可数。

我走进去,没有人留意我,或跟我打招呼,交谈者或打牌,或继续着之前的事,甚至没有我的座位或凳子。他们对一个孩子不感兴趣。

我站着,或倚在门边,或爬到木梯或竹梯(村子称之为“脚踏”)上去,一直爬到顶端,俯视着脚下的人们。我仿佛在云端之上。而他们视若无睹。我像一只孤独的大鸟，独自栖息在高处。我还不适应这种随着成长而愈来愈来浓郁的孤独。我不知道该怎样跟孤寂相处，又不懂得融入他们。他们将我摒弃于一个封闭的世界之外。一个孩子怎么可能进入成人的世界？那些年轻人的嘴边偶尔吐出女性的某个部位，譬如乳房和大腿，带着某些惊叹的证据和夸张的表情，他们用上了生动而奇特的形容和譬喻。有的男子甚至涉及了一些女性更隐秘的器官乃至一些暧昧诲淫的事件或场景，并进行着清晰而详尽的描绘，全然不管有妇人或孩子在场。在这些人眉飞色舞的讲述当中，我听得面红耳赤，心惊肉跳而又似懂非懂。

雨水带来清凉，孤独，还有绵长而潮湿的伤感。有时我听着屋顶上的雨声，感到这个世界仿佛一直浸泡在无穷无尽的雨水里，世界的材料也许就是雨或水的不同变式。屋子是水做的，山石草木是水做的，河流就更不必说了。在一个雨水透明而白茫茫的世界里，让我感到了火的珍贵和短暂。火总会燃尽而留下灰烬，而一场雨水足以将火熄灭。在倾听着雨水单调而持恒的敲打中，我学会了沉思。我甚至像一株植物，一块土地，一尾鱼，一条河流那样试图去理解和拥抱一场雨水。我似乎体会到了久旱逢甘霖的渴望以及对无休止降雨天气的厌烦。

我从没如此强烈地渴望阳光穿透云层射进木格子窗，照在河流涌动的细浪之上。而太阳隐藏在一场阴雨的后院里，不见踪影。

2.电

在初春冷雨飘洒的田野及丘陵上,有一帮人在竖立电线杆。那是一些水泥浇铸的圆柱状物,腹中空洞,有十来米长,汽车将电线杆运到距离村庄约七八里地的省道边上,就只能靠人力肩扛了,极少数地方还用得上板车。每根都得动用十来个人,利用绳索及扁担共同完成一次艰难的搬运。远远望去,就像一条巨大的蜈蚣,那十几个人分布于电线杆的两侧,就像是蜈蚣数不清的脚爪。待扛到目的地后,所有人都累得呼呼喘气。我小时候目睹过父亲和大伯父肩扛木头,一段七八米、直径约二十公分的木头,两个人就可以扛走。水泥电线杆比木头沉重。将其竖立起来,得先挖好深坑,并利用绳子将电线杆从地上慢慢拉起来,扶正,并填充水泥混凝土,以使其牢固。旁边堆着的十数根电线杆,雪白,崭新,就像放大了一万倍的粉笔。电架子在竖起之前已装好,但电线仍然得等电线杆竖起才能装上去。电工利用皮带及绳索制作的攀缘工具,节节攀登,并将自己固定在电线杆的顶端,将电线装到铁架子的线轴上去。这是一些瓷制品,泛出瓷器特有的质地和光泽。

我望着高处的电工,觉得他是如此神奇,仿佛是会飞檐走壁的人。乡村孩子大多是爬树的好手,也要利用树杈、树疤或树瘤而落脚,步步攀登,倘若是光滑顺溜的柠檬桉树,只好双手紧抱树干，腹部贴紧，双脚一伸一缩，手足协调，就像壁虎爬墙似的，不断地重复那个动作，直至爬上高达数米乃至十数米之上的树杈，方才喘一口气，舒舒服服地坐在树杈上歇息。我们爬树相当艰辛，不如电工那样轻松。

变压器房就建在旧水轮机房旁边斜坡上。变压器有点像钢铁铸成的螃蟹模型，一道道铁栅栏似的管道像蟹爪伸出，又像一架风琴的雕塑，但有些抽象派的味道，显得变形和歪曲。变压器架在一间红砖砌成的小房子上，旁边有五六根电线杆，数十个粗大的瓷制线轴连接着错综复杂的粗大电线，那些高压线输送来的电能，将通过变压器转换并送到村庄的每一座房子。小房子用红油漆刷写着“危险，莫近”的字样，变压器身上有一个红色的“闪电”符号，十分醒目，那是一个严厉的警告。电线上经常伫立着小鸟，麻雀和燕子居多。我百思不得其解，小鸟为何安然无恙？学堂的老师宝祥解释说，鸟的脚趾有一层薄膜，类似于塑料，众所周知，塑胶制品不会导电，因此不会触电。我们对此深信不疑，一直到上了初中，学了物理课，才知道此说大谬不然。

电给乡村带来的变化是颠覆性的。首先改变了乡村的夜晚，进而改变了农夫的生活方式。一开始，最常用的电器就是照明工具，白炽灯光居多，偶尔也有人用光管。光管明亮而柔和，跟午后的日光相类似，故又曰“日光灯”。灯泡里的钨丝发出烈焰般的光和热，并透过灯泡将橘黄的光芒射向四方。煤油灯在停电之夜或烧蚊子才用得着(偶尔也在走夜路时照明，但不如手电筒好用)，在多年后彻底退出了夜晚的舞台。然后是电风扇、电饭煲和电热水壶之类，当丽珍家里突然响起邓丽君甜腻而轻快的歌声时，村庄的封闭和宁静被摧毁了。那是丽珍去深圳打工的女儿捎回的收录机，卡式磁带在旋转，并不停地播放着港台流行歌曲。邓丽君、张国荣、徐小凤等港台歌星的嗓子在村庄上空此起彼伏，收录机在村庄的数量越来越多了。

在二十世纪八十年代中期，更加神奇的电器进入了村庄。那台十四英寸的黑白电视机被村里的劁猪匠福兴搬回了庭院。他亢奋地说："这下可以看孙悟空打妖精了。"当时广东的电视台在播放六小龄童版的《西游记》。电视机不仅传来了明星的声音，还有其面容及演绎的连场好戏。电视机小小的屏幕仿佛蕴藏了无穷尽的人、事物及事件，它看上去仿佛是电影屏幕的缩微，但内容比电影更丰富，仿佛浓缩了人间世。看电视成了村庄男女老少首选的晚间娱乐。这导致了乡村游戏及讲故事之类活动的衰落，乃至销声匿迹，并逐渐摧毁了乡间娱乐及风俗的根基。电视的出现，宣告了一个时代的终结。

我们观看的第一套香港电视连续剧是黄元申主演的《大侠霍元甲》。这套剧集由珠江电视台引进，其主题曲《万里长城永不倒》亦传唱于大江南北，那是一个时代的传奇。近三十年过去，当时观看的情景仍历历在目。每个人的目光都像锤子敲击钉子那样准确有力地钉入电视屏幕，钉入每一个人物，甚至不放过里头的每一样事物及细节。福兴用手转动装着天线的竹竿，以保证大伙儿顺利看到霍元甲将俄国大力士击倒。他也瞄向电视,主要是瞥向如痴如醉的观众。他看到每个观众都流露出白痴般的陶醉表情,不禁心花怒放。他无法掩饰眉宇间流露的得意。他老婆玉凤摇着蒲扇,眉飞色舞地招呼着乡亲。那天晚上,她像一位骄傲的王后。她容光焕发,娇艳欲滴,比电视里的女主角毫不逊色。继《大侠霍元甲》之后,陆续是《陈真》、《霍东阁》、《再向虎山行》、《怒海萍踪》、《万水千山总是情》和《京华春梦》等等。

彼时,我目不转睛地望着电视,先是感到强烈的震撼,然后是深切的恐惧。电视里的每个人物都发出了话语和声音,他们不仅能相互听懂,还能让电视外面的人们听懂。在一些动画片里,草木虫鱼也发出了人类的声音并相互交谈。我走近一步,将耳朵凑近荧屏,听得更清晰了。没错,那是人类发出的声音。我伸出手去,想去触摸电视里的人,或者那些动物。福兴将我的手打开了,他笑着说:“这孩子,他以为那是真的哩。”

后来,电视机在凤凰村逐渐普及。自从电视进入村庄,那些象征着古老村庄的事物将遭到灭顶之灾,荡然无存——譬如夏夜星空闪烁,老人在榕树底下给孩子讲述民间故事,但即使还有大人在讲故事,孩子也不想再听了;譬如古老而原始的乡村游戏,骑竹马、跳飞机、捉迷藏……我曾经见证过那些游戏回光返照式的光辉灿烂以及日暮途穷,如今已被新一代孩子遗忘;譬如世代相传的民乐和木偶戏……这一切,就像河面上的波浪,像磨坊的粉尘,转眼之间就会消失,不留一丝痕迹。

有没有电视机，一时成了村人是否有钱的标记。本来，一户人家是否有钱，看他的房子就可以了。有钱人纷纷盖上了一幢两层的红砖小楼，横梁由钢筋水泥板代替了木头，更牢固，也更气派。而暂无办法建新屋的人，就只好蜗居在原来的泥砖屋里。那根鱼骨天线或猪八戒钉耙状的天线架，用竹篙高高耸立于门口之侧，也很长面子。有电视的人家，在天色降临之际，也会在庭院或门口空地上将电视机打开，以供村民收看。

每台电视机都有一个电视柜，电视柜可盛放电视机，但更重要的是提供防护。其状如衣柜，门上还挂着大锁头，这跟后来只供承载电视机及放些影碟物什的电视柜在功能上不同。

每台电视机前都或坐或站着人群，多时达两三百人。观众无疑给主人带来了某些麻烦，主人却满脸堆欢，能够给大伙儿提供看电视的机会，这是一种荣耀。至少，村里的人对其毕恭毕敬。后来，村里的电视机越来越多了，观众不断分流而最终不必到别人家里观看。除了极少数贫困家庭，大多数人家都买上了电视机。看电视成了私人的事，而失去了那种看戏或看电影的公众性质。

电视在村庄的兴盛，对木偶戏班是毁灭性的打击。即使是最守旧的人，也不得不承认随便一出肥皂剧都比精心演出的木偶戏精彩。在过去，一年四季，村中常以各种名义召木偶戏班演出，以取娱神灵及村民。譬如婚娶喜庆或考上中专大学之类。现在木偶戏的演出已大大减少，除了重大节日不得不演给神灵看，已很少听到锣鼓响动了。除了神案上的神像，以及香火缭绕中虚空的神及其看不见的兵马,就是几个老掉了牙的老人家。他们仍看得津津有味,年轻人尤其是孩子,对木偶戏不感兴趣。村里的木偶戏班也分崩离析了, 偶尔接到订单演出, 已难以召集足够的人手。看来,不唯独我们村,邻近村庄也难以找到演出的舞台了。

电视从黑白变成了彩色,由十四英寸变成了二十五英寸。各式各样的电器不断涌入村庄,越来越多,越来越先进。电冰箱、电磁炉、饮水机等家用电器都成了村民的常用之物。到二十世纪九十年代末,已经很难找到一户没有电视机的人家了。那是村庄有史以来的繁荣时刻, 达到了顶峰, 仿佛是病入膏肓者的回光返照。之后就是有点本事的人,都进城谋生去了,只剩下老弱病残者留守在逐渐荒芜及倾颓的村庄。

电视机进村是一件大事, 它完全打破了乡村夜晚的威严和神秘,它无视黑夜的喑哑性质,荧屏或电灯的光亮将星星逼到更遥远的高空之上。而收录机、电视机和组合音响的喇叭,成了村庄无处不在的声源。那些电视里的人物在大声说话,怒吼乃至打斗声,扰乱了我的听觉。这让我觉得奇异、陌生,又让我误以为是村民们的行动及其事件。村庄再也没有纯属于大自然的寂静和黑暗。有时,半夜里被一束强光照醒,以为是太阳来临,其实是邻家的高瓦灯泡在不知疲倦地发光。

过去,在乡村的夜晚,有无数事物隐匿于黑暗之中,譬如竹林、鸡舍和茅厕,匿身于自己的暗影之中,而一些昆虫和动物在夜间活动,偶尔传来夜鸟的啼叫和唧唧虫鸣。禽畜主要是鸡和狗的叫声,要等到下半夜才缓慢地从夜籁中鲜明地凸显。夜晚里的物种,尽管看不见,但仅凭听觉即能断定其存在及其方位而让人亲切。现在村庄的寂静及各种低沉的声音被大喇叭粗暴的噪声所覆盖并取消。原来的声音丰富、敏感、舒缓而优美,村外若有若无的流水声、鸟啼、虫鸣乃至风吹林梢的声音,这些天籁毫无人为的雕琢,对耳朵及心灵是真正的抚慰。而诗意的夜晚被流行曲及电视上发出的声音(声壮如牛的广告更让人大倒胃口)撕成了碎片。

一个骚动不安的乡村之夜,正在模仿着城镇里的噪声(摩托车经常发出巨大的轰鸣)。当机动车的喇叭终于在午夜的村口摁响时,宣告了古典式乡村之夜的终结。

3.节日

在粤西乡村,年例节为一年中至大节日,比过年还重要,狂欢之后遍地狼藉。年例一过,回家过年的人就跑光了。每个村庄的年例日期不同,集中在年初二至年二十之间,正好轮流操办和欢聚。在为期两天的年例里,家家户户大摆宴席,招待亲友,村子里舞狮、摆醮、游神、送五鬼,鞭炮轰响,酒菜飘香。前来赴宴的人马络绎不绝,卖玩具及零食的乡村货郎闻风出动,他们吸引馋嘴或好玩的孩子,犹如红糖吸引着蚂蚁。真是宾主尽欢,人神共乐。醒狮起舞,旗幡飘扬,鞭炮声不绝于耳,村庄笼罩在欢乐喜庆的气氛和美味佳肴的浓郁香味之中。还有木偶戏和电影,木偶戏在乡村日渐式微,这是做给土地神及十二群仙等神灵看的,露天电影则大受欢迎。年例作为乡村的盛大聚会,挥霍着人们的财富以及热情,以穷奢极欲的方式宣告着村庄的幸福。这是村庄最后的仪式和象征。这样的景象,持续多年,堪可概括粤西乃至南方的大多数村庄。譬如凤凰村相邻的大孙村,这个只剩下老弱妇孺的小山村,像一只掏空了的米袋,变得疲软而无力。

凤凰村的年例从年初六午后始,至初七午后结束。待曲终人散,各家各户还有一项工作要做,那就是准备好鸡毛火屎炭(火屎即木炭,木柴之渣滓为炭,柴草之渣滓为灰),及两刀纸钱香烛若干,送交到土地庙,由巫师派数人将其装入一个巨大纸船中(纸船骨架由竹篾编织,糊上彩纸而成)。诸人脸色凝重,一言不发,托着狂奔,一路敲响铜锣,往小河下流走去。待至米缸窝河水开阔处,遂将纸船上的香烛纸钱点燃了,放入河水中,待纸船漂流至下游河湾,不见踪影,方才转身返回。

据说此举寓意送走瘟神,未来一年可保凤凰村全境上下平安,风调雨顺,五谷丰登,可保一年周全。

清明节最重要的活动是扫墓。多在节前的数天内进行,这是村民祭祀祖先的方式。扫墓又有扫公墓及私墓之分。公墓指本姓家庭的祖坟,在茅坪水口水库旁侧的高山上,乃一座大白坟,高大巍峨,气势不凡,坟前立有高大石碑,两侧的石头雕刻工艺不俗，乃凤凰村、谢村等数村黄姓人家的始祖。每年祭祀，按人头收钱，杀鸡宰猪，备办祭品，每户人家至少派一二人，一支队伍旗幡招展，浩浩荡荡。五七户人家，亦会一起祭扫“房头”(即近亲宗族)的共同祖先。私墓即指自家直系祖先，而与旁人无涉，乃从房头分支出来。我们家的私墓，全是直系祖先，分布于村庄四周丘陵山地如鬼落山、园山、牛洼山、马自山、马园山、门星岭等处。

在扫墓之前一日，就得准备好挂纸、香烛、纸钱、鞭炮、“秆传”(稻草编织的麻花辫状粗大草绳)诸物，在凌晨早早备好鸡牲猪肉、茶酒果品及饭团。父亲和大伯父家各办一份，两户合扫私墓，装入箩筐，由大人挑着，秆传火由小孩拿着，一行人肩扛锄头，头戴草帽或打伞，前往山头进发。拿秆传火亦有讲究，不可迎风，否则很快就烧完了，又不能被雨水淋湿。出发之前，得先去拜土地神。我们所准备的祭品，乃要孝敬祖先。但鸡猪二肉，在周游诸坟之后，烟熏火燎，风吹尘染，历经水火之洗礼，最终会在洗净爆炒之后，进入我们口腹。扫墓的程序及分工通常如下：先将坟头上的野草铲除，若有灌木及茂盛杂草，则须用镰刀砍掉。用锄头掘数块大草坯，一个堆坟头顶部，一个堆后土，两个坟手各一块，这都是大人的活儿。小孩忙着用石头将挂纸压上去，坟头三块，后土三块，坟手各一块，绕着坟墓四周，在外坟之间，还得按大致距离再贴三块。有人忙不迭地烧香，将祭品用扁箕摆出来，坟手之间就是祭台，分两份放在祭台及后土前，之后诸人三叩九拜，最后是烧纸钱，放鞭炮，一处坟墓祭祀方告完成。然后收拾东西，赶赴下一处。

由于坟墓分布于诸山头之中，又得穿行于山头、田垌和溪河，既路途遥远，又行路不便，一切均得徒步进行，要完成全部扫墓工作，非得奔波一整天不可，还得密锣紧鼓，不可浪费时间。中午是不回家吃饭的了，幸好我们早备有开水、饭团，也就草草将就，就在坟头上野餐，并趁机小憩。清明多雨，有时大雨袭来，都增加了扫墓的困难，尤其是烧香及烧纸钱。烧香乃通知祖先之用，让其过来享用祭品，纸钱是供其在地府花销的钞票，又称冥币。过去，都是用黄表纸及黄铜模具凿印铜钱，后来有了面额五百万乃至五千万的冥币购买，也就夹在纸钱上一并焚烧。有人也会给祖先焚烧纸扎的汽车、房子及美人之类。祖先生活于久远年代，那时恐怕汽车尚未问世，祖先收了去，恐怕也不知作何用途。或者，地府有无修建公路尚是一个未知数。铲山将坟头修整干净，清明过后仍没人祭扫的坟墓，显得荒凉凄恻，就疑似无主野坟。

祖父和祖母的坟墓相距不远，一在门星岭上，一在相连的蛇龙山(乃马园山的一部分)。那一次，我们在祖母的坟头多待了一会儿。由于扫墓接近尾声，也就不着急，父亲和大伯父将祖母的坟墓铲扫一新。父亲用手去拔坟上的野芍药，他不想动用锄头，轻手轻脚地拔，唯恐惊动了祖母的魂灵。越久远的祖先，扫墓愈显得淡薄。父亲对祖母十分爱戴和尊敬，曾希望我能好好写一写她的事迹。一个平凡而伟大的母亲，在丈夫壮年早逝后守寡，独自养大了三个儿子和一个女儿。我二伯父是石湾水一带闻名四乡的二十世纪六十年代大学生,在北京工作,乃师级干部。十年前,我写过长诗《农妇陈高英的一生》,记述祖母的事迹。

我们常会碰到本村人也携男带女挑着祭品,在山头上穿梭,而鞭炮声此起彼伏。每一座丘陵都有坟墓,每一座坟前都有人扫墓。祖先崇拜的文化根深蒂固。那些扫墓的人,都有着朴素的认识论,相信万物有灵,相信祖先地下有知,他们的拜祭总会让祖先享用并保佑生者。这样的信仰有其盲目性,却充满虔诚和安慰。

父亲和大伯父对每一处祖坟的位置及路径了如指掌,甚至对一些近祖的音容笑貌仍有记忆。而我们这些晚辈,却难以记清。祖先更多的只是一抔黄土,一个姓名或称呼,有时连名字也记不住。大人通过扫墓的方式跟祖先沟通,小孩往往只是一次踏青。扫墓耗时一天,路途艰难,不到暮色浓重无法返家。一天下来,精疲力竭,而那顿丰盛的晚宴将会在主妇的巧手下准备就绪,犒劳扫墓归来的人。

五月初五为端午节,初五吃粽子,划龙舟,此习俗跟屈原跳汨罗江有关。凤凰村的粽子乃粤西风味,主要有咸肉粽及灰水(碱水)粽两种。咸肉粽有咸猪肉、花生米诸物作馅,还夹杂一种土话叫“蛤搂”的野菜以调味;主料乃糯米,用宽大如掌的竹叶包裹,外面裹缚以“簕固”或关草绳,五花大绑,蒸煮熟透可食,常温下放十数天不坏。灰水粽蒸熟后呈金黄色，粘韧弹牙，辅之以糖浆，美味可口，且多吃不腻。

凤凰村一带，在初五这天，还有以药草沐浴及给小孩烧艾火的习俗，以驱除热毒瘟邪。采来三丫苦树叶、艾草、芍药、薄荷、番石榴树叶、黄芽茶等十来种木叶、野草，熬一锅滚汤，全家沐浴。水温太高，孩子畏之如虎，大人又用力揉搓，疼痛难忍。村里的孩子天一亮，就从房屋逃逸，潜入周围的山林中去。水轮机旁的坡禾林，最为茂密，孩子们如老鼠匿身于林莽间。大人明知他们藏于彼处，大声叫唤，孩子们却不吱声，也就无从寻觅。大人一计不成，又以利诱，粽子吃腻了，无甚吸引力，却许诺以五敛子（杨桃）、花生糖、甘草榄诸物，孩子们垂涎欲滴，遂纷纷于草丛林莽间钻出。洗浴一事，孩子尚可忍受。烧艾火却以干燥艾香贴于百会、肩井诸穴处，以火烧灼，乃皮肉皆焦的苦刑，孩子们痛彻心肺，闻之色变。

主持烧艾火的人，通常是邻村的一位老妪，身披黑色麻衣，脸如干核桃，面无表情，神色阴沉，犹如一个怪异而漆黑的大鸟。那段时间，我有时梦到鬼怪，就是那老妪的模样。据说初五日烧艾火可保孩子远离瘟疫和邪祟，一年平安。倘若不烧呢，总会有病魔入侵。此类事情，农民多是宁可信其有，不可信其无，况且烧艾可治小病，乃乡间常事。

父亲反对给我们兄妹烧艾火，他有怪论，此风俗是官府中人的愚民之术，使民众幼时就烧坏了脑子，自然丧失血性与灵性，易于控制而不会反抗。为何天下如此多温顺愚钝之人，就跟此等做法有关。一个人脑门烧了一炙艾火，人就废了。我感谢他让我们免了烧炙之苦。别家孩子就只能躲入坡禾林中，或藏身于草丛，或爬上树躲避，只望捱得一天，那老妪打道回府，便可逃过一劫。但既然事关孩子平安，父母岂容孩子马虎混过？遂不畏劳苦，披荆斩棘，将孩子一一捉拿回家，任由其哭喊，只待老妪来烧艾。村中哭声震天，一片凄惨，亦为端午节一景。

父亲怪论自是无稽之谈，村中及邻近数村甚少出大学生，却是事实。进入二十世纪九十年代以来，洗药汤风俗仍有保留，但烧艾火已消亡，太残酷了，也就丢了市场。事实上，四邻八乡之中，懂得烧艾火治病的老人，已不复再有。

七月十四在凤凰村亦为重要节日。除拜神外，会杀鸡鸭大吃一顿，还会磨米粉做“薄箕炊”(薄箕即圆匾)。村人不妄谈鬼神，但迷信色彩甚浓，我成年后才知此乃中国民间传统之鬼节。村中做社，饱餐一顿，孩子最爱此类节日。有民谚云：七月十四鸭蜡瘦。三四月间养雏鸭，到七月正好养肥，是指小孩垂涎欲滴，辗转反侧，无法入眠，捱得一夜，恨不得早点天亮，好等宰鸭来吃。

“薄箕炊”乃粤西特有的名小吃，仅流行于茂名及湛江的化州、高州、廉江等地。做法是用碓坑或石磨将泡软的大米舂磨成浆粉，调以清水适量，使之成为黏稠液体状；之前的步骤跟做河粉一样，然后倒入匾箕中，置于铁锅内炊熟，先炊熟薄薄一层，再揭盖加粉水;如此重复三五次,直到将匾箕炊满,达五六层之多。吃的时候,拣齿牙磨损的“禾钩”,磨得雪亮如刀,用之切割成小块,淋上八角、蒜头诸香料炼制的花生油,香滑可口,乃闻名遐迩的风味小吃。平时一年四季,也有人专做此等生意,挑来村中售卖,除了交钱,亦可用米换取。村民多不富裕,纵算买上一只半只,却难以解馋。他们用的是比海碗略大的小匾箕,一人吃一两个也不“够颈”。七月十四日,大可饱餐一顿,吃到发腻。

更有一种芋头糕,将舂碎的芋头掺入粉水中炊熟,风味更佳。一个家庭,炊上两三个大匾箕,就吃不完了,放三五天也不会坏,如果怕凉,就煎热吃,味道亦佳。

村庄平时少吃肉,穷人家只有逢年过节,才会有鸡鸭登场。当天傍晚,那只鸭子就被去毛开膛,烫熟了,先拿去拜神,然后辅之以蒜头、芫荽诸调料,被母亲炒得浓香四溢端上餐桌。这才是七月十四最受欢迎的佳肴。鸭毛被收集起来,等杂货佬来时收购,可换得糖果、气球诸物,据说城里的工厂会用鸭毛做成羽绒服。但只有纯白色的“扶鸭”毛才值钱,至于毛色杂乱的田鸭、火鸭及麻鸭之类,就如鸡毛无人问津。事实上,也只有那种仪态高贵如天鹅的“扶鸭”,才会浑身雪白,翅膀有力,能飞上墙头及树梢。至于鸭喉,则另有用途。夏夜萤火虫甚多,去塘边田头捉将过来,塞入鸭喉之中,就如闪烁明亮的霓虹灯,在夏夜中发光,是十分好玩的东西。

中秋节跟天上那个如圆瓮般的白色星球有关。月亮会发光，但它不知道光来自何方。已逝的无穷尽的岁月，有无数人在仰望月亮。它在天上优美地高悬，冷漠，饱满或尖锐，明亮或黯淡，并不承担人们的怀乡病。但千百年来，它就是乡愁的代名词。它像黑夜世界鼓突的眼睛，眨着白眼，对人世间的一切并不关心。它的丰盈和亏损都有各自不同的象征。当它像镰刀在星空下刷刷地收割，没有人知道是谁在挥舞着这把弯刀。

一个纸人只剩下躯壳：当梦想像牙膏被挤出。防空洞灌满了去年的月光。一个纸人在喊痛：制潮的月亮，把所有风暴压入了少女的身体。月亮的升降引起了潮汐的变换。月光从树叶上滴落，像融化的、冰雪的诗句。无数个人在不同的地方，望着异乡的月亮，其实跟故乡的月亮乃是同一个。对于穷人来说，它像一枚抛起来的硬币。对于孤独的人来说，它是一束白色花在忧郁地扩展着花瓣。明月像豹子的眼珠在碎裂。那个忧郁的诗人是月亮的灰暗部分，使每重庭院的阴影得以延续。衣柜落满了月亮的灰。月亮是一张消失了五官的脸，它像一只白色的气球从围墙上升起。弯月如时光的镰刀在收割，星空下麦田丰熟而黑暗。月亮是清澈的湖泊，是湖泊的模型，是一滴水落入你的梦境。月亮以不同的面具在每一晚出现或消失，这仅是幻觉。即使在雨夜，月亮也仍挂在天上而你无从目睹。无论乌云遮盖或雨天，它从未消失。那个用手指着明月的禅师说："不要注意我的手指。"他指向的是抽象的、看不见的月亮。

月亮在每一个月份都遵循着相同的轨道，反映着同样的光与影。它像不少现实主义文学一样苍白和单调，但也是浪漫主义者紧抱不放的精致之瓮。但是，在八月十五，它却被赋予了怀念、人间气息及乡愁的滋味。

外出打工的人，无论再遥远再艰苦也要回来，月亮的圆满寄寓着团圆。天涯共此时，海上生明月。在中秋节，对月神的祭祀显得虔诚而世俗。那天晚上，每一个家庭杀一只鸡或鸭是必须的。这是乡下人对节日重视的最高表达。食物也有相应的变更，端午节吃粽，七月十四吃“薄箕炊”，八月十五吃那种模仿圆月的饼。月饼种类繁多，味道各异。

化州月饼是驰名中外的广式月饼的分支(犹如化州话，是广府话的分支虽小异而大同)，常见的有莲蓉、五仁等，其中拖罗饼乃当地一绝，甜香爽口，齿颊生香。那时月饼多用饼纸包装，一封四五个，相当实惠。至于月饼盒，那种木盒、铁盒乃至镀金盒包装是后来的事，动辄数百元乃至数万元一盒的月饼，成本恐怕花在盒子上更多，让人颇觉买椟还珠方为正途。父亲没钱，我少年时代没吃过月饼，顶多是吃几片“碗侵糕”(以白糖及糯米粉做成的米糕)就不错了。但中秋之夜，月华如水，村庄上空弥漫着各式月饼的香味，蝉鸣像生锈的刀片切割着丝绸般的月光。中秋过后，在夏日喧嚣一时的各种蝉类，已走向末日。

去外地打工的人，大多会提前一天返乡。也有披着两肩霜月的人，风尘仆仆地于当晚出现在家门口，冲着飞扑过来的小儿扔下一个包袱。那里头放着几封月饼,分离大半年的妇人眼眶就湿了。那些打工的人,远离家乡,让妇人小孩多了牵挂,却又带着盼想。

我父亲那时从不踏出家门半步，他称得上是尽心尽责的专业农民。他对土地的情感有着泥土的纯朴及真实。我们每天都能见到父亲,我们不可能有在中秋节吃到一块月饼的惊喜。父亲给我们讲述过不少关于月亮的故事。譬如关于那个闪光的圆坛子之上,有一处宫殿,里面住着绝无仅有的男人、女人和牲畜,然而他们不是一家人。那个美貌的仙女得享长生却失去了丈夫,在中国传统文化里,并不提倡一个女人有第二个丈夫,她跟那个男人没什么故事。那个抱着白兔怅望人间的仙女,成了寂寥凄恻的化身,后来在不同的年画及月饼盒上看到了这个画面。那个神话的始作俑者似乎在告诫妇女千万不可离开丈夫，否则将沦于此种不幸境地。我一度惊诧于那对男女为何始终不能将两家合为一家,毕竟,对方都是那个世界唯一的选择。要不然,他们就是月球上的亚当和夏娃了。父亲对吴刚为何出现在月球中语焉不详,至于他为何要砍那棵桂树,更不明所以,只说这是他的命运。父亲曾多次指着月亮上的暗影和光亮,说哪是宫殿哪是桂树,影影绰绰,却无法看清。后来,我在《自然》课本上看到月球环形山脉的叙述几乎毁灭了上述神话。

在乡下,初一十五都是拜神的日子,在八月十五,祭拜月神更是例行功课。母亲告诫我们千万不能在中秋节用手指向月亮,月亮是神祇,否则会被某种神奇而看不见的利刃割伤耳朵。我没指过月亮,但耳朵根上亦曾溃烂如刀伤。

月神在父亲的讲述中,主要是一个手拿红绳的白胡子老头。月老是人世间姻缘的撮合者,是媒人的鼻祖,是丘比特在东方的同行。但他比丘比特更稳重,更可靠。事实上,东方式的姻缘比西方更稳定(幸福与否另当别论,考虑到东方式姻缘长达千年的多妻制或妻妾制,这种稳定的基础由女性的忍辱负重及血泪乃至肉躯筑就。稍为探究一下中国古代妇女的命运,就不寒而栗,世界诸民族的伦理中很少像儒家伦理那样侮辱和损害妇女),表面上看是因为父母之命,媒妁之言,实则是对女性在精神及行动自由上的控制,一系列有形或无形的锁链将那些如花似玉的身体捆缚。乡下人相信一个好姻缘,主要来自媒人(婆)的介绍,在二十世纪八十年代,凤凰村的年轻人要婚嫁,其主要途径仍是别人做媒。即使是读完高中或到过珠三角打工的人也不例外,自由恋爱偶尔也能见到,但多中途夭折,难以开花结果。

在我们那儿,流传着一个说法,在中秋节翌晨,在子夜露水打湿竹林的时分,倘若妙龄女子去触碰笋尖的露珠,就能获得好姻缘。这就给女孩子深夜在外头逗留有了借口。近年来,这一套没人信了。那些妙龄少女不必找藉口去竹林跟情郎幽会,也没这样的闲情逸致了。

“偷青”作为风俗,亦在中秋节盛行。当天夜里,谁都可以去偷菜而无须承担小偷之名,但必须是年轻的未婚男女。每家每户只好派人看守菜园子。邻家有一块葱地,因偶一不慎,无人看管,结果你一把我一把,被人扯了个精光。

二十世纪九十年代末,父母迁居县城。小城喧嚣嘈杂。在高楼之上,仍有明月升起,在鉴江两岸,田畴成片,绿树掩映,也有充足的月饼,但于村边溪畔竹林中赏月捕蝉的情趣,是一去不返了。

4.戏台、戏班及木偶

当戏台将在村口一个山坡上修筑的消息传来,我们欢呼雀跃,每天将家务活一干完,就跑去工地看热闹。戏台前有一道小溪流,刚好将戏台和观众隔开在一个比较巧妙的距离上,以免老有人掀开大幕而偷窥后台的演出者。小溪前面是村中的百年古井,井台周围异常空旷,可容纳千人。此处亦为村中各队的交通枢纽及文化中心,唯一的小店铺亦在此地。平时就聚集了无数闲人在高谈阔论,每一个人既是观众,又是演员。那片空地成了摆醮之所,乃是诸神的临时行宫。做戏主要是给神灵看的,至于人的娱乐,头头们暂不作考虑。

人们用铁钎撬动山坡上的泥层,并用铁锄和铁铲将泥土堆入畚箕,并最终用扁担挑走。那些泥土也无甚用处,就堆积在山坡的另一侧。我们在黄泥堆上打滚,跳跃,泥土松软,清香,孩子们找到了游乐场。

大约一个月后,戏台大功告成。正面对着井台旁边的空旷之地，三面乃从山坡上垂直切割出来，远远望去，犹如一具黄色的屏风。有两三十米宽，高处亦有二十多米，戏台旁边竹树繁茂，犹如绿色的布景。演第一场戏时乃当年年例节，上演的多是木偶戏，一年到头会演七八趟，每趟演数晚至十多晚不等。每逢重大节日，当然由头头负责向各户收钱以资演出。平时，有的人还神还愿(以讨好神灵)也会自掏腰包请戏班子演出。在二十世纪八十年代初期，木偶戏仍有很多人捧场，毕竟电视还没有入村，连电也没装呢。电影很少有机会看，也没有别的娱乐。

木偶戏班子人数不多，通常也就三五个人奏乐，乐器有磬、鼓、锣、钹、箫、笛、二胡、唢呐之类；七八人演出，吹拉弹唱，各司其职。演出者手捧木偶，或进或退，用手指挥木偶做出种种动作乃至表情，唱腔用本地土话，倒也亲切生动。女演员不多，男演员亦可唱女腔，而一个木偶连上头饰、戏服、兵器等，怕有十数斤重，时间一长，非孔武有力者难以胜任。说是演给神灵看，但观者甚众。唱段中为了吸引观众，亦杂有荤段子，女人家终究脸皮薄嫩，演时无法放开，而一出戏中，多是文戏武戏兼重，每逢武戏，繁弦急管，杀声震天，木偶混战成一团，演员们闪展腾挪，上蹿下跳，挥汗如雨，对其体能和嗓音都是莫大挑战，较演粤剧(大戏)的辛苦有过之而无不及。这些都使男演员略占优势。亦有例外，每出戏必有戏中人行丐一段，咿咿呀呀，哭声一片，就是女演员优胜了。演得成功的，让观众泫然欲泣，一面撸鼻涕，一面送上钱物、食品。他们浑然忘记是在看戏，而将戏曲故事当成了现实，而演出者要的就是这个效果。那些钱物不多，但在物质匮乏之时，亦属一笔小财。

每逢演出，我跟同伴都会早早去到戏台面前，却又发现“戏台”还没搭好，顶多是在搭建戏台的场所，戏班子搬动竹竿横木，搭起一个戏棚来。

演戏时多在夜晚，尽管说是给神演的，但掌声、笑声及扔到台上的钱物可都由人提供。观众越来越多，演员愈是起劲，自不待言。前台上挂了几盏马灯，戏台顿时明亮起来。通常还会加上两盏煤油汽灯，半边天遂亮如白昼。戏台上的演员及木偶，纤毫毕现。上演的曲目多是“醉打金枝”、“薛仁贵征西”、“杨六郎挂帅”之类，内容多来自“兴唐传”、“杨家将”诸如此类。而无论演什么，通常都是那几个木偶，几副嗓子(就如当下所谓的华语大片，老是那几副熟悉的嘴脸及配音)，情节及唱腔亦基本相同。人们都看腻了。况且明天还有繁重的农事要干呢，没有这份闲情逸致。有时，是母亲带着我看。我们搬着小板凳或条凳，在戏台前占位置。一次，我雅兴大发，跟着演员高唱起来。我才四五岁。母亲得意地说，人们都扭头看你唱呢，居然唱得有板有眼。我对唱戏抱有极大兴趣，还想过跟戏班子学唱戏，但遭到了父亲的反对。

本村亦有个戏班子，他们平时跟农民并无二致，一旦演出才集结起来。平时也较少排练、学戏，都是老戏骨了，一登台便唱，毫无困难。往往也是一人分饰多角，各种头绪理得清清楚楚，各种唱法和腔调都能准确区分，都千锤百炼了。

我喜欢木偶戏，并非喜爱那些戏子或场景，而是喜欢那些木偶。精雕细刻，栩栩如真，眉眼清秀，神态生动，有的连眼睛及嘴巴都能灵活转动，远远望去，宛若活人。我十来岁时，对木偶的痴迷有增无减。一天，我心血来潮，立下宏愿，决计要将一个木偶戏班所需要的各式木偶如生、旦、净、丑、末诸角全凭一己之力雕刻出来。村庄没有一个像样的雕刻师，据说化州城郊有人专事木像雕刻，神像和木偶都出于其手。我不认识他们。我只能靠自己。我甚至没有一个木偶以作榜样。我唯一的模特就是自己。为了培养信心，我曾花时间磨砺技艺。我照着镜中的影像，缓慢而艰难地雕刻。

我过去曾多次成功地用木头削出了木刀、木剑和木槌。这些木头制作的武器，通常是粤剧中武生的道具，大小、形状都很逼真，刀背漆上黑墨，刀刃涂着白色涂料，以模仿刃锋的雪白及光芒。而木偶手上执着的武器就按比例缩小了。材质亦多由木头改作竹片。有的做得较潦草含糊，略具大意而已。每次看戏，我都恨不得换掉木偶手上的刀剑，道具太过随意，打斗动作便不堪入目了。为了找到制作木刀木剑的好材料，我在山上转悠。木头兵器对木材的要求不高，苦楝木、桉树以及松树都是候选之物，木质较松软，利于砍削。当然，在跟玩伴玩武打游戏时，又嫌其不够坚硬。杉树及樟树就较为坚实些。

我所用的工具，主要是斧头、大刀(一种铁锻的长形刀具，刀背厚重，刃口锋锐，农夫主要用来砍柴及削竹篾之用)、小刀及铁锤,家里就有现成的。对于孩子来说,小刀是一件随手携带的宝物。其实,大人也很喜欢小刀,就是因为其用途广泛,又方便携带之故。那时,在乡间没有专门的水果刀(那种双刃并置的削蔗刀是一个例外),但切削瓜果之类,小刀足可代劳。乡间的小刀,常见的皆可折叠,又多是木柄(每一把刀都有其把柄),连接铁器处包裹着铁皮。平时折叠在木柄的刀槽里,要用时才打开来,犹如拔刀出鞘。我喜欢将小刀放在口袋里,跟随着我四处游走,要用时就掏出来。

当我迷上了"雕刻",我仍要借助大刀、小刀之类,但光靠现成的刀具是不够的。父亲的杂物柜里有他过去刻私章的小刻刀,但也用不上。我觅得几块铁片和钢管,将其置于铁砧上,以铁锤将一头砸扁砸薄至略具刀状,在磨刀石上精心打磨,使其锋利,另一端缠上碎布条,遂成了一把独一无二的刻刀。它虽简陋,却好用。

为了寻觅一段适合雕刻的木头,我尝试过不同的材料。桉树木质呈丝状,容易开裂,苦楝木太松软,质地较差,松木及杉木质地粗犷,也不理想,荔枝木又太坚硬,不易雕刻。倒是樟木质地细腻,软硬适中,又散发清香,是能觅得的较好木材。我成年后接触到真正的木雕技术,发现樟木确是常用材料,其味浓郁,不怕虫蛀,有利于持久或收藏。樟木过去在村庄遍地皆是,有不少数人合抱不过的百年古树,在大跃进时期均化为木炭,塞入了土法炼钢的炉膛中。所幸坡禾林中尚有一株巨木,树干参天,虬枝如龙,遮天蔽日，在密林中如鹤立鸡群，大有族中长者之风。树干树皮皲裂，犹如鱼龙鳞片。我不必将此树伐倒，据为己有，只要砍伐一段枝丫，就足以雕刻出十个八个木偶了。我爬到树杈上去，骑坐在一段粗大枝干上，从腰带上抽出大刀，向身前的那截砍去。刀不断地砍向枝干，其缺口不断扩大，伐木声在幽静的林子清脆而响亮。樟油的气味让人神清气爽。“咔嚓”一声，那截枝干带着枝叶坠到地上。我截了一段粗如海碗、长逾半米的樟木段，将皮剥离，还未等其晾干，就迫不及待地雕刻起来。

我仿佛窥见了木头里的雕像，像镜子照出了跟我如出一辙的五官和表情。我只要将多余的木料凿掉，木偶就会脱胎而出。我想得太简单了。我根本无法将匿身于木头中的偶像顺利而完整地敲凿出来。我手上的刻刀未能将我的意志准确地贯彻到木头上去，不是有所欠缺，就是用力过度。我埋头苦干了五六天，尽了最大的能力，略有小成。尽管我将木偶的头部及颈部雕了出来，并雕琢出了五官，但我的雕刻技艺过于拙劣，我是按照自己的形象塑造第一件作品的，倘若说我就是那个模样，那我也太难看了。我羞于承认这是我的作品。它五官扁平、模糊，表情僵硬，没什么生机。我瞧着长满血泡的双手，叹了口气，将雕刻刀抛在一边。我跟木头的雕像还缺少了某些致命的联结，或者说雕刻工作肯定有某些法则及技艺，那是我尚未掌握的。我妄想将一个戏班子所需木偶全部雕刻出来的万丈豪情，就像一个气球被刺穿后，很快瘪掉了。

如果我不断地干下去，也许会掌握某些木匠手艺，可不像修木刀那么简单。但我失去了热情和耐心。那个拙劣而丑陋的木偶，我不想看到它，就弃置在杂物间里。有一天，父亲兴致勃勃地从里面搬出来，说略为加工一下，穿上破衣服，插放在稻田里，倒可起到稻草人的用途。那时我的兴趣转移到了刻制象棋子上，也就不管它了。

5.对联、门神和年画

在村民看来，对联就是标语。那些讲究平仄、对仗工整，词语华美而寄寓着美好愿望的句子，被书法家挥毫写在裁好的红纸之上（后来进化到书法印制于边框印有精美花纹或图案的红色条幅上），红色就是对联的底色，字迹永远是黑色，这有某些严肃、庄重的意味。红与黑的对比，使门口两侧具有对称的装饰效果，并将整座房子置身于那些吉祥语句的祝福之中。

大年三十晚上（最迟在翌日清晨），人们将去年贴在墙上已褪色残损的对联撕掉，并用糯米粉熬制的香糊将新对联贴在大门两侧，而门楣之上还有横批。所贴之联跟去年的有可能一样，只是新旧不同。没有人家不贴对联，破损的泥墙、红砖墙乃至铺着石米或涂抹着灰沙的新墙，在贴对联上享受了平等的待遇。门楣还要贴上五张“福纸”（粤西乡村一种印制着祝福语的纸片，上面写满了“吉星高照”、“出入平安”、“一帆风顺”、“如意吉祥”之类的四字短语），屋子的每一间房子，都会贴上相应的一张。父亲每年都要在我的房间贴上“大展鸿图”的短幅。尽管他不多说，我仍能感觉到父亲的期望，这里头有一种无形的压力，让我焦虑不安。我又因胸无大志而难忍羞愧。一个乡村孩子的前途大多在出生已注定，无非是种田、进城务工或学一两门打铁、木工、理发之类的手艺。有何鸿图可言？我一直到十八岁，仍没出现任何离开村庄的迹象。

在猪栏、牛舍和鸡屋，也会有相应的短幅，写着“六畜兴旺”之类，很少人会张冠李戴。也有人贴一些从土地庙祈福得回的吉祥纸，由缀满闪光铂片的红纸裁成，中间剪着数排细小的菱形孔眼，更具有纸符之意。

贴完对联及幅纸之后，就是贴门神了。门神多是战功显赫、青史留名的武将，最有名者当首推秦叔宝和尉迟恭，关公和张飞也是有名的拍档，一些水浒英雄及《封神榜》诸神亦屡见不鲜。这样，除了历史人物，虚构人物亦粉墨登场。鲜见有人怀疑水浒英雄的真实性，倒是神话人物及神仙不多见（《封神榜》诸神除外），譬如斗战胜佛孙悟空的年画甚多，我在门神中就没有见过。这是我最理想的门神角色，但谁堪跟他配对呢？莫非是肥头大耳扛着九齿钉耙的净坛使者猪八戒？

门神通常分两类，一类是巧手丹青精心绘制的工笔人物画，其脸容、铠甲、战袍、坐骑及兵器均画得精美而逼真，赏心悦目。一类是线条潦草、构图简单的地方木刻版画，既不符合透视比例,亦无神韵可言。最让我郁闷的是,左右两扇门的图像看上去一模一样,除了拿着的大关刀方向不同(贴门神时刀口需向外,以寓防守本宅之意。通常,此类门神上面部分都写着“魏徵”二字,魏徵实乃文官,也是门神中绝无仅有的了。民间奉其为门神,这跟叔宝、敬德为门神都与《西游记》有关,他不是梦斩老龙吗?自然是一夫当关、万夫莫开的门神了)。门神中少见诸仙家神佛,不知是何缘故。想来跟人们对其敬畏有关, 神佛是敬奉在庙里的,岂可为凡人守大门?但关公以忠勇名世,身兼财神之职,又不局限于此。

有一年,我提出由我买门神。父亲默许了。我兴冲冲地在石湾墟的摊档上转, 看得眼花缭乱, 终于挑了一对颇为罕见的门神,乃由二郎神跟雷震子配对。这对门神画工精巧,栩栩如真,让人百看不厌。但我年三十晚将其贴上木门时,父亲才发现我买的是何方神圣。他竟用手将其撕掉,有的地方粘得太牢,撕扯不了,就用割稻的“禾钩”将其剔剥下来。待他将门神清除干净,木门已留下了无数道被刀刃切划的深槽和木痕。父亲不管我的抗议和伤心。他还是去买回“魏徵”换上了。我不明白他为什么这样做。但肯定跟某种偏执而迹近迷信的念头有关。至少,他不喜欢我买的这对门神。画中神像显得另类而稀罕。父亲历来循规蹈矩,对非常规及逾矩之事充满惶恐。他可能是被两神将及胯下的异兽吓坏了,一为麒麟,一为猊兽。我当时想,用禾钩将门神如此动作,岂非大不敬的逾矩之举?

我每次看到木门上的刀痕，都会想起父亲气急败坏而惶恐不安地握着禾钩，在木门上狠狠地剔剐的情景。

门神是房屋的保卫者，我们看到只是画像，它只是神灵的某个象征性符号或隐喻，而神灵是看不见的。他要防备的也不是小偷，而是同样看不见的、最凶险的敌人，那是农夫恐惧到提都不想提的妖邪异物。贴了门神，人们心里就踏实了，并确信一家安宁并达成对联上的美好祝愿。无非是家庭兴旺、添丁发财、生意兴隆、四季平安之类。

在春天后的好几天，我饶有兴味地到村子的每一户人家，驻足，品赏各家各户相似或迥异的门神，这是一次免费参观的美术展览，那些精美的画像激发了我绘画的欲望。我有近十年沉湎于对绘画的爱好之中，还在初中毕业后考上过美术学校。门神也是每家必须贴的。但贴年画的人家不算多。那些穷人家的屋子阴暗破旧，主人没有心思。

年画一般分三类，一类是“年年有余”、“寿比南山”、“万象更新喜迎春”之类的传统年画，寓意吉祥幸福。一类即是描述古典题材故事(如《红楼梦》、《西厢记》等)或当时走红影视作品的某些情景(如《少林寺》、《新兵马强》等)，进入二十世纪八十年代后，此类年画喧嚣一时，由此可窥见中国娱乐萌芽时代的缩影。由此衍生了一些电影明星的海报或玉照。而影视红星的挂历则稍迟几年。一类是“保卫延安”、“二〇〇〇年实现四个现代化”之类，多是宣传相关政策或歌颂祖国和工农兵的。倘若有人将逐年印制的此类年画辑录成册，当可窥见那数十年间的中国社会变迁之脉络及风气。梅兰松竹及诸类风景画也很常见。共产主义伟大导师马克思、恩格斯、斯大林的画像很抢手。毛主席的画像尤受欢迎，至今仍为无数人所追捧，尽管每年一换，却有了浓郁的神化色彩。

在万象更新喜迎春之际，一本过一日就撕一页的厚重日历（撕掉的通常用于上茅厕），是每个家庭都少不了的。爱好占卜、八字、风水等杂学的人，还备有万年历、老皇历及罗庚以备不时之需。贴好对联、门神及年画之后，照例会烧上一挂鞭炮。等着抢哑炮的孩子在一旁虎视眈眈，跃跃欲试。他们将捡到的哑炮再来烧掉或收集火药玩，如用于自制的玩具火药枪之类。这些游戏极具危险性，参与的孩子不多。

我家里没贴过任何一张买回来的年画或画像，我小时候见到墙上挂着镜框镶嵌的祖母的炭笔画像。二十多年后，我从二伯父那儿看到了祖母的唯一一张照片，觉得那画像惟妙惟肖。那出自父亲的手笔。亲手将祖母的画像绘制出来，是父亲的愿望。为此，父亲苦练过绘画。

我一有机会就跑到别人家里去，我饶有兴趣地观赏那些题材各异、风格不同的年画。那是一些真正的美术作品，不乏名家手笔，印象最深的是王叔晖画的《白蛇传》。后来我发现，很多年画跟一些连环画的封面完全一致。这比门神更丰富多彩，也更具动感和画面感。一幅《三英战吕布》的年画，画中人栩栩如真，让我流连忘返,连战马的神态及鬃毛都活灵活现,豹头环眼的燕人张翼德像要从画中猛扑出来。可惜我忘了这是谁的手笔。

进入二十世纪九十年代后,传统年画(尤其是宣传画)已淡出市场,逐渐销声匿迹,倒是挂历大行其道,日历已不多见。一些偶像派明星(除了港台明星及大陆明星,亦有外国红星,开放之风已吹至此偏僻地带)大受欢迎,领袖画像仍长盛不衰,据说有镇邪之功。如今,村庄只剩下老人和小孩,不少泥砖屋已于暴风雨中倾圮,那些西式小洋楼亦多是铁将军把门。在过年那几天,人们陆续从遥远的城市赶回家乡,大扫除,在洗衣物,在拜神、摆醮、游神、做年例等诸项跟过年相关的活动之后,又迅速回到城市。一年之中,也就那几天待在家里,仿佛家只是客栈。异乡又没有他们的家。大约元宵节过后,村庄恢复了荒凉而凄清的景象。倒是每户门前,对联、门神及福纸焕然一新,而屋中空无一人。

有一年，我一家家地挨着去看门神和对联，那些字迹及画面,跟过去相比倒是变化不大,然而门神守护的却是无人居住的房子。有的房子也没有对联及门神,主人已多年不返。直至房屋倒塌,杂草丛生,逐渐被主人彻底遗忘。有一种对联是军属的,由石湾村委会(当时叫大队,后来又改叫乡、管区、镇,如今是化州一街道)派发,内容千篇一律:“发扬革命传统;争取更大光荣”,横批:“光荣之家”。由于二伯父是军人,故我们家老屋便贴此联。父亲乐得省了钱,又对身为军属自鸣得意。我在村中不少人家乃至邻近村庄的不少家庭都看到这副对联。

第五章　器具

1.铁器

怎么高估铁器在乡村生活及农事生产中的意义都不过分。绝大多数农具都是铁器(或其核心部件是铁器)。每一位农民都是制造工(用)具的好手,当然也擅于修理及使用。在此一领域,他们几乎无所不能。譬如用铁锤将钉子敲入墙壁,用锉子将钝损的手锯打磨得锋锐如鳄鱼的牙床,排除故障,维修农具,但他没法阻止一件铁器在泥土或手上缓慢地磨损并无声地融化于血肉中。很少有比铁更坚硬的事物(即使岩石也会在铁钎及十字镐上崩裂、破碎),又一把锄头只剩下短秃的"锄耳朵",劈柴的斧头在木柴上消逝。在漫长的时日,父亲用掉了多少把锄头?他曾有用不完的精力,如今也意识到自己老了。

我曾试图数清家里的铁器,但这是不可能的,总有一两样被遗漏的器物从角落浮现。譬如农具(铧犁、铁耙、铁耧、锄头、铁锹、铁钎、铁叉、十字镐、鹰嘴锄等）、刀具（菜刀、柴刀、杀猪刀、各式镰刀、剪刀、剃刀、削蔗刀、小刀等）、厨具（铁锅、铁勺、铁碗、铁筷、菜刀、薯丝磨等）、木工器具及铁匠器具（斧头、锯子、刨、锛子、凿、锥、锉、钳子、锤子、钉子、铁砧等）。还有其他难以归类的生活用具如刻刀、铁桶、铁盒（铁罐）、铁锁、铁线、铁链、铁钩诸如此类。铁器的配偶多是木头，几乎每样铁器都离不开木头，譬如刀或斧头，都需要一根合适的木头做柄，锄头和锤子亦如是。

铁器种类繁多，铁器也根据名称及用途的不同，而呈现出相应的形态、特征和气质。农具用于耕作，譬如在田地挖掘、平整、收割或扫除障碍，坚固耐用。铁砧、秤砣显示着重量。所有的刀具或铁叉都讲究刃锋锐利，光芒闪烁。在乡村，大多数刀具应用于日常生活，诸如砍削、劈斲、剐剖、修剪等，但也有少数用于杀戮。譬如菜刀不仅用于砍瓜切菜，也用于宰鸡杀鸭，或将鱼类刮鳞剖腹。当家庭主妇在砧板上切肉，身边总是围着垂涎三尺的孩子。在他们看来，有肉吃的时候往往是节日。那种厚重、尖锐的屠宰刀，俨然是凶器，尽管它的对象仅限于六畜且主要是猪。当村人争斗时，也常有人挥舞着磨得雪亮的杀猪刀，扬言说要一刀洞穿仇敌的喉咙，好在此类狠话没有变成事实。除了杀猪匠，很少人家会存放杀猪刀。父亲认为它乃不祥之物，过年时真要杀猪，就差我去邻居家借用。

用于技击或打斗的铁器（美其名曰武器或兵器，说白了就是用于杀人），在过去，粤西乡间肯定有很多。到了二十世纪八十年代,冷兵器日渐稀少。但石湾墟一带有尚武之风,不少大村落都有舞狮队,舞狮固然是常规功课,拳脚功夫及舞刀弄枪更是基本功。凤凰村过去曾有舞狮队,在“文革”中一度中断,在二十世纪八十年代又组织了起来。教头由村中的几名拳师担纲,常在农闲时的夜晚聚集徒众,于大晒坪上拉开架势,苦练不辍,是谓“食夜粥”。我有位堂哥也去参加,扎了几天马步,终究没有练成真功夫。那些曾经堆在旧谷仓一角的兵器被纷纷搬了出来,诸如单刀、红缨枪、三股叉、春秋大刀等,锈迹斑斑。这些器械,也许曾跟随武林高手叱咤江湖,如今在无情的岁月中卷刃及锈蚀。说到高手,毕竟是罕见了。

不唯独专门的兵器,几乎每件铁器乃至板凳都是潜在的凶器,像大刀、“禾叉”(这是专供翻秆用的农具,实乃简单的两股叉,两根呈菱形的叉柱微微向上翘起)虽是用具,但亦可当利器直接用于械斗或战场。某一年,邻村有两户人因争夺宅基地大打出手,双方就地取材,执起农具打成一团。有个壮汉抡开大锄头,将对手数兄弟的头颅一一敲破,就如磕鸡蛋似的。对方还以颜色,一个后辈手持“秧锹”(一种型小单薄的铁锹,专门用于插秧时锹秧苗)猱身而上,猛然将对方一人的鼻子铲掉……幸好现场无人死亡。头骨碎裂者经医治后奇迹般生还。鼻子被铲掉者就成了无鼻之人,那年节整容术尚未兴盛,他痊愈后也只好在彼处贴块黑胶布了事。他数年后早逝,不知是否跟那个先他而去的鼻子有关。

铁器来自于铁。在凤凰村外数里之遥的石湾墟，土街上就有一家打铁铺。每次路过打铁铺，我都惊异于那些黑沉的铁块在炉火中变红、柔软……新打好的刀具，半成品，准备投入熔炉的锈铁，铁匠漆黑的额头及鼓凸着肌腱的胳膊，在明灭的炉火中楔入了我的记忆……还有铁锤敲击在铁片上的当当声，如此清晰。

我在黄昏跟一块暗黑的铁相遇。它像一只乌鸦、一小块被敲掉的天空，吸收了全部光线。一块漆黑的铁，带来了持久的寂静，像我忧愁的脸，一段生锈的岁月，看不出本来的面目，想不起青春的短歌，一块铁的飞翔与坠落同样沉重、急促，像一个人三十岁时挽留不住的爱情……一块漆黑的铁粗糙、冰冷，像我千锤百炼的心。它肯定是一把利剑，但不轻易出鞘，像我胸口燃烧的诗篇，从不随便发表。两块铁在互相碰撞，临街的打铁铺，传来敲打的声音，就像我挑战命运的拳头：以牙还牙，我的青春在火焰中苏醒。一块铁在熔炉中满脸通红，像我怀中浑身发软的女人，一块铁在火中怒放还是在梦中锈掉？我的内心滚过一阵恐惧，一个人的一生，像不断被锤打的铁块，一天天在闪亮中减薄……一块铁在春天的花泥上，露出失眠的脸。它在大地中沉睡了多久？它被马蜂的念头蜇伤，被钉子的想法扎痛。一块铁被未来折磨，它在打击下减轻了重量，就像闪电省略了肉体，只剩下骨头，把生活碰得鼻青脸肿，在只有赞美没有愤怒的时代，在只有富翁没有诗人的城市，我用血液中的铁，锻造梦想的合金——

这是我二十来岁时关于铁的断想，回头来看，未免有点矫情，却无法忘却。

在粤西乡间，较大型的铁制农具应当是铁犁与铁耙。父亲常用的铁制农具是铁锄、“秧锹”、钉耙、“禾笊”（可能是粤西乡间特有的农具，实为一种微型的钉耙）、“禾钩”（即专门用来割禾的镰刀，铁打的刀刃，装着木柄，刀刃上分布着细齿）、禾铡刀、禾叉等，偶尔用到的有铁锹之类。铁锄用于耕种（譬如掘地、平田等），也用于收获（譬如挖掘薯类作物）。犁地或耙田本应靠耕牛。由于因家贫买不起耕牛，父亲只好带我们用农具完成。锄头的地位在父亲看来尤为重要，犹如鲁班的斧头、关公的大刀，没有锄头，他就像狙击手丢了步枪，纵有本事也使不得。

我父亲耕田，只凭一身力气，一把锄头，一把猪八戒式的九齿钉耙。我和二妹跟着父母在水田劳作，用铁锄，用钉耙，用脚丫儿把土坷粒踩碎。大路两旁，行人来来往往，讥笑声四起。二妹出落得水灵灵的，老害羞，怕人笑话，就把草帽压得低低的，盖住了眉眼，脸憋得通红，眼看着要哭。父亲叹气，持锄肃立，望着天边的一朵浮云，不知道他在想什么，但纵有想法，也飘散如云絮吧。我对自己说，有朝一日要买回十头大耕牛，否则无法挺起脊背做人！啊，那时我还没有懂得天高海阔，没想过离开这个势利的村庄。

用锄头掘地，这就是我必须面对的。一直到十八岁，我都被围困于铁桶般的现实中。

那天清晨，父亲带我们来到了田野，每人扛着一把锄头。天边露出了鱼肚白，一轮红日将从山冈上升起，早晨的浓雾还没有吹散，在轻雾笼罩的旷野之中，不时传来别人吆喝耕牛的声音。我学着大人的样子，往掌心上吐一口唾液并用力搓了搓，开始牛马一样的劳作。我们必须用手上的锄头把这一块田地翻转过来。我们沉默着，只知道机械地挥动手上的农具。只要我每挥一下锄头，大地都会翻起一块土坯，向我暴露它的秘密。每一块土坯都是不同的，但我看不出有什么区别。土地向我露出了它的多个侧面，并呈现它内在的颜色和气味。我们挖掘的姿势犹如在挖掘一处宝藏。现在，我们终于把一块田翻转了过来，但它未免让人大失所望。这块田地犹如穷人的口袋被翻得底朝天，一片狼藉。然而，把泥土翻开还是泥土，这么多的泥土，覆盖着梦想的种子和空想的世界。

母亲掏出一条旧毛巾抹汗。我将锄头柄支在田埂上，一屁股坐下来，拧开军用水壶的塞子，把开水倒入喉咙。水解除了我的焦渴，也恢复了我的几分气力。人需要一个座椅，以便放置身心俱倦的身体。对我来说，一截光滑的锄头柄，就是椅子。

父亲在田埂上用锄头打开了一个缺口，沟渠的水马上顺着缺口哗哗地流进来，水来自遥远的“水口”水库。稻田看上去如此平整，渠水仿佛抹掉了田上的坎坷和凹凸。土坯会在水中缓慢地发软并腐烂，但需要很长时间。水够了，父亲填上缺口，往田里撒氨水粉。化肥加强了稻田的肥力，又有助于泥土瓦解。我们用铁锄将土坯切开并粉碎,或者用脚把土块踩烂,直至这块水田变得一片稀烂。现在水土浑然一体,水田平坦如镜。我们的力气通过锄头传递到稻田中去，按照头脑中关于一块合格稻田的理念改造着它。我们不停在劳作,这块结实的田地在变软并流动,那是我们的经验和汗水改变了它的性质与形状。那么多细腻柔软的泥浆从心底涌起,贯注着自身并溢出,这些香糊状的泥浆无意中形成了一面黏稠而模糊的镜子,绿色的田埂就是它的镜框。它反映天空但不需要天空的蓝色或云朵的洁白，它勾勒远山的轮廓但不描绘它的面目。它把投射在上面的一切事物都变成泥土的颜色,包括在田上劳作的农人。这是我们用锄头整合出来的。别人驱赶耕牛用犁耙会做得更完美,但我们很满意了,每一块土坯都在我们的意志下粉碎并融入水中。

那些赶着耕牛走过人,会鄙视地瞄一眼,或干脆说出疑问:“用脚踩出来的稻田会有收成吗?”父亲不吭声,现在不是回答的时候。在秋天,黄澄澄的谷子会说明一切。

挖井的锄头用的是损耗大半的锄头耳,装着短短的木柄。我帮族人挖过井,阿土年龄跟我相仿,论辈分却叫我叔叔。

在他父亲的授意下,他决定在庭院中打井。他首先把天井中的方砖撬起来，接着用锄头在地上画了一个半径约为五十厘米的圆圈，拿起一把短柄锄头开始向下挖掘。当阿土挖到一两米时,我只能看得到他的头顶,地底漆黑一团。我听到工具在切挖泥土发出的轻微声音,他身边放着一把小铁铲,以作搬运泥土之用。他父亲抓着一根绳子,绳子的尽头系着一只畚箕,等阿土装满泥土就会把它扯上来。泥井越来越深,阿土在向下挖掘时,在井壁挖了两排小坑以便上落。他在上落时,就用手撑着井壁,双脚在那些小坑一级级地往上移动或往下直抵井底。

我觉得很有趣,主动帮他挖井。“挖掘”,这是一个动人的字眼!我在井底不知疲倦地挖着,仿佛用锄头跟大地对话,只能听到锄头切入泥层单调的声音,但我体验到了新鲜而陌生的乐趣。那是一种创造,泥井在我的努力中逐渐走向深邃。我的努力寄托在深刻的期待中。我感到有越来越多的泥土被挖起来,我不关心它们会搬到哪儿去,我只管把它们铲入畚箕就行了,自然有人将其弄走。

阿土父亲为了省力,也为了井中人的安全,他做了一个辘轳,乃由铁柱、圆木及绳子组成。这样他可以毫不费力就将井中挖出的泥土搬上地面。我在井底工作着,听到头顶上的辘轳在“吱呀”声中转动,时有一些泥屑掉在头上,打歪我的草帽。草帽主要是为了遮挡头顶上掉落的泥坯。后来,辘轳的声音显得越来越远,我知道井的深度在不断拓展,我也离地面越来越远。井底不断地向下推移,昨日的井底成了今日之井壁,一直往下挖就是深深的泉源。在那些日子,我跟阿土轮流爬下井中挖掘。终于,我们挖到了潮湿的泥土,那是泉水将要冒出的预兆。我们挖得更起劲了,有什么比挖到隐藏在深处的泉源更让人兴奋的呢?我们一直挖到泉眼暴露于阳光中,才结束了挖掘。井水明晃晃的,它在大地深处反射着阳光。我们仿佛从泥土中挖掘出了一个晃动的圆镜并将它擦拭。

阿土的家处在山坡的低矮之处,这口井挖十来米就行了。有的人住在山坡的顶部,要挖三五十米才有泉水冒出来。

在一个潮湿暧昧的春日黄昏,我发现几个农夫在凤凰村附近的一个山坡上挖掘。这是一片种着花生和豆子的坡地,他们在地上疯狂地挖呀挖,泥土在身后堆积成了一座小山,泥坑中一片狼藉。据说,他们知道地下埋着十几罐白银,这不知是从哪儿得来的消息,可能是神灵的启示,也可能是梦境中获取的信息,总之宁可信其有不可信其无。银子没挖到,却挖出了几个陶罐,罐里只有一些清水或几只呆头呆脑的蟾蜍。那些陶罐具有洞穴的形状,仿佛是一个脱离于地底的古怪的洞穴。他们的本意并不是挖洞,但仍然得到一些洞穴的模型。换言之,他们并没有找到想要的东西,所得到的乃是虚空。农夫们失望地扛着铁锄拖着疲惫的双腿离开了那儿。

刀是乡村家庭常用的铁器。即使妇人或孩子,也离不开刀。妇人每天清晨的工作,就是用菜刀将薯叶在砧板剁得稀烂并放入铁锅熬透,这是猪的主要食粮。一个小孩手上有了一把木柄或铁柄的小刀,就等于拥有了一个打开奇幻世界的钥匙。他可以用它削掉番薯皮将其当水果吃掉,并用其削制木偶、弹弓等难以计数的玩具。一把小刀就是玩具之母。每个乡村孩子都是自学成材或无师自通的玩具制造者及发明者。几乎没有农民给孩子买变形金刚、遥控飞机之类,一切玩具都得自己制造出来。

一把菜刀在高明的农妇手上,玩得出神入化,排上了各式各样的用途。平时砍瓜切菜,节日时宰杀禽鱼,切肉斩骨,刀光闪动,干净利落。如果没有一把趁手的菜刀,这对于农妇来说太扫兴了。一把刀太崭新或锈掉了牙,都不太趁手,但农妇只要花几天就将刀用得娴熟自如,如臂使指。当时的菜刀大都刃口薄利,刀背厚重,嵌着木柄,木柄经常会朽坏及崩裂,后来才有铁柄菜刀出现。菜刀的用武之地在于厨房,也是农妇用得最多的刀具。每位农妇都掌握了在磨刀石上磨得锋锐雪亮的方法,有时在厨房忙得不可开交,而刀又钝了,就顺手在水缸沿飞快地蹭磨几下,快捷地完成了任务。

刀钝了,就必须在磨刀石上砥砺。通常,一把刀不是死于砍削(譬如折断或崩口),而是殁于磨砺,犹如铅笔轻描淡写,死于纸上。这也像是农夫的一生。这种死亡是缓慢的,难以觉察的,但也真实、残酷而在劫难逃。我在乡间务农时,接触并使用过各式各样的镰刀。我忽视了其隐喻或诗性的成分。我知道刀是铁打的,但不知道刀也有生命,也会困倦、衰老,并逐渐消逝于它砍伐或割取的草木之中,无声无息。刀在磨刀石上脱去一身皮,它脱胎换骨。它越磨越利,越磨越少,一把刀在死中求生。在武侠小说中,一把刀出不出鞘,那是一个问题。即使是农家的寻常用具,刀的生命也在于运动,而又终结于运动。

至于杀猪刀及武林中人的大关刀、单刀、短刀、匕首乃至弹簧刀、三角刀之类的兵器及管制刀具,在凤凰村很少见到。有一次,我在麦荣家看到一柄装在铜鞘里的短刀,虽锈迹斑斑,但抽出一看,仍可见刀身于锈迹中透出寒光,冷气侵肌。而刀身及刀柄均制作精美,线条流畅之极,尤其是刀身的血槽让人触目惊心。此专供饮血之用,刺入肉身后用力拔出,对方必"入风"而殁,血如泉涌。据说麦荣有位先祖是个功夫头,但传到麦荣父亲,已不晓得一招半式,只留下这把家传宝刀,以供后人想象先祖纵横江湖的风采了。

稻子熟了。谷粒在日光中悄悄地变黄,谷子的表皮犹如时光的硬壳,谷壳包裹着的白米更像是时间的灵魂。一个人在岁月中成长并衰老,一棵树在季节的更迭中掉光叶子并扩大着年轮,一株水稻用它的全部谷粒来解答时间的提问。稻田在一阵风中轻轻荡漾,它在田野中散发着成熟的气息和香甜的味道。一块长满谷子的稻田在炫耀它的成熟和美而不会遭人诘难,它有这个权利,犹如成熟女人散发体香。云朵在散尽,天空在往后退去,那些稻穗低垂着双手,犹如一只装满金子的布袋在下沉,只有锯齿般的稻叶切割着风声,也许那是时间在稻叶尖上掠过,但它不会停留。

一天傍晚,父亲眉飞色舞地从稻田上归来,他说:"稻子熟了,明天就去割禾!"吃完晚饭,父亲找出了镰刀(专门用来割禾的镰刀即“禾钩”)。那是去年买的,细齿已遭到磨损。父亲找出钢锉打磨,使铁器变得像刚打好时那样锋利。父亲意犹未尽,砍了一棵竹子,就着皎洁的月光在院子安装粪箕的提臂,粪箕和扁担是我们最常用的交通工具,我们将利用它们把稻子从田里挑到打谷场上去。那天,月亮又大又圆,我躺在条凳上睡着了,耳畔依稀听到大刀剖开竹篾的声音,也不知父亲忙到何时。

第二天一早,我和妹妹跟父母挑农具来到了稻田。我被田野那巨大的美所震撼,心底听到风呼啸而过的声音,那是一种被高贵和华美席卷的感觉!稻田以其华丽的颜色占据了我的视野,田野上一片金黄,那是极尽奢华的颜色,是生命发挥到极致后发出的光辉。我不知道那是一张用金丝和绿线编织的地毯覆盖着田野,还是一大块光华夺目的黄金从大地上生长出来。这种辉煌耀眼的颜色,我从前只在天上的云霞才见过,但如今它们匍匐在地上。风在田野上吹过,这块黄金仿佛受到推动而晃荡。而在这一整块之中,有一小块金子是属于我们的,这一小块金子跟那个金色的整体没有什么不同。曾有人讥笑我们用锄头种出来的稻子是否会有收成,而现在有了答案。

我们把扁担插在田头上,开始收割。我用左手抓着水稻,右手用镰刀“刷”地割下手中的稻穗。村人有一个形象的说法:“割谷颈”。清晨,稻子上的露水还没有消失,露水打湿我的裤腿和衣襟,谷子的清香扑入鼻孔。太阳在升高。我望了一眼仿佛永远也割不完的稻田,那些锯齿状的稻叶割伤我的手臂,我感到了厌倦和劳累。我的力气在流泻,化成汗水无声地注入了大地。稻田并不大,但我的疲倦夸大了它的面积。父亲就很平静,这块稻田的尺寸心中有数,只要割下去就会完成任务。这样的经验,被一个农夫广泛应用于生活中的诸个领域:工夫一到,一切自会瓜熟蒂落。你只要坚持下去,一切都会改观。

父亲瞪了我一眼。他弯着腰,手中的镰刀拢住一束束稻穗并飞快地割取。他割稻的动作干净利落。我注视着他,好几次短暂地停顿。镰刀跟稻穗在接触,一束束稻穗在"咔嚓"声中脱离它的根茎。汗水洗亮谷子的光泽,也洗亮了父亲手上的镰刀。稻秆是空心的,丰富的纤维却使其充满韧性,它们损耗镰齿磨平刃口并最终使其报废。一把镰刀的使用寿命不会超过两年。镰刀在割取稻穗,又最终消失在那些庄稼的茬口上。

当所有稻子收割完毕,父亲用香油擦拭镰刀,用油纸包扎并妥善地放好。父亲将它们藏掖是为了下一次使用。现在,镰刀沉睡在光线灰暗的阁楼中,它的睡眠中埋藏着太多疲惫、眼泪和叹息? 当我们吹开铁锈,只看到光滑的木柄和磨损的镰齿。

在凤凰村的各式镰刀之中,用来砍柴草的"钩刀"最常见(形如弯钩,刃口白亮,刀背漆黑)。割薯藤、割稻、割菜等主要用"禾钩"。还有一种"割钩",是在弯刀上装上长竹竿作柄,用以割取高处上的枯枝或果实。母亲在镰齿磨损的"禾钩"上发明了一个新用途,就是放入炉膛烧红,再用来补断裂的塑胶凉鞋——只听得"滋"一声,白气冒起,塑胶在高温下局部融化了,母亲赶紧将补丁粘连上去。有时一双胶鞋补了好几个补丁,实在无法再穿才作罢。烂鞋底放在杂物间里,等杂货佬来时拿去换糖果吃。

除了菜刀,镰刀可能是母亲使用得最多的刀具了。她每天都要踏着露水,跑到“闲山”(即荒山,山上柴草人皆可割取,也多是铁芒萁、须芒草及山稔子等小灌木)去砍柴,而“禁山”的柴草当然更繁茂,一早分配到各家,一年可收割两次。当太阳从东边的山冈上升起,母亲早已用畚箕挑着一担柴草回到庭院,在院子或晒坪上晾晒。

我也用镰刀斩过柴。从土山上觅得一丛柴草丰茂之地,蹲在地上,左手揪着柴草,右手猛砍,一刀一把,走时收集起来,塞装于畚箕之中(这种畚箕装着麻花辫般的四条竹篾提臂,是乡间很常见的竹器),将提臂撑得圆滚滚的。砍柴是重力活,砍柴者挥动镰刀,泥尘纷飞,砂石迸溅,全身都是尘土,又被汗水濡湿,甚为狼狈。柴火是当时村中的唯一燃料。木柴毕竟少见(村中森林稀罕,木材多用于建房或打家具,树枝亦可做篱桩或扎篱笆,岂可轻易烧掉),柴草最为常用,那是一天也不能缺的。火来自于柴。在乡村,几乎每个孩子都要参与到攫取柴草的劳作中去,尤其是女孩子,到七八岁就得挑着特制的小畚箕去砍柴。打铁匠投其所好,也会打制小一号的镰刀。像我的两位妹妹,都是砍柴的好手,这才使母亲从繁重的砍柴中解脱出来, 得以花更多时间于耕作中。在乡间,火石又称为刀石,这似乎暗示了柴或火来自于刀的事实。

砍柴的镰刀同样是割草的必备之物。田头地尾,青草密布,此乃耕牛的食粮。割草料的工作也多由小女孩担任,挑着竹筐或畚箕,去山野割将回来,到小河的过江埠上浣洗干净,挑回来喂牛。朝阳从田野上冉冉升起,草叶上缀满了露珠,一位小姑娘蹲在田埂或草坡上,以闪亮的镰刀割取着青草。她很恬静,也略显孤独。洗衣妇麇集水边,成群结队,割草者只能独自行动。每个人都有她的一块领地,那些草叶,俨然是其私有财产。

割猪菜主要是割番薯藤,用"钩刀"倒不及"禾钩"趁手。番薯苗割了又出,正如韭菜一般,源源不断。番薯也会开花,它跟其他薯类一样,同时向着天空和大地生长,但藤蔓上的花朵毫无意义——至少在农夫的眼中是这样。在乡下,人们看重的只是果实,那些怒放的花朵多么浪费!那些番薯花有什么用呢?连牲畜也嫌它不够有嚼头。而一朵类似小喇叭的淡蓝或雪白的番薯花可以给一个乡村小姑娘带来无限的喜悦。

我六七岁时,看见大几岁的小堂姐去薯地割薯叶,她将篮子里的薯叶分成两部分,好一点的炒来吃,另外的用来喂猪。有时,人和牲畜吃的是同一样东西,尽管有优劣之别,却无本质不同。堂姐弯腰忙碌了一阵,坐在田埂上小憩。她扎着马尾巴似的头发,露出了耳垂丰润的耳朵。她掐了两段又长又粗的薯叶梗,将叶梗折成数段而连带着薄皮——将它挂在耳朵上,遂成了一副饶有情趣的"耳牌"(即耳饰),头一晃动,那副"耳牌"也随之晃动,犹如珠串在碰撞。小堂姐摘了一朵白番薯花插在发鬓上,小花犹如一束光华，刹那间照亮了她的面容，被照亮的还有那个灰暗而忧郁的下午。

一个十来岁的小女孩，她稚嫩的肩头也感到生活的负担在缓缓地加重。她每天都要到薯地割番薯叶，此乃猪的主食。要把猪食煮熟则需要大量的柴草，所以她还得在清晨或黄昏上山去砍柴。一个乡村孩子在上学之前，就几乎弄懂了“劳动”、“艰辛”甚至“生活”之类字眼的全部涵义。

多年之后，我回想起在乡间的数种镰刀，猛然发现，那种装着长柄的“割钩”跟西方绘画中死神手上持着的器械何其相似——啊，辽阔的土地像一块黑板，一茬茬庄稼像粉笔字写满了黑板又擦掉。一代代王朝像韭菜一样冒出又被割取，我注意到一个人像镰刀在星空下，“刷刷”地收割而看不清面目。他终究消失于无穷无尽的青草之上。那些遍地皆是的野草（正在蓬勃生长的，早已被割取的，刚刚从地表拱出嫩芽的），仿佛是时间的化身，似乎比钟表更能泄露时间的形迹。与其说是镰刀将草叶般的时间割断，毋宁说是抽刀断水，反而加速了时间的流逝。你瞧，在野草被割去的地方，又冒出了新芽。而那些在清晨割野草或薯藤的小姑娘(其中有我的小堂姐)，早已远嫁他乡。

剪刀也常为母亲所用。那种黑铁剪刀，主要用于裁剪，常跟针线合用。三十年前，成衣行在乡间集市尚未成气候，乡人购新衣习惯于购买衣料自制衣物或请裁缝订做。

我家太穷了，一年之中难得买一次布料，几个孩子见风即长，母亲焦头烂额，无奈之下，只好将旧衣改制成孩子的衣服。大人的衣服改给我穿，我穿烂了，或不合身了，再改给弟妹穿。在那时，衣物新旧倒是其次，重要的是完整而不至于捉襟见肘，又或臀部处露出两个洞来，遭到小伙伴的嘲笑。每次母亲改制了旧衣，我们都笑逐颜开。人毕竟是要一块遮羞布的。

剪刀在母亲的手上运用得娴熟自如，只见她持着剪刀的手穿过旧衣裳，上下翻飞，一块块褪去了颜色的旧布料(它们也曾经五彩缤纷，失却颜色更好，拼接起来显得更和谐了)，像蝴蝶般飞舞，时而舒展双翅，时而收拢翅膀。母亲俨然是精通刀法的高手。剪刀穿过，布料在分离——在粤西，日照充足，庄稼一年两熟，在春天或秋天，田野也像一块布料被两度撕裂，这是多么神奇的锋刃！它使经过的事物获得了两种对立的完整——就这样，残破的变成了完好的——母亲像魔术师一样，将一件破烂的旧衣裳，变成了几块完整的布料，继而在她的飞针走线下，变成了一件针脚细密、貌似结实的衣裤。有时，母亲也厚着脸皮，到镇上的缝纫店去，捡碎布片给我们做衣服，五颜六色，俨然是百衲衣。

母亲除了缝制衣物，很少动用到剪刀。逢年过节，我们炊米糕时，母亲也要用剪刀将托底用的菠萝蜜树叶略为修剪，以使之美观。乡间妇人多用剪刀为小孩剪指甲及剪头发。三十多年过去，我仍记得母亲小心翼翼地为我剪指甲的情景，胸中不禁涌起柔情。

上述种种,足以概括凤凰村每一个家庭主妇跟剪刀的关系。至于那种园艺师用来修剪花木的大铁剪,我多年后在城市才能见到。乡间花木乃至果树无数,乡人司空见惯,没有谁有闲情去修剪,也无此必要。也许是出身山野的缘故,我一向为被修理的花木深感悲哀。那些被剪成球状或冠状的花木,犹如被阉割或洗脑之人。花木不能自由生长,犹如人不可自由选择,终究被束缚如囚徒,何况还要屡受刀兵之灾。

父亲没有专门的剃须刀,他每次胡子长了,都只能使用剪刀。至于孩子使用剪刀,每受大人呵斥,就是担心小孩剪伤了指头。我用剪刀,也是像小刀一样当玩具用,或者利用它制作一些纸板模型之类的玩具。

斧头与锯子主要用来对付木头,它们堪称刀具的近亲。在凤凰村,斧头主要有两种,一种是手斧(刃口单薄,形如半月,而背部厚重,装有短木柄,用时单手持斧,我觉得蚌吐出壳的肉块像极了斧头的刃口,太小了。也有点像《兴唐传》小人书中程咬金所用的武器,当然人家用的是长柄),这种斧头主要用于伐木及砍削树枝树皮,当然也是木匠常用器具,譬如砍削屋梁诸木料都比大刀好用。另一种是柴斧,刃口窄小,尖锐,斧身瘦小厚重,装在长柄上,主要用于劈木柴。

那个冬天,我静静地坐在板凳上,看父亲将院子里的那堆木头劈成了柴花。天气寒冷,父亲上身只穿了一件单衣,他一次次地挥动斧头，将一段圆木一分为二，再分割得更细，直至适合塞入炉膛。斧头被父亲举得高过头顶，而落下时闪亮的斧刃划过了一道弧线，总是准确有力地落在木头上，“啪”一声，斧头在落下，木头在分离。简单，直接，有力，没有繁复花巧的招数，也没有多余的动作，不会在木头旁边绕来绕去，而是直取核心。有时，木头被劈偏了，滚到了一旁，斧头深深地嵌入了地里。父亲用力将其拔出来，他冲着我像孩子那样笑了笑。父亲像一个背负着数千年传统重荷的继承人那样沉重而呆板，但也偶尔泄露其单纯和天真。父亲将木头再固定好，这次他不会失手了。我着迷地看着，我感到父亲的力量通过斧柄准确地传递到木头上去，并将其分离。有时，木头嵌入一截粗大木头中，气力已衰缺，仿佛利刃归鞘，却又无力自拔。父亲费了不少劲，才将斧头从木头的深渊中拔离。父亲知道要将巨型木头一分为二的想法是狂妄的，他调整了方法，顺着木头的纹理一块块劈开，木头不断地缩小，剩余的部分，最终被父亲一斧劈开。

我注意到斧柄及被劈开的(包括待劈的)木头是同样之物，更注意到父亲不停地挥动粗壮的膀臂，一起一落，仿佛机械臂重复着同样的动作。他的背部被汗水浸湿了，但看上去好像毫不费劲。他懂得用力的技巧及借助斧头一起一落之势，直至使所有的木头都分崩离析，才惬意地将斧头钉在地上当凳子坐以休憩。

多年后我写诗。我跟诗人东荡子交流时说，诗句必须像闪电一样，同时具备爆发力、速度和光芒，在瞬间将你震撼并照亮事物内部的黑暗！力量、速度、情感、思想之类必须同时具备，缺一不可，那才是诗。东荡子说，闪电有时也是盲目的，不妨以斧头劈木柴作譬以说明这个问题，既不偏离，也不纠缠，木头在分开，诗意在呈现。我想起父亲早年劈木柴的经验，若有所悟。但今天看来，“盲目”一说似不成立，必须捍卫事物以及诗本身的神秘，过于理智及控制的书写，必显得呆滞自大而走向诗的反面。诗的语言触及了事物内部，并呈现了事物的秘密，而那种呈现的方式也是神秘的。像劈木柴这么简单的动作，都蕴含着诗一般的奥秘而无从言说。你怎么能控制一首诗以及它的涌现及固定？你怎么能解释神秘？

父亲一再告诫我，别轻易去劈柴。他担心我没劈开木头，倒把脚指头砸伤乃至劈掉。别看劈柴简单，却蕴含着力量及对力量的支配和运用。当我到十三四岁，我偷偷地搬出了那把斧头，花半天劈开了两三段小圆木。那把斧头对我来说，太过沉重，木头也太过坚硬。而我花出的力气通过震颤的斧柄传回到我身上，震得我虎口发痛，双臂酸麻。我多次尝试过劈柴，随着年岁增长，力气及技巧略有长进，但我跟父亲的挥洒自如相距甚远。我要成为真正的农夫尚需时日。斧头终究是男人使用的工具，很少有妇人去舞动斧头。

斧头还经常充当锤子，将钉子或木桩敲入目标（如木头、墙壁或硬实的地底）。农民是乡间各种杂七杂八的职业的公分母（如禁头、杂货佬，阉鸡佬、劁猪匠、木匠、铁匠、瓦工、“补广瓦”

佬、捕蛇者、磨刀人、篾匠、理发匠、做戏佬、唢呐手、掘墓人诸如此类),他们都属于农民阶级,每个人都粗通三五门手艺,像父亲不仅精通竹器编织及打渔,还是一个蹩脚的砖匠、瓦工及木匠。在农闲时节,他将大好光阴抛掷在各种手艺的摸索及操练上,进行一些莫名其妙的制作和发明。在数十年间,父亲留下了难以计数的成品及半成品(如数千块半生不熟的火砖、飞不上天的木头滑翔机及各种模具),大都没有什么实用价值,而成了遭人嘲笑的话柄。父亲也懒得去处理,要么堆放在庭院,要么束之高阁。倒是他用木匠工具制作的几张桉树板凳,虽然歪扭粗糙,倒也坚固耐用,后来举家迁至县城仍带上使用。

我家里除了斧头,还有锯子、长刨短刨、凿子、墨斗之类的木工用具。锯子是那种木柄手锯,一段单薄的铁片长满了尖锐而闪光的牙齿。父亲在使用之前,总要用钢锉将其锉得锋利闪亮。父亲用来锯断不大的木头,或割木板。锯子一上一下地拉动,木糠簌簌而落,散发出清新好闻的香气。几根木头被父亲用斧头乃锯子加工成了四条凳腿,而凳腿之间由数根木方连接。父亲用凿子在凳腿上凿出方孔并接入榫头, 他在将凳面或椅面安装上去时才使用铁钉,看起来虽然粗糙,刨得不够光滑,却也有质朴的粗犷之美。父亲还常用一种小钢锯,他在制作滑翔机时,就多次用其将钢铁锯成各种稀奇古怪的形状并锻造成了零件及构件。他那时顺手过了一回铁匠的瘾, 炉火正旺, 铁砧上摆着烧红的铁锭,父亲挥动铁锤在锤打。

那一年,父亲决定将家里成材的桉树砍伐并锯成瓦格子(瓦格子是建房子时盖瓦用的支架,他也说不准什么时候盖房子,那幢在父亲脑海无与伦比的房子一直未曾动工),少量树木乃祖上所留,大多数是父亲小时候种植的。不过三四十年,它们长得高大挺拔,有一棵桉树树干粗如磨盘。当年种下的小树苗,如今都像不可战胜的巨人了。父亲不禁慨叹时光之流逝而在树木上堆积并化为实在之物。父亲常说,要挽留光阴或记忆,没有什么比种树更好的了。我只对种果树感兴趣,对种桉树、苦楝树之类热情不大。树长大了,人也老了。父亲说不出"树犹如此,人何以堪"之类,但要将它们一一砍伐也略有伤感。

要砍伐一棵大树不容易。应父亲的邀请,一位远房亲戚远道来援。母亲让我叫他"舅公",他是矮个子,看上去不比童年的四弟高多少。他嘻嘻笑着,那神情就像孩子。据说他终生未娶,但先后收养了好几个女娃(当地重男轻女之风让人发指,不少女婴惨遭抛弃乃至弄死,后来有了什么B超技术,有女婴连出世的机会都没有。父母杀婴的罪孽似乎就不再存在),十多年后,那些养女都能打工赚钱了,对他很好。舅公赤裸上身,肤色黝黑而闪光,腰带上插着一把大刀,气度不凡。他从提来的蛇皮袋里,变戏法般从里头掏出了手斧之类,还有一些蒲瓜及菜蔬。母亲颇难为情。舅公笑说:"都是自家地里的,也吃不完。"让我惊奇的是,他的扁担还挂着一圈绳子(绳子的用途我很快就会知晓)及一把大油锯

(当地人称之为“猪娘拖”),每个锯齿都堪比鳄鱼的尖牙。

舅公果然是经验丰富的伐木师傅,父亲只能给他打下手。譬如帮忙用 “割钩”(一种装着竹竿长柄的镰刀)“去枝”(将树木上的枝条割掉)或帮忙拉油锯。不大的树木,舅公只利用斧头,从四面八方砍,一会儿就砍到了树心,他站起来,伸手一推,树木应声而倒。只有大树才运用油锯,先“落枝”,再将树身锯至将断之际,用绳子往预定的方向拉去,以免砸伤人畜,毁坏田地。

二三十年前,村边跟门口垌相接处,林木繁茂,如今皆湮没无闻。尤其是家门前有两棵大树,胸径有一米多,两人合抱而不得,树干挺直,叶片阔大如蕉叶,乡下人叫角栌木,也不知其学名是什么。一株在大伯父于二十世纪八十年代中期建房时砍伐了,材质松脆,他用来做了模板。另一株于十几年前,被二十几户村人合谋而抢掠,大树被抢走卖给了一个开木工厂的人,据说参与者每人分得八角钱。据二伯父说,过去水井四周有数十株百年以上的龙眼树。昔日村庄内外林木密布,如香樟树、白玉香、荔枝树、龙眼树、橄榄树、荷木等等,不乏古树名木。小河两岸,均有高大水翁树。这些巨木在大炼钢铁时被塞入炉膛化成了灰烬。

想起那些已经消失了或变成了柱梁、家具或格子的树木——尤其是变成灰烬的巨木——我鼻子发酸。我不可避免地想起了深深地嵌入了巨木的刀斧(及利锯),以及挥动着利器的那一双双手 (这些东西恐怕都跟那些不再存在的树木一样湮灭了)。作为用具,这些铁器有时是帮手,有时是凶器。

钉子通常跟锤子或铁砧联系在一起。在乡村，铁匠并不多见。锤子更大的用途乃是将木桩敲入地里。这些木桩各有用途。有的在河床将黄麻绒固定，以免浸泡时被大水冲走；有的乃是搭建篱笆墙的骨架。锤子多是手锤(羊角锤)，大油锤亦常用于砸碎大石以铺路或建屋。大油锤的柄不用木头，而是用坚韧的竹片嵌装而成，举起来时颤巍巍的，目的是要增加弹性，以消解砸在硬物时的反震之力，并借助一举一落间的冲力，干活就省力些。

通常，钉子都是尖锐的。但这枚铁钉老掉了牙，费了九牛二虎之力，才进入一段木头。木头在奔跑。它曾经是一把绿色的扫帚，打扫着空中楼阁，如今是一只木马，带走了天涯。鞍形的时光被钉子刺穿，贝多芬沉睡在一切耳朵之上。木马上的童年，像金色的星星在紫云英上盛开。那无声的四蹄，那成长的扇形记忆，你瞧，是木头在奔跑。钉子给木头带来的痛楚已经消失，而钉子在木头中缓慢地弯曲。通常，钉子是铁打的，可以钉入坚硬的木头。但我要说的钉子不是这些。譬如，北斗七星像锃亮的图钉按入了黯淡的星空，锤子使钉子敲入一切墙壁，钳子把木板上弯曲的钉子拔掉。有多少锈蚀的花朵被从春天的肉上拔除？一棵高大的橡树，在黑暗中不断深入、推进，身后有一把看不见的锤子，在敲打着它。一棵橡树拥有一切钉子的记忆，那螺旋形的记忆几乎穿透了大地。尖锐是一切钉子的特征，譬如河流像箭矢呼啸着命中了海洋，喷泉走错了方向，它几乎追上了乌云中的水池。大海是一只强有力的胃，但它无法消化钢钉般的鱼群，沉睡的大鲸，使大海过度膨胀。最后，我要说的是一代人，被教育成螺丝钉，按计划分布在一架机器的辽阔版图上。

通常，钉子连接着事物，它使分散的零件构成了整体。做一张小板凳，需要四枚长长的铁钉把凳面和凳腿连接起来。要挂窗帘，就把两枚钉子敲入墙壁，并在它们之间拉上一根绳子。这些都是钉子简单的用法，但事情不可能这样简单。首先要有合适的钉子，要有一把趁手的锤子，下手时还要找到要害的部位。一枚弯曲的钉子，会使你的想法变形。你坐在高高的木凳上，眺望着远处的海面，肯定是鱼群，把大海的回忆录装订成册，连大海也被钉子般的记忆扎痛。你有过无数蔚蓝色的梦幻，如今像磨损的钉子散落了一地。一万枚钉子有着同样的命运，是同一把锤子，把它们敲入了一艘建造中的木船。你不知道你是哪一枚钉子。你不知道航行了多少个寒暑。你看见一枚拔不出的钉子，正在变成深渊。

在凤凰村，很难找到比钉子更小的铁器了。一枚小钉子，它从灶头的墙上无声地掉落，或从父亲的旧木屐上迷失于草叶掩映的小径，却无一不像马蜂蜇痛了我的记忆。

2.木器与木匠

在乡村，木器随处可见，数量繁多，大至木屋木船(含龙舟)，小至木勺耳挖，甚至所谓铁器也总离不开木头。譬如刀斧必安装着一截木柄，如木犁、耙等则跟铁器混合组成，但毕竟还是木器。南方罕见小木屋，木头乃常见的、必需的建筑材料及装修原料，譬如横梁、檩柱、格子、门窗、门槛、门框、门扇、门闩诸如此类，都由木头唱主角。

木器可粗略分为三类，一类是木头工具，如木棰、木砧等；一类是木头用器，如戽担桶、酒桶、担水桶、洗脚盆、"耙趟"、风箱、风柜、木笼、神龛、木槌（供敲铜锣用）、木秤、木尺、刨（除刀片部分亦全为木器）、墨斗、瓦缸盖子等等，僧人用的木鱼及戏班子用的木刀尚不算在内。最后一类即为家具，如床、柜、箱、椅、桌、凳等。木器的普及比竹器有过之而无不及，且更牢固耐用，对制作者的技艺要求也更高。乡间几乎每个男子都会编织一两件简单竹器如畚箕之类，要做木工则须有专人传授。光以木桶而论，就有水桶、粪桶、潲水桶、戽担桶、酒桶、米桶等之分，其实都是木桶，大同小异，只因功能或用途不同，有的吃香喝辣，有的与屎尿为伍。

在二十世纪八十年代，我们挑井水都用木桶。那些木桶多以杉木板拼嵌而成，桶板之间纯以木头楔子拼接，再围绕桶身箍两三道铁线，牢固异常，亦不会漏水，用三五年没问题。据说箍桶的环节很关键，故在木匠之外衍生出箍桶匠这一职业来。木桶很少会突然散架，由于桶耳的木板常跟铁制的担水钩相摩擦，木不敌铁，就磨损严重乃至朽烂了。一次，我挑一担水走在村巷上，突然感到肩头压力骤然一松,耳畔听得一声炸响,一只桶在石巷摔得四分五裂;另一水桶亦砸在地上,还好没有受力,尚能保持完整。

戽担桶是常用的戽水工具,从溪河戽水上田或捉鱼,跟戽斗一起使用,大显身手。戽担桶的主体是一个小木桶,跟洗脚盆相仿,桶边按二等分处嵌有两根木楔,木楔两端各系着一根长绳子,须两人双手各执两根绳子以配合使用。手一起一落之间,让木桶装水,泼洒,再切入水中,再泼出去,如此周而复始,直至大功告成。操作者如控制傀儡一般,有着奇特的韵律,操作者借助上扬及下荡之力,颇得用力之巧劲,不太劳累,有时一干就是三五小时。

乡间常见的搬运水工具乃是水车,但水车也越来越罕见了。在中火嶂脚下的溪畔急流处,尚有巨大如摩天轮的圆形水车,像车轱辘般乱转,是利用水力来拉动磨米和磨面的机械。我在水碓边的邻村见过龙骨水车,形如龙舟,水从一端灌入,被输送到另一端上去,倒是毫不费劲,称得上木制机械中技术含量较大的木器。戽斗是用竹器编织的器具,呈“U”状,装上竹竿长柄,由人持着使用。

乡间的家具基本全是木头打制的,布艺、金属、塑料家具乃是二十世纪九十年代后的事。乡间的家具亦相当粗陋,连木头沙发也不多见,坐具以条凳、板凳、椅子为主。餐桌多是那种方形的八仙桌,却用足材料和功夫,货真价实,经久耐用。比较考究的是新婚用的大床及柜子(除了放衣服,还将细软、契约、证件之类放入暗格或小抽屉)。年轻男子结婚,再穷也要设法请木匠打一套像样的家具,主要是床、衣柜、碗柜、梳妆台之类。床是那老式的,床母上雕龙刻凤,或雕些花草鸟兽,整张床十分结实,床脚由厚重木头做成,床柱子及架子亦毫不含糊。不用木板做床板,而以竹篾织成的床寮(乡间颇为简陋的竹器,先削好宽大如拇指的竹片,再以细软小篾条纵横交织而成),睡上去既韧实又有弹性,比弹簧床垫及硬板床都舒适。还设有床屏和木头做的床架子,以供罩蚊帐之用。

蚊子猖獗,无论有多少驱蚊法如烧蚊香、灭蚊器及电蚊拍之类,最有效最环保的仍是挂蚊帐。双纱蚊帐能更好地将蚊子拒之床外。老一辈用的多是自家纺纱缝制的麻布蚊帐,染得漆黑,倒是不易辨认蚊子(因蚊子本身亦灰黑如帐)。一袭雪白干净的蚊帐乃小媳妇引以为豪的事,脏了就洗,拿去山坡的灌木丛上撑开晒干。那种老式木床,我在城市已无可寻觅了。全是欧式木床,多辅之以床垫使用,要挂方形蚊帐更无计可施。直至近年市面出现了一种铁架子,可利用床脚固定以挂蚊帐,才算解决了问题。

乡间人家对床及衣柜十分重视,很可能这辈子就打这么一套了,故马虎不得。床也结实,睡几十年没问题。衣柜高大,间隔多而深,就像一个百宝柜,棉被、衣服及细软等分门别类塞入其中。柜门雕镂着各式吉祥花卉及珍禽异兽,如我家的柜子,就有“花开富贵”、“龙凤呈祥”、“寿比南山”之类,雕工不俗,刀法灵动。富贵是村庄最后一个会雕刻工艺的木匠,他过世之后,村里已无人能在床、柜上雕一朵小花了。

大堂哥十七岁时去海南做木匠学徒,等我上小学时,他已是手艺不错的木匠了。他除了掌握多种寻常木器的做法，在家具厂,还是做新款西式木床、餐桌及沙发的主力。

那年夏日，他砍伐了家里的几棵大树（以苦楝树及杉树为主,算不上名贵,却是村庄常用的木料),要亲手打造一套结婚用的家具。床是西式的,也不打传统的条凳,而是含两个小茶几五件套的西式沙发。这在村庄都算新鲜事。够不上移风易俗,却也别开生面。大伯父满腹牢骚,唠叨说:“我从未见过这样的床和椅凳。也不知道吉不吉利。上下二村可有这样的古怪家具？”大堂哥只管推动着手上的刨子,却不管他。一块木板在他的刨动下,变得光滑闪光,一块块单薄而柔软的刨花从刨子上吐出来,像大堆泡沫在庭院里膨胀,空气中弥漫着新鲜木料的清香。这些刨花被堂妹塞入炉膛中去。没有比这更奢侈的柴火了,它们在炉膛中发出火焰,几乎没有灰烬。

我吃饱就蹲在一旁看大堂哥做木工，他用锯子将木头锯开(锯成木板或木方),用刨子将木头刨得光滑,用墨斗上的黑线使木头笔直。他的耳朵上架着半截铅笔,偶尔被取下来使用,大多数时候架在耳根上,堂哥动作幅度甚大却不会掉落。旁边的工具箱杂七杂八地放着凿子、刨子、锤子、刀片等各类工具。那些或长或方的木板,或粗或细的木方,还有一些有着流畅线条的弯曲木件，在大堂哥魔术师般的手上组合成了床、沙发、椅子、衣柜和橱柜，那些崭新的木器在院子直立着，仿佛具有了生命，至于上漆及打磨，那是轻松的工作了。

我央求大堂哥从一截圆木锯下一小截横断面，并凿了一个孔眼，稍加修整，就成了一个小车轮。我又从边角料捡了几块小木板，再利用锤子和钉子，围绕车轮为核心，制成了一辆小轮车。我在上面运送做游戏用的稻草、苦楝子及土块诸物，还拉着妹妹在村口转来转去。妹妹坐在小车上，快活得咯咯大笑。那个夏天，我成了村庄最神气活现的孩子。

木头辘轳可能是村庄最简易的打水机械。只要轻轻摇动木头上的铁制摇柄，木头就会将连接着的绳子一圈圈地收紧，将绳子末端上系着的一桶水缓缓升至井口。辘轳使繁重的打水劳作变得轻巧，并具有了几分悠闲。

木头风箱是一个长方匣子状的鼓风器，构造复杂。有四个“掩”(阀门)及鸡毛做成的活塞诸物，我一直想将其拆解以洞悉其秘密，没有如愿。仿佛里头有一个小兽张大嘴呼气，只要轻轻一拉风箱杆，一股风就会将炉膛的灰烬变红，并使柴火尤其是木柴烧得噼啪作响。村子使用风箱的人不多，大多是用竹筒制成的吹火筒，用嘴冲着炉膛吹风，也起到一定作用，只是常被烟火熏燎得灰头土脸，乃至涕泪交流。在打铁铺里，风箱倒是必不可少的用具，风箱口发出的强风使铁器在炭火中变红、发软。

3.陶器

陶器(乡间瓦器亦多,除碗碟诸物外,瓷器倒不多见)易碎,绝大多数是用具,跟铁器及木器相比,做不了工具,偶或做玩具(如泥鸡、陶俑及瓷狗),至于景泰蓝之类的工艺品,在村庄从未露面。它作为器具,有时跟木器重叠(如碗、盆),有时跟铁器重叠(如煲、壶)。陶器由泥土焚烧而成,大多数仅充当容器之用。陶壁里的空洞、空无或虚无,乃是烧陶工的用意所在。正如人们建房子,要用的乃是房子里的空间,但没有四壁,那个空间也不会存在。多年之后我写诗,觉得诗大于一切材料的总和,却不是材料的简单相加或集合。词语及句子仅是砖石及其他建筑材料,仅是那堵有形而坚实的墙壁。诗在其中呈现却无法捕捉乃至描述。

当我们说写诗,其实诗是无法被写出来的。我们只能通过语言的囚笼去暗示那乌有的笼中鸟。运气好的话,诗也许是那些语句之间的缝隙及空白。大多数的时候,诗仍在某些神秘的事物中沉睡而不被打扰。你可以感觉到,但无从言说。

村庄里的陶器首先用来装水或液体之物(如油、酒、醋及煤油),陶器的坚硬及密实使其愉快胜任。厨房里有宽口大水缸、酒缸、尿缸、油罐、水罐、咸菜瓦埕及淡豆豉坛子诸如此类。陶器同样是盛装五谷及杂粮的容器,放上盖子,可防鼠防虫,如装谷米、薯类、豆类、米粉等。按其容积及用途,陶器庶几可分为缸、坛子(埕)、罐、盆、碗、碟、“瓦窦”(陶瓦烧制的空心管道,用于铺设下水道或连接起来做烟囱,乃乡间有特色的陶器)之类。那些大大小小的坛子,还是制作各式各样咸菜的酱缸及贮藏之所。乡间最常见的咸菜有以萝卜做的萝卜干及"菜苗",用白菜及芥菜做的酸菜,用芋头叶梗做的芋壳,用黄瓜做的黄瓜干,用蒲瓜做的瓜咸等等,制成或晾干之后,将其存入坛子密封,需要食用就去掏挖。

陶器终究会破碎,有的大缸先是裂开一条肉眼难以看见的缝罅,之后逐渐扩大裂痕并最终在地上四分五裂。有的坛子在塞咸菜时撑得太满了,被生生撑爆。有的坛子于寂静无声的某个角落忽然"噗"地炸裂,那记声音足够让屋子的每一个人都听得真切,仿佛它的破裂是为了引起注意。烂得最快的是瓦煲,饱受水与火的煎熬,很快就会裂开而不堪再用。碗有时在孩子的手上突然滑落,在地上摔成碎片。多好的碗啊,崭新,光洁,如果不是摔破的话,用上七八年仍簇新如故。孩子摔烂碗让父母痛惜不已,又惴惴不安,据说此乃凶兆,必须有娘家煮糯米饭买洋伞送来,方可破解。如此一来,那个碗的损失似转嫁到了娘家。有的娘家不太乐意,却不得不办。这就是风俗的力量。至少,乡间很少有人像电视里争吵的小夫妻故意摔烂碗碟。

洗脚盆、尿缸等经常使用的陶器也会烂得快些。大缸似亦不及小坛子耐用。那年初春,有人在紫薇坡的花生地上挖出了几个旧坛子,据说里面有蛤蟆、清水诸物,没有发现目标中的白银或银圆。紫薇坡数百年前曾是一外姓村落。后不知何故湮灭于尘土中，又见那些坛子，古旧不似近物，怕有些年头了。

在过去，摔破了的陶器可以修补，此称之为“补广瓦”。邻村就有“补广瓦”的人。据说，他不仅可以将一个破缸补得滴水不漏，还能将破碗用铆钉及某种特殊树脂自制的胶水补好，难看虽是难免，却不妨碍使用。在过去的数十年间，常有“补广瓦”的人挑着工具箱穿村过寨。我没见过该“补广瓦”佬入村，也没见过有人拿碗盆给人补。倒是有棉花匠、磨刀人、乡村货郎、阉鸡佬、屠夫及劁猪匠等穿梭来往，层出不穷。

一次，我在邻村见到了那个老人，他拄着一根拐杖在村巷里走动，很快就融入了墙角的阴影。我跟他的小孙子爬到阁楼上看他的工具，一只小风炉及几把奇形怪状的刀钳之类，我无法揣测其古怪的用途。毕竟，碗碎了就算，已无人去修补。

4.扫把与畚箕，竹子与竹器

在凤凰村，扫把是最常见的清洁用具。平时无人打扫村巷及山路，除了过年大扫除，方有人将屋边四周打扫，反正是石板路或泥路，常有人行走，反倒干净整洁，南方雨水充沛，亦有洗刷之功。在阴雨连绵的“沤水天”，土路泥泞，稀烂一片，让人畜泥足深陷，反倒无法行走。扫把须臾不可或缺。最常见的扫把就是将“扫把枝”（山上生长的一种小灌木，枝干密集，叶子细碎如米点，花朵细小，呈淡黄色，除了供柴火之用，其最大用途就是制作扫把了)砍回家,晒干并将叶子拍打清除,只剩下丫丫杈杈,用竹篾或麻绳(后来尼龙绳、玻璃绳亦应用广泛)牢牢捆缚,劈得大小适中的青篾条比绳子更好用,平时清洁庭院、扫地板,趁手好用。市面亦有出售。“扫把枝”坚韧耐用,并可扫除泥沙碎石,比其他材料(如竹枝、塑料、猪鬃毛等)制作的扫把更好用。大扫除时,在扫把上插一长竹竿作柄,就能打扫屋顶及四壁的蛛网及尘埃,或扫净床底下的垃圾。

此种扫把除了搞卫生,还是晒谷子时收集稻谷的重要用具,常跟“耙趟”(由木棍嵌入一块木板组成的农具,可用于平整农田、收拢东西如泥土、谷子等)连用,可谓焦不离孟。先用“耙趟”将谷子往晒坪中央集拢,再用扫把将薄薄一层谷子扫去,一粒不剩。扫把平时就放在墙角或晒坪上,随时可用。一个家庭,常备有六七把之多。扫把用久了,必遭磨损,扫把枝磨得锋锐光滑,如锃亮利刃,被磨损至只余光秃扫把头,方才丢弃或塞入炉膛化为柴薪。

针对不同的清洁场所,常备有不同的扫把,如扫谷、扫地及扫猪圈的扫把,各有分工,不可混用,否则就失去了搞卫生之意。“天地间有一把大扫帚在挥舞”(歌德语),说明了其清扫的用途,而最终也将自己扫除。畚箕是一种用竹篾编织的容器,一端是圆弧,箕口平直,状如字母“D”,上面用竹篾安装拧麻花似的四条提臂。可盛装东西,如装土粪、沙石、薯类等,在装柴火时那些提臂被撑大至圆形,用途之广,难以尽述,装垃圾不过是其偶尔使用罢了。畚箕跟扫把关系很密切,犹如菜刀与砧板,铁锅与锅铲,瓷碗与筷子,汤盆与勺子……类似的拍档在乡间举之无尽。扫把将垃圾或废弃物收集,并装入畚箕倒到竹林、池塘边或河湾上去,那些地方俨然成了垃圾池。开头尚未见弊端,待垃圾成山之际,村庄已略显颓败,有些本事的人,都进城打工或定居去了。村中人越来越少,垃圾堆倒是越来越大。

上述介绍的扫把,乃是最常见及最重要的一种。除了扫地、收谷,尚有无数处所需用到扫把,譬如餐桌上扫除骨头菜梗,在使用抹布时先得用一种小扫把(用麦秸、椰子皮或脱粒后的高粱穗制作,此类扫把亦叫“扫”),如手臂般粗细,比通常扫把小得多,洗铁锅、洗锑煲、刷水桶及扫灶头。这种“扫”材料较柔软,说是扫,不如说是“拂”及“抹”,用于清洁灶头、餐桌等方便灵巧。好在制作扫把的材料取之无尽,方法亦简单,即使是八九岁的孩子,亦能掌握。

凤凰村竹木山林甚多,几乎每一户人家的屋边,都有一丛竹林,在鬼落山、园山、屋背山诸坡,更是竹海浩瀚,无边无际。竹子种类亦多,有大斑竹、火格竹、单竹、篁竹诸种,适合不同的用途。大斑竹粗硕坚硬,甚难劈成篾条,但坚固厚实,乃做扁担之材,亦可代木头搭棚架及做梁柱之用。单竹竹壁单薄,竹管内空大,易于削砍,但皮脆肉酥,易于操作,却不耐用,除了编织那些南菜北运用的一次性箩筐外,顶多用来扎篱笆,没有多大用场。而火格竹就介于这两者之间，是编织竹器的最佳材料。篁竹细小结实，多用于薯类上篱桩及扎篱笆之用，亦可削制竹笛。

竹器竹类繁多，充当了农具（如箩筐、畚箕等）。竹头又是连枷的主体，稍加削整光滑，保留其棒槌状头部及弧度，中间钻眼，装入小木槌以作连接，另一端接上一截木头为槌，就成了脱粒时最常用的连枷，即“禾把子”。使用时，高高扬起，重重砸下，下一着借势将棒槌扬起，如此反复轮回。使用的依然是简单的杠杆原理，却比光拿棒子敲打稻穗更省力高效）、渔具（如鱼笼、鱼篓）、生活用品（如筷子、牙签、纸扇）等，没有一个农家能离开竹器。众所周知，各类竹笋可食，是不错的蔬菜。村庄的人也偶尔拗几只嫩笋放入泡制芋壳（香芋的叶梗，可做咸菜）的酱缸中腌制，味酸爽口，滋味不俗。但嫩笋及笋干的吃法，在村庄极少人尝试，亦不知何故。

竹子或竹篾的用途十分广泛，如编织篮子、鸡笼、牛笠（套在牛嘴上的罩状竹器，防止牛吃庄稼用，而又有孔眼供其透气），亦可应用到其他器物上去，或成为其部件，或作捆绑之用。猪肉佬亦用细篾条扎猪肉。篾白是类似于火炬的东西，点燃了火光熊熊。篱桩、扎篱笆、建房子、“荚茅”（用竹篾将稻草捆扎起来，乃茅屋顶的主体，可遮风挡雨）、斗笠（先用篾条编织成头盔状再填充以巴掌大的竹叶）、葵篷等雨具，主体亦是竹篾，数之无尽。竹子乃牙签之母。在漫长年代里，村人上茅厕刮屁股的东西不是手纸，而是篾白。而“竹搅”（乃篾白别称）火向来是对付雨天“沙虫”

咬脚的唯一方法。竹(竹竿、竹枝、竹叶以及竹笋壳等)所有部分,晒干了都是不错的燃料。淡竹叶可入药,单竹芯亦有清热解毒之功效,父亲常去拔来数根,放入中药煲凉茶。

上述只是竹子的实用功能,至于其制作玩具、工艺品、美学意义以及君子之风的道德寄寓,农民既不了解也不关心。竹林中十分静谧,轻风吹拂竹枝的簌簌声及竹子被摇撼发出的空虚之声,幽远、清亮而悦耳,仿佛风钻入了竹管内部演奏。竹子是笛子等多种乐器的前身。每株竹子都是一支及数支潜在的笛子,犹如雕像隐身于石头之中,只要将多余及淤塞之物凿掉、剜除或打通,就改变了其面目及腔调。

我常在竹林中踱步,只为了享受那份阒静及吹过竹枝间的风声。林中也常有这样的一只鸡,几只鸟。它们比我更悠闲,又准确地啄食泥土和草叶上的虫豸。我偶尔顺手捡几片竹笋壳及竹枝做柴火。有时也在地上寻觅竹虫的幼虫。我像勘探矿藏的人细心察看,并常有收获。竹林是一个小世界,里面栖息着麻雀、翠鸟、红嘴鸦等鸟类、"青竹标"等蛇类及无法计数的蚁类、蝶类、"割虫"等昆虫。竹林中的杂花野树繁茂异常,在金银花、白花茶的浓郁香气和雪白花瓣之上,常有大黄蜂及色彩斑斓的蛱蝶在飞舞。它们轻盈、单薄的翅膀宛若飞翔的花瓣。

在二十世纪八十年代最后一年,有人发现竹子像稻子一样扬花并结穗,就像是放大的、巨型的稻花,色泽和香气都有相似处。这不是一丛竹子,那几乎是整个村庄的竹子,邻村如荷木垌、胡家庄及大孙村也传来了竹子开花的消息。这是不祥之兆。

据说,竹子开花六十年一次,一个甲子就是一次轮回,毫厘不爽。仿佛有神秘之人在暗处准确地计算,并提醒了每一株竹子。但问题是,这个六十年的最初一次是如何确定的呢?是谁确定并凭什么确定呢?为什么不能早一年或晚一年?这个六十年似跟竹子的生长期无关,而是说,当轮回之年,竹子们就必须死去(枯萎、发黄而最终变白)。到了秋日,竹籽逐渐饱满而成熟,竹子大片大片地死去,不分大小、粗细、种类及老嫩。枯干的竹子连竹叶都呈现出灰白之色,宛若森森白骨,之前的青翠已褪色,在秋阳的照耀下让人心生悲怆而惊惧。竹米的形状、粗细,都很像稻米而呈褐黑。上一次竹子开花结籽时,正值饥荒之年,有人煮食竹米而不能消化,比观音土更让人致命。在农民看来,竹米乃无用之物,其繁衍不需要竹籽,大多不能食用,显得邪气,随之而来的是竹子大片死亡。事实上,竹子开花的周期太长而让人无法适应。《山海经》云:“竹六十年一易根,而根必生花,生花必结实,结实必枯死,实落又复生。”《晋书》亦有记载:“晋惠帝元康二年,草、竹皆结子如麦,又二年春巴西群竹生花。”目睹过两次以上的,不会是年轻人。

一直到翌年初春,才有新生的竹笋从地下钻出,并将成长为新一代的竹子。看来,竹子的死亡尽管彻底,但还不算是毁灭性的,因为没有触及根基。

竹制品在乡间占据着重要地位,大至可以搭棚架屋,编筐织箩，小至筷子牙签，无不与竹有关。竹还是造纸的重要原料，在广东恩平一带，至今还有人用土法造纸，畅销不滞。

竹属“岁寒三友”，又名列“四君子”，咏竹画竹者众，又有“食可以无肉，居不可无竹”之说。这也是文人骚客吟风弄月附庸风雅。我从未见过文人的诗或画出现过竹虫，仿佛竹虫乃是乌有之物。这也难怪，这种长相奇特丑怪的昆虫，实在大煞风景，不比蝴蝶斑斓，可入庄子之梦，不比蜻蜓点水，可烘托尖尖小荷。据此亦可见文人的价值之取舍。所画之竹，不是真实之竹，实乃抽象之竹；所咏之竹，不是自然之竹，实乃理想之物。说到底，都是借竹而另有寄寓，或一吐块垒，或痴人说梦。但竹虫便无一可取之处。

但问题是有竹的地方便有竹虫。文人掩目捕雀，孩子却求之不得。在每一处竹林中，都有半截竹笋断裂，掉在地上。这便是竹虫的杰作或罪恶。笋尖断落的竹笋，还会继续生长，并剥落竹壳，抽出竹枝，长大成竹。但已经是不存在竹梢的无尾之竹。这样的竹子往往不够坚韧，材质不佳，不堪大用。

竹虫分成虫和幼虫，幼虫蛹白白胖胖，在密封而黑暗的巢里吃喝并生长，它不需要光明，漆黑恰巧可以掩饰其勾当。而成虫是一种外貌丑怪的甲虫，身体狭长，背部长着两片硬壳，硬壳下面是柔软的羽翼，腹部有四对锋利的爪子，嘴部有一根尖长的吸管。就此而言，跟蝉类有些相似。蝉蛹在地下生活，而竹虫蛹在钻入地下之前，首先要过一段漫长而舒适的“竹居”生涯。

竹虫飞行敏捷，屡在竹林中穿梭，看见竹笋破土而出，就咬破笋尖,在竹笋里播种。竹笋就是竹虫蛹的小巢,实际上乃是竹笋的蛀虫,很快便将竹管蛀空,只剩下一层薄薄的管壁,而笋尖也日渐枯死。至于娇嫩而多汁的笋肉,早已成了它的腹中之物。它开头只是米粒般大小,但很快便急剧膨胀,肥胖臃肿,大的幼虫, 可以长到成人拇指般粗细。当竹虫在竹笋的尾梢发育壮大后,必连同竹筒从笔梢外断裂而掉落。那截五号电池般大小的竹管里,散发出嫩竹纤维被虫子咬食的腐败气息,里面居住着一只白胖的虫子。它比最魁梧的蜂蛹还要雄壮,它将钻入泥土生活一段时间,并像蝉那样脱壳而长出翅膀。成年的竹虫是一种黄褐色的甲虫,肉质硬如木石,但幼虫却乃美味。在粤地不少竹海风景处,便以食竹虫为噱头而招徕游客。

我幼时去茅坪祭祖时路过一个村庄, 我们上茅坪山祭完祖后, 在返程中都会经过一个村庄。村庄就在水边, 它的名字叫"水"。这是一个梦幻般的村庄,每次想起它,我都有一种怦然心动的感觉。据说村庄有六七百年的历史,还保存着不少古建筑。村口的牌坊和村巷两侧那些油漆剥落、勾心斗角的屋檐,对于一个孩子来说显得新奇。村庄的人穿着灰褐色的葛衣,头戴尖顶斗笠,脚踏木屐,面容恬静平和,颇有古风。我仿佛回到了古代,我所遭遇的乃是一个从古代走来的村庄。

河边长着茂密的竹林,那些竹子又高又大,把竹筒锯下来稍作打磨,就是很好的米升,我家里就有一个,但我不知道它来自这样的竹子。这种竹子的奇特之处还在于它的叶子,大如手掌,长逾一尺,在清风中轻轻吹动。以前我曾在斗笠的夹缝和煮熟的粽子上见过这种宽大竹叶，现在得以目睹它的真容。这样的竹子,犹如唐朝的美人,脸如满月,身材丰腴,一举一动都有说不出的雍容华贵。

5.灯盏

村庄的夜晚仿佛是从大地内部的隐秘角落(如密林、房舍之间)滋长的。当太阳西沉,夕阳仍通红如火球,天空上的云霞灿烂如烧红的金属,村庄逐渐陷入了灰暗之中。暮色越来越浓,天上的霞光已无力照入一座村庄层叠密实的屋舍间。夕阳像一个光芒四射但越来越暗的线轴,它往山坡下滚去,并一圈圈地收走了天地间的光线,村庄中此起彼伏的炊烟跟暮色融为一体。村庄终于步入了夜晚。天上明亮的星光,陆续亮起的灯盏,强调着这种浓郁得化不开的黑暗。在白天存在的事物,在夜晚都隐匿、消失了。譬如远山、河流和田畴,连暗影也看不清。这一切就像变魔术,让人感到新奇和不安。看不见不等于它们不再存在,夜空中传来蝙蝠的吱叫声,猫头鹰的枭叫,还有躁动而兴奋的狗吠,昭示了它们以及某些神秘之物的存在,但你无法目睹。

我坐在院子里,光凭那熟悉的脚步声,就知道父亲已回到村口,但要等好几分钟,才能在灯盏的微光看清他疲倦的面容。黑暗使那些无法发光的事物被遮蔽了，但同时使某些发光的东西彰显。只有夜晚才提醒我,太阳遮蔽的东西也许更多,譬如月亮、星星、灯盏和萤火虫。这些或近或远或大或小的发光体,它们像闪光的钉子,使黑布袋般的夜晚出现了漏洞。如果不是夜晚,我将无法看清一只萤火虫暗淡的蓝光。所有的灯盏都在模仿太阳。

月亮从山冈上升起,并将其柔和、沁凉的光亮照耀在夏日的庭院上。月亮以镰刀或圆瓮的不同形象释放着程度不同的光华。对于在夜晚略感恐惧的乡村孩子来说,月亮永远是最美的灯盏。它优美地高悬,月光像奶水一样乳白、滑溜,夹杂着晚风中吹来的花香水气。在古老的传说中,我仿佛看到了月亮中的庭院,院中树影婆娑的桂树,以及被斧头刃光反射的伐木者悲伤的额头。对于兔子,我总是无从猜想。我没有见过兔子(哪怕是兔子的画像或影像,也是在入学后才见到)。月亮如一只白色的气球,飘过果林和低矮的围墙,释放着越来越深的寂静。月亮在发光,它不知道它的光来自何方。我惊诧于月光没有温度,但对其亮度略感不满。在最亮的时刻,我也能就着月光在板凳上做算术题,它的光仿佛是雾状的白纱,恰好可以做夜夫人的面纱,却无法将黑暗驱散。

星光更不必说了。夏日繁星满天。有几颗星又大又亮,像闪光的宝石,尖锐、坚硬,它们像一把闪光的图钉撒向了广阔而起伏的夜空。它们像野兽的瞳孔在闪烁。的确有不少白色或淡黄的星,像谁的眼睛在眨动,而我看不到那张脸(或是谁的脸)。

那个夜晚,父亲带我去农场看电影归来。我伏在父亲的背上，目光不可避免地被漫天闪耀的星光吸引过去。我仿佛听到了一片嘈杂的声响，浩荡、吵闹，仿佛是一条大河在天上流淌，并溅出了银色的浪花。仿佛群星在吵闹，在辩论、叫嚷乃至咆哮。我注视着漆黑夜空中无数闪光的圆点，我几乎被汇入了那汹涌的星光声浪之中。父亲踩在泥路及草根上的簌簌声，几乎被我忽略了。

暮色降临，村庄反倒变得喧嚣起来。农夫们纷纷从山野返回，牛赶回来，放牧的家禽，被从村巷及山坡上捉回来，狗兴奋地摇尾，吠叫。这种喧闹声将夜晚完全覆盖，好久才沉静下来。炉膛里火光明亮，映照出厨房里的东西、墙角上的小天井和水缸、灶头上的几只锑煲及铁锅，分别装着烹饪中的饭菜及热水。妹妹不断地往灶膛添加柴火。忙活不停的母亲，像一个陀螺在团团乱转。她在厨房和院子之间穿梭，准备着猪食、鸡食，还忙中偷闲，洗好了铁锅及青菜。一些飞蛾及昆虫因为火光的吸引，从四处扑来。有的蛾子和绿蝉，像一架小飞机莽撞地冲入厨房，撞到墙上。

在黑暗之中，那些发光的事物照亮了我的视野，尽管光亮如此微弱，我还是忽视了它们所照亮的是更大的黑暗这个事实。在乡村之夜，有什么比一盏灯给我带来更大的安宁？月亮太过高远。灯光给我的不仅是光亮，还有炉火般的温暖。一盏灯仿佛在黑暗中挖掘出了一个光亮的洞窟，它以微弱的光线顽强地守卫着脆弱而动荡的边界。我坐在那团光亮之中，感到黑暗看上去如铁板一样厚实。但也不是想象中的那么恐怖，只要点亮了那根细小的灯芯,就可以像变戏法一样将黑暗驱赶。

在乡间，最常用的照明工具是煤油灯。灯座由玻璃瓶子做成,如葫芦状,黄铜灯盏装着棉绳编成的灯芯,上面盖着薄脆的玻璃灯盏。

煤油灯的主要配件均可散买，我将母亲买回的灯盏及灯芯安装到空墨水瓶上去，我惊诧于其严丝合缝。村人称煤油为火水,故煤油灯又名火水灯。这两样相悖之物被扭合一处,并不显突兀,乃因水火相济。在我们看来,火苗乃由“水”所滋生。灯座是透明的,可以看到煤油不断耗损的过程及其余量。那些煤油看上去的确像水，它散发出一种难闻的味道，而火光就寄生于这些“水”之上,那条弯曲而垂落于煤油的小棉绳,源源不断地输送着煤油并保持火焰的持续。由于棉绳纤细,灯光并不明亮(也许是为了节省煤油的缘故)。这样纤巧的火苗迫使你安静下来,哪怕是稍重的呼吸都可能将其吹熄。“熄灭”是如此容易,庭院于瞬间沉入了完全的黑暗。而一根火柴就可以将其点燃。当火柴上的火焰嫁接到灯盏上去,我才松了一口气。

灯盏的熄灭,大多是由我们完成的。当我们完成了夜晚的事情,譬如吃饭、洗脚,父亲偶尔的劳作如编织竹器,母亲缝补旧衣……夜渐深,我们需要安寝了。灯光变得不再需要乃至多余。也是为了将煤油节省下来,留给下一个夜晚,我们凑近灯盏,鼓起腮帮子,用力吹气,那动作和神情都是粗暴的,有几分恶狠狠,务求一击必中。“熄灭”带来的黑暗类似于绝望。灯光是微弱的,我注意到它跟炉火有不同之处。炉火的强弱完全取决于我们每次传递的柴薪多寡,且带着浓烟,当然,风箱或火筒的作用亦不容忽视。我们催动着炉火并保持着其连续性。而灯盏则是独自燃烧,仿佛在黑暗中压抑着啜泣的妇人。炉火中响起噼啪声,仿佛木柴也被自己涌出的火焰所烧痛,并留下较大量的木炭及余烬。灯盏是宁静的,孤独的,它面对浩渺如时间本身的黑夜,因其纤弱光亮而倍加羞怯。我注意到灯绳也会耗损,并不可避免地化成灰烬。当灯光在变暗并跳动,眼看就要熄灭,母亲麻利地剪掉了灯芯的焦灰,火苗腾地蹿起来,恢复了光明。

一盏灯对孩子来说,犹如梦幻般的装置或玩具,或一个神话国度中的器具,而这个国度纯粹由这一片橘黄灯光所构筑。我在灯盏面前学会了遐想或沉思。我借助灯光看清了灯盏的内部结构及其如花朵的焰苗。这在它熄灭时看不到。灯光像某种奇异之物或类似于温暖、幸福的情绪充盈了房间,并溢出窗户而被黑夜所吸收,犹如墨汁在宣纸上缓慢渗透并凝固。正是因为灯盏,使我脑海中出现了白昼复活般的恍惚感,灯光改变了黑夜的颜色。我闭上眼睛,想象着另外的灯盏,在别的房间或院子里被点燃,那些灯盏和灯光都有某些相似乃至共同的东西,而在灯光周围的人们却干着不同的活计,或者发呆。在冲凉房(洗澡间)中,灯影、水汽弥漫中的妇人胴体仿佛也在发光。小学生在灯下做着练习。而在乡村,灯光作为一种照明工具,很少用来照耀报刊书籍之类的印刷品。沾满油迹及尘土的钞票是一个例外,农夫点数钞票的时刻美妙而稀少。

父亲经常等我们(主要是母亲)熟睡之后,偷偷起来点燃灯盏去翻看那些杂七杂八的书籍,内容主要是中医、术数、堪舆之类,偶尔也会看一看旧小说。每次都是灯光将其暴露了,母亲的斥骂声将我们吵醒了。煤油是要用钱换取的,看书大可以借助日光而不必花钱,在夜晚点灯看,在母亲看来太奢侈而浪费。

油灯可能是最简易的灯盏。在重大节日如春节、年例之类必点油灯(有信仰虔诚者初一、十五亦点),一只小碟子,一摊花生油或菜籽油,一根灯芯草,摆放在神龛或案头上,灯草上的火焰细小而闪烁。这个习俗可能受到佛教的影响,庵堂庙宇就灯火长明。按佛教的说法,灯可破暗为明,在佛堂、佛塔、佛像、经卷前点灯,乃功德无量之事,于诸经记载甚多。村人在香火屋(即祠堂或大众屋厅)或家中点油灯,意在祭祀及缅怀先人,寓意先人处身其间的幽暗长夜有大光明。油灯发出的光太弱,不足以照亮别的事物。在这里,点油灯的象征意义大于实际,与其说为了照明,毋宁说是一种仪式。在此,"香灯"乃后代之代称,譬如香灯有继,固有薪火相传之意,亦谓后继有人。

由稻草编织成的"秆传火",在黑暗中散发出稻草的味道和浓烟,让蚊子不敢靠近。它暗红的火头在明灭,偶尔一阵风吹,也会发出火光并于瞬间消失。因此,它带来的光亮大可忽略不计。煤油灯还有一个用途,就是将蚊帐内外的蚊子烧死,使人们得以安眠。

偶尔也点蜡烛,但乡间人买蜡烛照明成本太贵,不多见。孩子们将药丸子外的黄蜡盒用铁皮罐子煮熔了,夹着灯芯、倒入小竹管制作成的小蜡烛。这与其说是照明的东西,毋宁说是玩具。这样的蜡烛来之不易，我们不会随便点燃，要留在节日方才动用,点燃了也不是为了照明,而是欣赏蜡烛的火苗,以及烛泪在消融和堆积。到了一九八五年,村庄终于拉上了电灯,煤油灯才逐渐退出家庭(因为经常停电或电压不够,电灯也不是每晚都能照亮)。电灯使黑夜亮如白昼,使黑夜的事物影影绰绰地露出了面目。电灯带来的实用性毋庸置疑,却削弱了灯盏给我带来的梦幻性及遐想。

火的光亮、热度和它的颜色，使其仿佛是白昼的缩影或模型,是黑夜开出的花朵。火是夜晚在那黑色大氅上烧出的孔洞。我曾经试图用两块坚硬的石头制造出火星,在暮色之中,孩子用石头猛力碰撞,火星只闪了一下就消失了,无法照亮任何事物,短暂到让人的目光难以捕捉。但我们仍然兴奋得欢叫起来。

乡村的火种主要是火柴。一面带着磷片的火柴盒,里面装着数十根小木棍缀着棒槌状磷球的东西。将火柴在盒上用力一擦,火苗腾地产生了,但瞬间就烧到了捏着火柴梗的手指,必须尽快将火柴投入炉膛或点燃灯芯。在发霉的天气,火柴因受潮而难以点燃,母亲将火柴及火柴盒放在嘴边哈气,以将潮气驱赶,然后再擦。有时擦一根就着了,有时一口气擦光一盒火柴,仍未能擦出火来,母亲的脸色也跟着晦暗下来。

那种铁皮打火机是乡村的奢侈品，其顶端装着小砂轮和火石，用手扳动发出的火星，将煤油筒上的灯芯点燃。它就是一盏小煤油灯。拥有一个锃亮的打火机，是我的梦想，但打火机相当昂贵，也容易损坏。父亲宁愿使用廉价的火柴也不愿购买那种看起来更像是某类铁皮玩具的东西。

在寒风凛冽的冬天，我们也会自制火炉取暖。如果能觅得城里人装饼干或月饼的铁罐子，只要在罐底钻几个孔眼，在上端穿一根铁线以作提手，就是一个很理想的火炉。往里面投放切碎的木头或竹片，火苗在飚出，而底部的炭块艳红如宝石。我提着火炉，踩着田野上枯干的草根，或走在寂静的村巷上，胸口暖洋洋的，一股巨大的幸福或陶醉笼罩着全身，像国王一样满足。是的，我就是这个火炉的小领地的君主。在火炉四周，围聚着一群脸蛋儿冻得通红而快活的孩子，他们将手凑近火炉，让火的温暖驱赶在空气中不断堆积的寒冷。

6.稻草绳，稻草人

水稻是村民的主要粮食作物，一年两造。大米是村民主食，粤西人爱吃清水粥(即稀饭)及米饭。待水稻成熟后收割，挑到晒坪处以禾把子(即连枷)脱粒，晒干后再扬场或以风柜吹之，剔出秕谷，便碾磨成米以烹食。过去碾米的工具，主要用石磨及碓坑，多靠人力，推磨或用脚去踩碓尾。偶尔亦借助水力。村中多处设碓具，碓坑是一个大块花岗岩雕出的巨型锥状圆盆，埋入土中，盆口朝天。再以硬木制作碓身，碓头上又嵌有一木头作槌，碓身尾端横穿一根小木棍，将其固定在地上。用脚轻轻一踩，碓头的木槌便高高扬起，稍一松劲，自然落下，将坑中的谷物碾壳。利用的还是杠杆原理。亦多用来舂粉、糠之类，待舂好了，便以小笤帚扫将出来，装到谷箩或桶子等容器上去。后来长滩边上搞了一个水轮机房，利用水力碾米，村中的几处碓坑便少人使用，但年节要做米糕，舂粉或舂橄榄糠，还是经常有人用。

大米做的食品繁多丰富，村民所种的主要是粘米和糯米。糯米可辅之以腊味、香葱诸物煲饭吃，香气四溢。它更是糕点的主要原料，端午节包粽子、做艾糕，七月十四做“薄箕炊”，中秋节做月饼，过年时炸油角，做煎堆、年糕，平时逢喜庆可做油桃、甜饼等，都离不开糯米粉。大米是主食，又是糕点(原料)。

碾米后，用小竹筛将糠和谷壳分离出来，谷壳可作燃料亦可作饲料喂鸡鸭。糠更是禽畜如鸡、鸭、猪牛的主要饲料。猪吃的东西，通常就是糠和番薯叶。村人们不会浪费稻谷的任何东西。即使是稻桩，亦会晒干以作燃料，或者埋在田里沤烂作肥。

稻草在脱粒之后曝晒三五天，便由青黄变成灰白色。稻草也是常见的燃料，其灰烬可作肥料。晒干的稻草被垒叠成堆，组成一个小山似的稻秸垛。做法是这样的，先用四根一米多长的条石立起，再横搭四根，犹如一座房子的柱子，再往上搭几段木头，才将稻草堆叠上去。由于稻草轻盈，石柱坚硬，自然不会压垮。只要堆叠得法，即使堆积如山，也不会倒塌。这样，柱子下的空间恰如小房间，往往住着一头牛，它饿了，便可就地取材。冬天草叶枯死，这些干草就是牛的食粮。有时也不搭架子，直接堆成稻草垛。屋背山上有数以十计的草垛，在冬天，缺少衣服的孩子喜欢将稻草一点点地抠出来，像鼹鼠打洞般，直至挖出一个洞穴乃至深长的甬道。钻入去，既好玩又温暖，四周暖烘烘的，几个孩子挤在一起睡觉，有时玩地道战之类的游戏，将家里的硬板床抛之脑后。

那些稻草垛也成了偷情者的温床。有一次，一座草垛起火了，火光冲天，浓烟滚滚，人们惊骇无比，有人说是某某妒火中烧，断定妻子正在里头给自己戴绿帽，遂想将奸夫淫妇一把火烧成草木灰。还好，那堆稻草成了一堆灰，却未见有人成为焦炭。有人说，某某是疑心病过重，错怪了老婆。又有人“扑哧”一笑，说恐怕是人家机警，见火头起处，早已一溜烟走了。

稻草在乡间的用途十分广泛。通常可充当小绳子使用，猪肉佬割肉，也是用稻草。捉青蛙、毛蟹去卖，用其捆绑，休想挣脱。

稻草有驱蚊之效。晚上蚊子轰鸣，驱之无尽，在庭院中吃饭，纳凉，稻草就派上了用场，直接焚烧浪费无益，应将其分三股编成绳子，粗如牛腿，宛若麻花辫子。一根一米多长的稻草绳(村民叫“秆传”，秆即稻秆，略有薪火相传之意)，只要编得结实，可用七八个小时，但太实了，烟便不浓，松紧适中，白烟冒起。院子中一股草香随着白烟升腾、弥漫，蚊子便不敢靠近。晚上入睡，房间通风不便，却又不适宜点秆传，故乡间人家必备有蚊帐。尽管如此，蚊虫肆虐，蚊帐稍有缝隙，蚊子便蜂拥而至。人们用带玻璃灯罩的煤油灯烧蚊子，灯芯之上的罩子，原本作防风之用，此刻派上了烧蚊子的妙用，略一接近，蚊子被火浪一吸，发出焦臭味，已化为灰烬。我幼时跟父亲同睡，每晚都是父亲将蚊子扫荡干净，我方能入眠。大人不让孩子烧蚊，也是怕稍有不慎，即有酿成火灾之虞。

“秆传”还有一大妙用，那就是清明祭祖时的重要火种，彼时火种不易，多用火柴，不可浪费，用打火机还是后来的事。在坟地上烧纸、香烛之类，都是用秆传火。平时只冒小烟，用嘴一吹，便能伸出火舌。编织得牢实精巧的秆传，用足一天没问题。而扫墓者奔波在村庄四周各山头之间，早出晚归，颇为耗时费劲。又要求秆传火用到扫墓结束后，拿到灶头烘一烘，旺一旺，然后取火做饭，取其吉利之意，不知何时已成习俗。打火机如今成了火源主流，秆传火仍不可缺少，其实用功能就不太讲究了，而像旗帜只取象征意义。扫墓中，切忌进行到一半，秆传火却燃尽或熄灭。清明时分雨水甚多，因而秆传虽多有孩子扛着，亦大有讲究，一是要防水，二是要盯着风头，以免过早烧毁。

在坡头地尾，稻草人屡见不鲜。它的支柱乃是竹竿或木棍，加上稻草及破衫烂裤之类，其制作手法各地大同小异。稻草人是农夫的朋友，谷物、果蔬常有鸟类啄食，驱赶无尽。而且人不能老守着菜地、谷田乃至果园。

稻草人只是一个隐喻。譬如一棵树上挂满的果子,只是上帝随手画下的几个圆圈。譬如谷仓、秋天和马匹,不可能顺着歧路回到家乡。无数人在雨中攀登,无数家庭像蜂巢悬挂在树端,这一切跟稻草人无关。只有飞鸟的阴影,才会擦亮它生锈的眼眶。在收获之季,风吹落了果实,瀑布般的麦浪冲垮了田埂。当启明星像螺丝钉拧紧了黎明,当浓雾挟裹着四野,稻草人用什么来证实自己的存在?它的脸是一片虚空,它的四肢塞满了睡眠的稻秆,它的肋骨是十二根被风吹弯的月光。长夜将尽,河流在翻身,鱼类在清洗伤口上的盐。一群飞鸟低低地飞落稻田,露出了狰狞面目。这一切,稻草人在梦中见过。

稻草人徒有人之外形,其实连躯壳也算不上,而仅仅是一个人形儿。但它可以驻守在田地里,如果没有风,可以一动不动,看上去一副严肃的模样。有的稻草人手中拄着木头刀杖以作武器,以加强其恫吓的威力及效果。田野上的稻草人使空旷的天与地变得生动和亲切。有时,我一个人走在山间,看着稻草人煞有介事的装束及没有五官的面目,不禁哑然失笑。我弟弟曾被稻草人吓出了一场病。据他后来说,他看见稻草人在冲着他哈哈大笑。最让人害怕的不是笑声,而是稻草人乐不可支的表情。也许是他于谵妄中出现的幻觉,也许是孩子能通灵,真的看到了另一个维度的事物或者稻草人的魂灵?

稻草人的威严主要是倚靠他的装束,头上的草帽和身上的衣物,至于下半身则太过潦草,通常只是一根木棍或竹竿插于地上。当然，其帽子衣服都不可能起到遮风挡雨的实际作用，也不需要。没有人会怜悯一个稻草人。于是，在几场暴雨或狂风之后，稻草人已面目全非，或帽子不翼而飞，或衣服被扯成了布条乃至耷拉下来，脸部遭到损坏，仿佛它的五官要顽强地从稻草中浮现出来，但显得滑稽可笑。只要再加上一阵风，它就可能仆倒在地。它对入侵者（主要是家禽及飞鸟）无力驱赶，也发不出声音。甚至，稻草被风一根根从其身躯上抽离、飞扬。一个稻草人最终变得虚空，在空气中消失了，仿佛从未存在。

有的稻草成了忙于筑窠的喜鹊的建筑材料乃至被铺。我亲眼见到两只喜鹊在辛勤地啄稻草人的头部，并将啄松的稻草叼走了。它们在比赛着搬运，要将稻草人完全拆毁？有没有鸟干脆在稻草人的身上筑窠或栖居呢？我就见过一只鸟在稻草人的头上伫立，大声啼叫，拉屎拉尿，旁若无人，而稻草人无动于衷。看来，它们并不畏惧这个有些像人的家伙。稻草人不说话。尽管它鲜明而清晰地表达了农夫对鸟类的态度和意志，却无法阻止一只鸟去啄食田里的谷子或成熟的果子。

田野上的稻草人或正襟危坐，或东倒西歪，往往形同虚设。黄忠盛的稻草人却收到了不错的效果，它的头部挂了两个铃铛，仿佛是硕大的耳环，微风过处，铃声清脆，仿佛是稻草人义正词严地斥责，或絮絮叨叨地控诉。一个稻草人的声音让鸟儿感到新奇和惊恐……稻草人有名无实，看上去就是童心未泯的农夫的玩具。事实上，乡村孩子的游戏五花八门，成年后却无一不继承了父辈悲苦的面容，麻木紧张，愁眉苦脸，其早年的游戏精神已丧失殆尽。生活中太多悲苦的事情，他们不苟言笑，不习惯欢乐了。

父亲在神情肃穆地制作一只稻草人，我觉得很好玩，拿起来当木偶舞弄了一番，却使其散了架，遭到了父亲气急败坏的斥责。这在孩子的眼中，无异于一个玩具。在大人看来，却是严肃认真的劳作，有着指向明确的实用功能。他们不会浪费一秒钟花在无用之物上。结果，他们的脚步愈发沉重，即使一个稻草人，其肩上的重任亦将其彻底压垮，而无济于事。

制作稻草人在大人看来，是严肃的劳作之事，在孩子看来乃是游戏，或者说，孩子们也会制作一些稻草人(实乃模型)玩具。水稻从田里收割回来，利用连枷脱粒之后，那些青黄的稻草弃之一旁，发出新鲜草汁的芳香。这些稻草除了晒干当柴火烧掉，或充当耕牛过冬的干粮，便没什么用途了。但对于孩子们来说，这些随处可见的稻草，乃是不可多得的编织材料，是一系列玩具或游戏的源泉。学龄前的乡村孩子，尤其是女孩子，深谙此道，乐此不疲。

孩子们制作的稻草人尽管来自稻草，但更加精致。农夫制作的稻草人，未免粗制滥造，过于潦草而简陋，我对其恫吓飞鸟的作用抱以怀疑。而孩子对制作稻草人的认真劲头，一丝不苟，仿佛在从事艺术品的创作或雕琢，相较而言，农民出于功利的目的，而缺少虔诚之心，他们不可能对制作一个稻草人花费更多的心血。孩子们制作的稻草人并不大，高不逾一尺，但手工之精致，让人惊叹。这需要一双灵巧的手,更需要非凡的耐心。我承认我并非心灵手巧之人,尽管也对稻草人垂涎三尺,但没有能力完成一个精致的稻草人。

邻家小妹倒是个中高手,只见她先选择好一小把稻草,将其从中对折,折叠下来,换言之,禾头及末梢混为一谈。她又用一根稻草将其上端扎紧——众所周知，稻草之柔韧堪比绳子——这扎出来的一端便是头部。剩下来便是制作双手,她从头部下少许之处,用数根稻草穿透身躯,编织成双手。而尾端部分,则分成两半,扎成双脚。这样,一个稻草人已略具雏形,它在地上站稳了脚跟。但小妹犹如能工巧匠,还要精益求精,她的手工之精细,让人惊叹,她连手脚上的十个指头及趾头都不肯放过,要细细编织。并用数根稻草编成的麻花辫区分稻草人的性别。稻草人做到这个份上,便算完美无缺。而小妹仍不肯罢休,还要找来几块碎布片,一针一线,为其缝制衣裳。她露齿一笑,说,人是不可光溜溜的。她制作的稻草人成了我们共同的玩具。她的如花笑靥,似在昨天。

这样的稻草人,就仿佛贯注精血与生气,好像要从地上一骨碌爬起来,奔跑或跳跃,沉思或高歌。成年之后,我接触到女娲抟土造人的神话,就想起了邻家的小妹。在我的童年记忆之中,她也是一个造人的女神，是她使一把平常的稻草具有了人的精魄和灵魂。然而,很少乡村女人能逃脱成为生育机器的命运。三十多年过去,我才感到伤悲。

利用稻草编织玩具，这向来是乡村孩子的拿手好戏。除了稻草人，还有各式各样的玩具，大多数是模仿现实的家庭用品，草席、椅子以及草鞋诸如此类。虽然是象征之物，无法在日常生活中发挥作用，倒也惟妙惟肖，这些物品将在“过家家”的游戏中大派用场。这并不奇怪，孩子们连人都能仿制，何况是一些寻常物品？

织草席的过程本身就是一种有趣的游戏。这通常需要两个人通力合作，我跟邻家小妹就合作愉快。她让我坐在地上，伸开双腿，然后选取一根长稻草，将其首尾两端拴在我双脚的拇指头。这根稻草很重要，将起到草席中轴线的作用，又称之为“经线”。事实上，我所起到的，乃是一架织布机的作用。而邻家小妹自然是一个高明的织女了。她取来十数根稻草，充当纬线，搭在母线上，首尾往反方向扭去，又取来一根经线，而纬线再度编织，就这样周而复始地织下去，纵横交错，经纬相织，一张小巧而精致的草席很快成形。

我惊喜地看到，草席的纹理细密而精巧，跟我们平时睡眠的草席并无二致，美中不足的是，它太小了。这样，它就不像是一张席子，而仅是席子的模型。真实的席子是用苇草或“关草”(一种柔韧而纤长的草本植物，在水中生长，其横断面呈三角形，可剖开以作编织或拴绑之用)编织而成的。而我们编织的席子并无实际用途。但邻家小妹安慰我说，这本来就是为了给稻草人而编织的。不错，稻草人睡稻草席，岂非最好不过？

稻草编织中的经典之作还有椅子和草鞋。我曾亲手织过椅子。先挑选一根稻草，将其中段弯成弧形，绕在食指及中指上，这就是椅架，然后再取来十几根稻草，反复地编织，很快就会织好一个平坦而光滑的平面，这就是椅面，然后收口打结，再将整件编织品从手上剥离，而那个弧形便是椅子的靠背。椅子下部是一束杂乱无章的稻草，可以用小刀割短一些，并用稻草扎紧，以使其更加逼真。

至于打草鞋，就更加简单了，当然，我们的草鞋纯是游戏之物，不可跟红军过草地时打的草鞋相提并论，而且小得多，毫无实际用处。按照邻家小妹的说法，这些稻草席子、椅子及草鞋，正好为我们创造的稻草人所用。在这样的情况之下，来玩过家家的游戏，就是顺理成章的事了。所谓青梅竹马，无非是夏秋二季跟邻家小妹编织稻草，清风徐来，稻草芬芳。三十年之后，我在远离家乡的熙攘都市怀想往事，黯然销魂。

第六章　生灵

1.鸡、鸭和鹅

鸡在凤凰村占有崇高的地位,位于三鸟(鸡、鸭、鹅)之首,是最珍贵、最重要的家禽,重要当然是因为值钱,味道绝妙。在乡间,有民谚云:无鸡不成宴;又有爽过年例无鸡杀(在此,“爽”实乃“惨”,乃指嘲笑一年之中最重要节日却无此物宰杀,有幸灾乐祸之意),亦凸显其在家禽中的地位。我嗜吃鸡,认为鸡乃肉食第一美味,亦吃过什么鲍参翅肚、虾兵蟹将,感受很一般,无法及得上鸡肉鲜美之万一。当然是指过去在乡下吃的走地鸡, 现在的鸡,不提也罢。

每家都会养上几批(窝)鸡,一窝鸡无非是十只八只而能顺利长大(或病死,或遭猫狗袭击)者寥寥无几。农民养鸡乃由母鸡下蛋在鸡屋中做窝孵化。孵鸡蛋的母鸡十分敬业,一天之中,除了觅食外坚持不懈,趴在窝里,纯以体温以孵化。鸡乃好动生灵,能沉住气不容易。孵了十来天，母亲会检查鸡蛋里是否“有头”(受精)，拿来在煤油灯上约略一照，有暗影者就有头；呈半透明状者无头，母亲会将那些蛋掺拌剁碎的萝卜干煎熟。我们平时吃鸡蛋的机会不多，那些蛋不新鲜，仍被一扫而光。

雏鸡孵出后，浑身全是淡黄或雪白的绒毛，毛茸茸的，十分可爱。母鸡一天到头，带着小鸡在地上觅食，啄虫子，食草根，还得时刻提防猫狗及鸭鹅欺负小鸡。母鸡尽职尽责，独自承担起了抚养小鸡的重任。而小鸡一出生就没有了父亲。我们知道所有小鸡几乎都是村中那大公鸡的子女，不知道那些小鸡是否晓得，想必它们的母亲也不会跟儿女讲。那只大公鸡体形健硕，在群鸡中称王称霸，也有几只做鸡种用的小公鸡，但它努力垄断跟村中大小母鸡交配的权利。在此之前，都有一番恶战。每天清晨，据说都是此鸡领衔鸣叫(其声音之嘹亮激越在群鸡之上)，其他公鸡随之打鸣，黎明转瞬即至。

母鸡最担心的不是猫狗，乃是天上的兀鹰。为了儿女安危，它敢跟比自己厉害十倍百倍的强敌搏斗，寸步不让，颈间的鸡毛直竖，愤怒地咯咯直叫，却无济于事。我多次目睹过“老鹰抓小鸡”的惨剧。母鸡等到小鸡换掉雏毛长成“鸡条”才陆续让儿女独立生活。小鸡分不出雌雄，但随着长大，一切都渐见分晓，公鸡冠高而红，母鸡冠矮而黄，翅膀短小，尾后无长翎羽。通常，公鸡羽毛花团锦簇，色彩斑斓，望上去如身穿华服之贵人。而母鸡羽毛就质朴得多，颜色较淡雅，显得低调如农妇。小公鸡长大了，就整天想着抓母鸡“打头”(交配),扑到母鸡身上去,啄母鸡之冠。但常遭到老公鸡驱逐,一时两鸡相斗,羽毛散飞,多以小公鸡溃败而告终。村子有三五只“鸡头”(种鸡)就够了,有的家庭不留鸡头,找阉鸡佬阉割,取出其体内的鸡子(鸡子呈卵状,如指头般粗细,滋味鲜美,据说乃滋补之佳品),就变成了阉鸡。从此,专心觅食而长肉,再不思那男女之事,长得体大膘肥,浑身是肉,大者有八九斤重,正好在过年或做年例时宰杀。摆醮时有一只这样的剽悍阉鸡,是很能给主人家挣面子的。

小母鸡在下蛋前后,只要没孵过小鸡者,均称鸡项,乃母鸡肉质最细嫩之时。母鸡长到六七个月就下蛋了,第一个蛋细小而滋补,美其名曰“初生蛋”;之后陆续下蛋,一天或隔天一个。如果家里有数只母鸡,蛋很快就积够一篮。鸡蛋有其他用途,要么卖掉以换取油盐(一只母鸡在穷苦人家中,差不多是除猪牛外最贵重的财产了),要么攒够一窝,让其孵小鸡。当然,之前此母鸡已被“鸡头”宠幸方可。每只小母鸡都有做母亲的天性和癖好,它活着仿佛就是为了下蛋及繁衍,真乃含辛茹苦,忍辱负重。而“鸡头”每天只懂得追逐母鸡,行那云雨之事,却游手好闲。至此,又一窝小鸡出世。母鸡一年之中,总会孵一两窝小鸡,它将这样持续到老死或被宰杀。

鸡乃喧闹扑腾之物,一刻也不得安宁,叽叽喳喳,飞来扑去,还到处拉鸡屎,奇臭无比。鸡粪虽乃种生葱等菜蔬之良肥,却让人生厌。

邻里之间,因鸡引起的纠纷如一地鸡毛。你用糠头粥米拌好的鸡食,自家的鸡尚未享用,别人的鸡已如弓矢般扑来抢食。不驱逐不行,用扫把或笊篱竹竿打,下手重了,鸡毛脱落,乃至将其打残打死,必引来争吵。屋边田垌里的稻子靠近村庄一角,常被鸡啄食至根部(当然还有鸭和鹅等),根本无法生长起来,这就引来两家主人吵架。待稻谷成熟之时,鸡又钻入稻田乱吃乱啄,每天吃得饱饱胀胀,却造成了人家稻谷减产。这鸡又闪展腾挪,异常灵活,寻常栅栏无法阻挡,一觅得空隙就钻入去了。你又不可能在稻田上如菜园子般围扎上密实的篱笆墙,只好让小孩子持着长竹竿在田边驱赶。那鸡却毫无顾忌,一钻入茂盛稻田中,就如捉迷藏似的,你明知它们在里头啄谷吃,却连其影子也看不到。有点良心的鸡主人,就会在稻苗初长及出谷后,暂且将鸡关入鸡笼,待稻禾茁壮又尚未出谷时再放其自由,此时对稻田危害就小些。谁家没有门口田呢?但农村养鸡最忌笼养或囚禁,耗费粮食不说,还影响了鸡肉鲜美。于是,鸡引起的纠纷,接二连三,这也是让"禁头"棘手之事。

说到鸡,不能不说鸡舍及鸡笼。鸡舍多建在房子之侧,庭院之中用砖头搭建一小屋,供鸡们夜晚休憩,而老鼠咬小鸡之事常有发生,防不胜防。鸡笼供装鸡之用,用竹篾编织,装小鸡的就小,笼眼亦小,否则小鸡无法立足或从眼孔中掉落。将鸡捉入笼中或挑到山上放牧,或捉去集市出售,都排得上用场。此类竹器通常有家中的男人劈篾编织。石湾墟上也有新鸡笼、扁箕、畚箕、鱼笼、箩筐、篮子等竹器卖,应有尽有,各取所需。

养鸡说难不难, 每户均养有十几只乃至数十只大大小小的鸡;说易亦不易,很少有人能养至百只以上,饲养固是问题,鸡病(主要是禽流感),却难以防治。一只鸡发瘟殁亡,其他鸡亦难以幸免,而鸡发瘟几乎年年都有。村庄的人很少有人动过办什么养鸡场或养鸡售卖的念头(只有我父亲例外,但也以失败告终)。养几只鸡,只是为了逢年过节宰吃而已。

大多数的鸡都会飞扑,腾空,但很少可以实现真正的飞翔,犹如武打电影里的轻功高手,可以上蹿下跳,飞檐走壁。要像鸟儿从容伸展翅膀并将身体带上天空, 则超出了绝大多数鸡的能力。有的鸭子倒可以做到。

鸡在年节乃排名第一的佳肴,即使鸭及鹅亦无此地位。在各大节日拜神及清明祭祖等,亦多以鸡为主供品。主要是大阉鸡,生鸡(未阉割之公鸡)及母鸡不可敬神。将鸡割颈,拔毛,在下腹部开一小口将内脏巧妙地掏出,洗干净了,将鸡翼置于其背,双脚拗曲塞入腹中,使鸡头昂扬,再放入滚汤中烫至六七分熟。该鸡除了无毛之外,望上去精神抖擞,宛若活物。这都由家庭主妇巧手为之。在村庄,几乎每一只鸡,都是为了拜神所用,很少有想吃鸡便捉鸡来宰杀之事。除非是百年难得一遇的贵宾。

那年初冬,村中的贵振家来了一伙人,个个打扮时髦,男的西装革履,女的大衣挺括。为首者白发皓首,红光满面,气度不凡,赫然是贵振早抛之脑后的亲叔文锋。这文锋据说昔年被国民党拉了壮丁,多年来音信皆无,生死未卜,贵振已将其从脑海中抹掉了。没想到亲叔一家人从台湾返回,还成了富翁。他惊喜交集之下,为表盛意,一天杀一只鸡,很快就将家里养的鸡杀光了,下来便轮到鸭子(有什么比杀鸡招待贵客更隆重的呢)。当然,贵振亦没亏本,亲叔给了他一笔钱建房子,还将贵振的小女儿弄到香港嫁人去了。那乡村姑娘就此改变了做农妇的命运。

当然,说是敬神,到头来还是进了人的口腹。虽然被神先吃了,但滋味仍在,连鸡骨头也不缺少。一年之中,从年初的年例节到年晚除夕夜,中间尚有清明、端午、七月十四、中秋节、重阳节、冬至等若干节日。一年之中, 能吃上鸡鸭的日子总有十回八回吧。还有婚嫁等其他喜庆节日呢,最开心的乃是小孩。

村庄烹鸡之法甚多,也无非是蒸、焖、炒等几种。如"隔水蒸鸡"、"白切鸡"、"豉油鸡"乃粤西一带传统做法,流布省内外,名声大噪。凤凰村另有两法,一是斩件煲汤,亦不用药材、蘑菇之类辅料(像黄花菜、冬菇之类味重,你放了几只冬菇,整煲汤的味道就被冬菇侵占了),略滴几滴花生油,放点盐,鸡汤之妙,鲜甲天下。一是炒"年例鸡",即将鸡杀好后保持完整放入滚汤烫至七八分熟,然后再斩件放在铁锅里大火爆炒。有几件作料是不能不放的:蒜瓣、蒜颈、沙姜、芫荽等,油盐之类自不待言,亦不可炒得太干燥,略有鸡汁为宜,一家炒鸡,香透半边村。夹一块放入口中,汁液入喉,美味无穷,鸡肉韧实适中,太烂了,失却鸡味,向来有生鸡熟鸭之说。只是鸡肉丝钻入牙缝,少不得要动用铁芒萁拗成或竹片劈成的牙签了。

我有个叔公乃传奇人物,早年做过木匠、瓦工。他中年后做过“看三世”(算命术之一种)、厨师等数十种职业,结过婚后离异,浪迹江湖,四海为家,三教九流均有所涉猎,黑白两道皆有人拜服。近年他返乡养老,偶尔亦为人看相,年近八十,鹤发童颜,身体健硕。他善治厨艺,对烹狗、煲蛇之类有秘制之法。母亲年少时曾向他习得炒鸡之法,技艺精熟,已臻化境,吃过母亲炒鸡之后其他炒鸡已无法入口。我也多次尝试烹制, 但味道有天壤之别,觉得调味、火候之精髓难以掌握,遂影响了鸡肉的鲜美。进入新世纪后,尽管家里不再养鸡,家境仍然拮据,但一只鸡还是吃得起的。同样是母亲精心烹饪,却发觉鸡肉绵软,味如嚼蜡,那市场上买回的饲料鸡枉有鸡之名而无鸡之味了。纵使是母亲炒鸡,亦叹奈何。

我猜想炒年例鸡的做法亦是逼出来的, 你先要以整只鸡拜神(在清明节还得奔波于诸山头让数十位祖先品尝一遍,水淋日晒,实话说已不太新鲜),然后才轮到人吃“二茬鸡”,似唯有爆炒法为最佳。此吃法在村庄及石湾墟一带最负盛名,县城有些大排档亦有此法。上档次的餐馆似不屑为之,而多以白切鸡或豉油鸡为主(味道远远不及),却不知何故,莫非是要标榜其鸡够新鲜么?

“酬月婆”(指刚生婴孩而尚未满月的妇人)坐月子期间,最滋补的食物就是“鸡酒”(取走地鸡尤其是“项鸡”为佳,白酒或黄酒及水适量，投入大把辣姜熬煮而成）。即使是再困难的家庭，都要为“酬月婆”准备此物，以保证其在月上恢复身体的耗损和虚弱。她在月上几乎啥也不用干，一切有家婆或丈夫服侍，顶多就是扎着头巾去过江埠洗洗衣物或在厨房烧烧火。当然，照顾婴孩及喂乳之事自然由她，这对农妇来说，算不上什么重活。能吃的妇人，每天杀一只鸡，吃掉两斤酒一斤姜，不在话下。以一月为期，待婴孩满月，农妇的生活及劳作恢复正常，“鸡酒”亦到此为止。在凤凰村一带，除了酬月婆，没人吃“鸡酒”。据说在客家地区，鸡酒不限何时何地，男女老少皆宜，还走上了酒店的餐桌。

鸡蛋亦富有营养，美味而吃法多样，索性一并介绍。我幼时一起床，母亲就取一个鸡蛋，为我打于滚粥中，放点油盐，略作搅拌，便是美味的鸡蛋粥了。鸡蛋无非是蒸、煮、煎、炒数种。如蒸水蛋、水浸荷包蛋或煎荷包蛋、煎蛋煮生葱汤、蛋炒番茄或韭黄等等，均是闻名遐迩之家常菜肴。凤凰村一带另有一煎蛋之法，风味独特，最适于下酒或送粥。做法是取几条细嫩肥厚的新鲜萝卜干，以快刀法剁成碎渣状，再倒入鸡蛋搅拌以混合，鸡蛋以覆盖萝卜干碎粒为宜，放入铁锅煎成蛋饼状，异香扑鼻，让人食指大动。后来，我在潮州菜馆吃过做法相近的鸡蛋，只是厨师取陈年萝卜干（陈年的颜色变黑，味略酸，肉质松软，少了嚼头）。在潮州朋友家里吃饭，亦见其多取用陈年萝卜干，看来乃潮地风气使然。

粤西菜肴跟粤东菜肴均为粤菜分支，偶有相近乃至重合，不足为奇。我怀疑是否有更深的渊源，譬如上溯至祖籍福建，粤地不少村落，按族谱往上追溯数代乃至十余代，发现多从闽地迁来。我曾在闽东霞浦小城吃过猪肚汤及萝卜苗做的咸菜，另有多种菜肴，其做法几乎跟家乡一样，大为惊喜，更深处已无从考究。

鸭和鹅亦是凤凰村人爱养的家禽。就体形而言，鸭比鸡大，鹅又比鸭大，肉质细嫩及美味程度则恰好呈逆向。鸭总有鹅及鸡不及处，譬如杀一只鸡全家人不够颈（喻不过瘾不够吃），杀一只鸭就差不多了。鸭和鹅都是游泳好手，常待在水中。门口的池塘里，常有几只鸭子在悠闲地游动，像抹布在水面擦来擦去。看似悠闲或嬉戏，其实也在觅食，如捕食小鱼虾、黄沙蚬、田螺诸物。我们家里就养过鸭和鹅，亦可同时饲养。

每天清晨，我踏着红色霞光（有白色晨曦相混杂），持着竹竿将家禽驱赶到“荷包袋”的河湾里，任由其觅食、戏水，至傍晚才赶回来。视情况需要，偶尔亦喂些糠头、粥饭等食料。领头的公鹅走在前头，其余的跟在后头，叫声响亮，犹如一组嘹亮的乐器。鸭的叫声则沙哑低沉，让人心烦意乱。那一瞬间，我觉得它们本是同一类生灵，羽毛都是白色的。除了鹅的脖子更长一些，身体更巨型外，已无更大差异了。

祖母背着我在河滩上牧鹅，这对于我来说是一个重要的事件，这是我第一次窥见河流并互相凝视。我以为河流在我看见它的同时也看见了我。二十年后，我不经意中跟母亲谈起了年幼时跟祖母去河滩牧鹅的经历,这让她深感惊讶!

我祖母是在一九七六年去世的,那时我仅有两岁。祖母为了防止我从她的背上掉下来,使用了粤西乡村最常用的背带。我忽视了祖母佝偻着的脊背,我不知道我的身体对于一位老人来说是越来越沉重的压迫。我只看到一团灰黑的身影在一群白鹅之中笨拙地弯下腰去,弯下腰去。她在河滩上行走着,捡拾着浅水上的河蚬和河蚌,有时还能抓到一两只毛蟹。她穿着一双褐色的草鞋,它是由“关草”编织而成的,甚至不能在沙滩上留下完整的脚印。祖母置身于白色鹅群之中的景象,具有一种木刻版画的效果,多年来一直深刻地楔入我的记忆。

鹅弯下脖子吃草,跟祖母在河滩上低头捡蚌在本质上并无不同。但那时我无法理解草芽在鹅嘴中的营养和苦味,那些脆嫩的草叶通过鹅长长的喉咙,转化为成长和行走的力量。据说家鹅的祖先是大雁,鹅也许一直没有放弃过飞翔,我曾无数次看见过它们在河岸上扑打着翅膀并幻想它们会把我带到天上去。然而,我一次次受到了打击,并承受了鹅群深刻的沮丧。我的失望乃是十二只鹅失望的总和。我开始意识到一个人的局限和事物之间的相互牵制。也许我过早地看到了不该看到的东西,它几乎使我的梦境出现了边界。而梦境应当是多么广阔的啊,一个孩子的梦想就更加神奇和瑰丽!

鸭子的祖先是野鸭,过去长滩的河湾还偶能见到,现于当地是绝迹了。那是一种羽毛灰黑的小水鸟，会飞，但飞不高远。

鸭子的种类很多，当地就有火鸭、麻鸭、田鸭、番鸭等十余种。有一种全身羽毛纯白色的鸭子，肉质最为细嫩、鲜美，又皮薄肉厚，村里人叫其“扶鸭”，可能是番鸭中的优良品种。“扶鸭”的奇特之处在于，待羽翼丰满之后(双翅交叉如剪刀状)，能轻巧地飞上高处，如竹梯、桉树乃至飞越两三米高的篱笆而扑入菜园。鸭子飞上天去是神话，能飞却是事实。鸡或鹅已基本丧失了飞翔的能力。鸭子通过练习可以自如而短促地飞翔。毕竟，会飞或不会飞的感受是不同的吧。会飞的鸭子就不大爱往水里跑了，而是时常在院子乃至菜园里炫耀其神奇的能力。这就招惹了麻烦而导致母亲用剪刀将其翅尖剪去。鸭子只好老老实实在地上踱步。我不知它的心情如何，却心里一揪。我求母亲不要将另外那几个马上能飞的鸭子剪毛，母亲说：“不剪它就无法无天了，到时也逮它不了啦。”

鸭子认路的本事很了得，有时我来不及去河边驱赶，它们就自己排成队列嘎嘎叫地回来了。其实，它们一天往返多次，即使去到远处，也认得归途。每年总有鸭子被瘟疫袭击而夺去性命，这都是禽流感作祟。村里的人养家禽，没掌握什么技术，多是顺其自然。村边的小河里，经常有养鸭人(专业户？)背着竹篓提着长竹竿在放牧鸭子，鸭子怕有好几百只，于瞬间占满了河湾，像一朵朵白色或深色的花。花在盛开，白色的多是“扶鸭”，深色的主要是火鸭。鸭子在水里钻出钻入，或扑腾着双翅，那是河湾或浅滩鱼虾遭受灭顶之灾的时刻。鸭子都是捕食鱼虾的好手,它们比一张拖网更给鱼虾带来毁灭性的打击。而养鸭人背上的竹篓,乃是为了捡拾河滩上鸭子忽然坠地的蛋。他已捡了小半篓。鸭蛋比鸡蛋大,又比鹅蛋小,而其粗糙程度亦相应增加。这跟三种家禽的体形亦相称。

鹅的生活习俗近似鸭,俨然是鸭的放大版,但其脖子的比例更长,犹如修长、弯曲的琴状乐器之一部分。鹅喜食草根,啄螺蚬诸物,亦喜水。

当两只白鹅浮动在河面上,或随波逐流,或努力保持静止,宛若两朵硕大的白莲花在水面缓缓绽放, 又像两块抹布在擦来擦去。据说鹅的祖先是大雁,天鹅当是其近亲,而家鹅已丧失了飞翔能力。它的翅膀仿佛只是累赘,以其堪跟小型鸵鸟媲美的笨重身躯,根本无法被带上天去。母鹅温驯,公鹅则性情凶暴。尤其是那种鹅冠如肉球的“狮头鹅”身体魁梧,昂首挺胸,雄视阔步,俨然是群鹅的首领,等闲猫狗亦不敢挫其锋芒,只好退避三舍。我家里曾养有一只公狮头鹅,每天就守在门口的巷子上,见人就啄,如拦路的匪盗,即使遇到我也同样无礼。我八九岁时,几乎每天都要跟它打上一架, 仍丝毫占不到便宜。那些穿开裆裤的孩子,见它扑来总是吓得哇哇大哭。鹅亦甚警觉,我家很少养狗,那只公鹅基本上充当了看家狗的角色。

邻里之间, 鸡鸭失踪或被人捕食之事屡有发生。而一旦丢却,家庭主妇悲愤之下必站在村巷泼口痛骂,声音让每个人都听得清清楚楚,内容之恶毒让盗鸡鸭者赶紧释放(若尚未进肚子的话)或恨不得呕吐出来。妇人如此恶骂,一是为了借诅咒之力望人家将其放出来,尚存一丝希望;一是纯粹泄愤,辛辛苦苦养大的鸡鸭,只望在过节时宰杀敬神用,不曾料想却进了歹人肚皮,焉得不气?我想起《聊斋志异》的骂鸭故事,那是一个对偷盗者天才性的惩罚设计,让人毛骨悚然,但作者终究慈悲,没让其终生皆为鸭子。只是妇人如此痛骂,若按书中讲述,岂不正好将其解救?

2.火鸡

火鸡无论就其外观还是体形来说, 都跟我们熟悉的诸种家鸡判若两样。依我后来在动物园看过的鸵鸟及孔雀来看,似介乎于两者之间,让我怀疑它是否相当于家禽里的"骡子",并非是单独的物种。这当然毫无根据,至少骡子无法生育,火鸡却能繁衍后代。对于村庄来说,火鸡是外来物种,我家里没养过,村庄养火鸡的倒也为数不少。这种巨型家禽一旦在田野上出现,犹如侏罗纪时代的恐龙横行于大地,即使是狮头鹅亦畏其三分。

火鸡食不厌粗,生长迅速。当三五只火鸡在草地上现身,就如几部小型割草机在轰隆隆地驶过来,寸草不留。这样的庞然大物一旦出现在稻田中,会将稻苗齐根剪除并吞咽。它们犹如重装甲兵,越过陈年篱笆时摧枯拉朽,所向披靡。不是用木头钉成的牢固栅栏，休想阻止火鸡的前进。

火鸡的冠红艳挺拔如旗，颈部长有一长串嗉子。火鸡冠越长越大，随风吹动，往下耷拉。被称作“鸡冠花”的那种乡间粗生花卉，其命名可能受到火鸡冠的启发。火鸡性本暴烈，鸡冠一旦被孩子触摸，更是怒发冲“冠”，不独颈项间的羽毛根根竖起如箭矢，尾后的翎羽更像一把折叠的雨伞“啪”地打开。这就是火鸡开屏，色彩斑斓，辉煌艳丽。这也是它跟孔雀的相似之处。一帮孩子常围着火鸡群追逐，冒着被其利喙啄得鲜血淋漓之厄而一次又一次地去触摸其冠冕，就是为了目睹其开屏取乐。火鸡的怒气渐消，团扇似的尾屏又缓慢地合拢，收束如折扇。那些孩子的骚扰无疑让火鸡苦不堪言，在那帮孩子当中，曾有我的身影。年少时干的荒唐事太多了，触怒火鸡取乐，比跟狮头鹅打架及跟鬼落山私人果园的看家狗相竞赛，都更具乐趣和刺激。像火鸡这样的奇异之物，我们接触得太少。

摸火鸡的一瞬间，我仿佛看到了一扇奇异而多彩的门，而尚未等我走到“门”边，它已合拢了。那扇门就在无数次开与合之间，让我窥见了某些神秘事物而不能触及。伴随着火鸡愤怒地打开羽屏的是孩子天真而邪恶的轰然大笑。据说孔雀开屏是为了炫耀美貌以求偶，或开合于心情舒畅之际。火鸡开屏似不在此列，不过，此乃被迫开屏，可能是表达怒火或耀武扬威。但一只再强壮的火鸡，也无法使一个少年感到威胁。

那天午后，阳光被微风摊得更薄、更细，如丝绒如粉末从天上洒落。几只火鸡在秋收后的稻田上踱步并觅食，它们胸有成竹,从容不迫,它们在享受那一刻的阳光、清风和悠闲。即使在黄昏就要被屠刀割断脖颈,也会保持那种平静和喜悦。

突然,带头的火鸡嘎嘎地鸣叫,尾后的翎羽缓慢而准确地打开,羽毛一根接着一根,不会遗漏任何一根纤小的翎毛,直至撑成了接近于圆满的花团锦簇的大团扇。后头的几只火鸡也跟着开屏,其中一只火鸡的屏有一个尖削的小缺口,彼处有三四根翎羽曾被阿牛强行拔下并插到了他的草帽上去。那群开屏的火鸡长时间保持着这个姿势,雄视阔步,往前踏进,似乎遗忘了觅食而彼此沉醉于对方的美丽与气度。一直踱到稻田的尽头,才纷纷收屏。那瞬间,我被一股无法说清的力量击中了心灵,原来火鸡自动开屏是如此喜悦,那就是生命与美的力量。这在我心里留下长久的震荡。一个人要学会尊重他的同类固不容易,而要学会尊重一只家禽就更难了。这需要某个奇妙的契机或受到神秘的教育。

那天傍晚,我看着那只狂怒地向我扑来的公鹅,它真是个暴躁的孩子。而我想明天就去看鬼落山私人果园那只凶悍的大黑狗。如果它冲我狂吠时,我不是冲它掷出石头,而是友好地朝着它“汪汪”叫几声,将会是什么样的情形呢。

3.牛和猪

牛在乡间拥有崇高的地位,犁地、耙田乃至搬运等重苦之活都得靠牛。有了牛,等于请了一个大力士做帮手。有专门的人管牛的肚子,至于那个人的肚子可没人去管他。通常,牛由孩子照顾。每天清晨,男孩子驱牛上山,等它吃饱了再牵回来。而女孩子就挑了竹筐去割青草,在小河洗干净了好喂牛。偶用米糠、番薯叶熬一锅汤让牛喝,算是给牛打牙祭。在我看来,放牛不仅是劳作,还是游戏,轻松而好玩。一帮放牛的孩子在山上捕蝉,追逐,捉迷藏,垒小泥窑煨番薯,摘山稔子……诸多节目层出不穷。

但我家没有牛,我就没有放牛的必要和藉口。尽管如此,我宁愿跟着大伙儿去山上放牛,那时我游手好闲,闷得发慌,村子的孩子都有事要做,我找不到玩伴。我在山上跟大伙儿玩得胡天胡地,痛快淋漓,只是午后或黄昏归回,每个孩子都赶着一头黄牛或水牛,有的还骑在牛背。我跟在后头,显得滑稽而心虚。有的大人还故意逗我:"咦,你赶回的牛像神的兵马,看不见的哟。"

我一直因为家里无牛而抬不起头来。但父亲煞有介事地跟我算了一笔账,说家里也就近二亩田地,用锄头掘一掘就过去了。养了一头牛,就得照管它吃喝,反为累赘,一年两造,所辛苦者无非是三五十天,平时就闲过狗畜了。真买了牛,谁来照管?我跟弟妹一迭声地说:"我去,我去!不就是吃草么?田垌山坡上到处是草,禾田、豆地的草也要扯出来,正好喂牛。"父亲说:"不仅仅是让牛吃饱,你要它犁地耙田,还得跟它做好朋友,跟它聊天,讲故事,有了感情才会帮你干活。"我摇头不信。母亲也是爱面子之人,在一旁帮腔。

父亲终于从一个做“牛中”(买卖牛的经纪人，有时兼作担保，通常为乡间有威望及富庶之人）的亲戚处赊了一头小山牛(即黄牛)。该牛毛色黑油油的,精神抖擞,与其说它是牛,不如说它更接近我关于马的想象。我十分喜爱它。重要的是,我也有了一头牛,我可以理直气壮地汇入放牛孩子堆里,昂首挺胸,趾高气扬。那牛还小,也就三四个月大,仅系了辔头,尚未穿“牛剑”(用铜环穿透牛鼻子并系上缰绳,以利于驾驭。牧牛者稍一用劲,必有数十倍力气作用于牛鼻孔的柔嫩处而让其疼痛难忍，发明此法之人,堪称刑罚的天才,但也太冷酷无情)。我利用缰绳牵它或改变其方向,却没有穿“牛剑”那么得心应手,有时得看牛的脾气。至于驱赶自有竹枝充当鞭子,鞭挞之威力我多次检验过,屡试不爽。我执着鞭子,犹如掌握着代表权威与法则的权杖,变得踌躇满志,不可一世。

有一天,我终于为对那头牛的傲慢付出了代价。

那小牛养了数月之后,初露峥嵘,额头逐渐钻出了两个短小而尖锐的角,它毛色漆黑,四蹄如墨,显得英气勃勃。我梦中曾多次出现的马,仿佛就在面前。我心神一荡,遂用手抓住它的双角,想试一试自己的膂力，以为可轻而易举地将它扳倒，但我失败了。它躲闪着,挣脱我的手,它仿佛看到我的嬉戏性质,并不恼怒,只是眨着亮汪汪的黑眼睛望着我,似大惑不解。它继续弯着脖颈去吃草。我试了几次,均不得手。我忽然灵光一闪,一跨腿就往牛背上迈去,我想尝试一下驾驭它的滋味。这次,它暴怒了,猛地将我颠下来。我刚站起来，它又低头冲着我的屁股撞过来，我赶紧往山脚下拼命逃跑，而它在后头凶猛地追赶。幸亏有位大人在旁，举起铁锹才将它吓退，那小牛好久才平息情绪。我试探着牵起缰绳，将它牵回了村庄，犹显悚惧。

牛虽然温驯，但若“飚疯”，则是让人恐惧之事。我多次看到牛疯狂地奔跑，四蹄翻飞，速度惊人，平时驯服的耕牛，此刻像中了邪的怪兽，尘土飞扬，地动山摇，声势惊人，仿佛具有摧毁一切的力量。那牛在村巷里狂奔，踩死了两只鸭子，踏碎了数只木桶，幸而没伤到人。牛的主人无法拦截，只好跟在那牛的后头奔跑，大声呼喊示警：“牛飚疯啦，牛飚疯啦——”路人闻声赶紧避开，牛有时会跑过十数处丘陵、田垌，方才将情绪平息，仿佛如梦初醒，慢慢放停脚步，并最终停顿，大口喘气。也有的牛一直跑到累倒在地，力竭而亡，而到底是受了什么刺激，谁也不知道。

村人养牛，主要是用来耕田，直至老迈无力，才卖给人屠宰，取皮吃肉。我那头小黑牛发怒，倒并非是飚疯，而是被我惹火了。它以愤怒和力量让我学会了尊重一个畜牲。我们和好如初。

又过得数月，父亲决定举起耙去教它耙地，而将较困难的犁田放在最后。父亲出师不利，它要么傲慢地伫立着，一动不动，仿佛像个高贵的王子。父亲手握铁耙，另一只手往牛臀上举起鞭子，那孽畜发起狂来，拖着耙在地里狂奔，父亲慌不迭地躲避，方才没被矛尖般的耙齿戳伤。连接牛颈及耙的牛轭也被它甩到地上，父亲又往牛脖子处置放牛轭，接好耙，试图再来一次，折腾了几个回合，父亲始终没有将它降服，路人像看马戏似的，哄堂大笑。据说牛也会看人的，若逢着强横之人，不敢不服，却会欺负老实人。父亲不解地望着手上的鞭子，其实他缺乏的是技巧和经验。他终于沮丧地放弃了教牛耙地的想法。那么，此牛就没有留它之必要了。当牛上蹿下跳之际，母亲突然发现，牛全身皆黑，唯肚底处一块雪白如手帕大。从相牛术看来，此乃怪异凶悍之相。怪不得先前将我顶得四脚朝天，如今又不服管教，以后还不知道闹出什么乱子来呢。她不禁埋怨亲戚居然将这样的孬牛卖给我们。我们将它卖掉后，再也没有牛了。

多年后，我想问题在于父亲，即使是熟练耕作技术的牛，父亲也不懂驾驭。更关键处在于，我们没给它穿“牛剑”，否则它必定服帖如绵羊。

猪在凤凰村是最重要的家畜之一，养牛是为了干活，养猪则是为了赚钱。一头大肥猪养到年底，有一两百斤肉，卖到食品站去，往往是该户人家一年中最大的一笔收入。过年的花销，来年的种子、化肥及农药，乃至小孩的学费，都得着落在猪身上。因此，对猪怠慢不得。每天好吃好住，一日三餐，当爷孝敬，就是希望猪们专心长肉。

每天清晨，农妇踏着晨曦的第一缕光线步入庭院，她摸黑踩着露珠从番薯地里割回了一竹筐薯藤薯叶（在坡头地尾种植番薯苗，不为了薯实，而纯粹是为了有足够的薯叶喂猪）。农妇将薯叶放在砧板上举起菜刀斫砍，一阵叮叮当当的声音响彻庭院，听来杂乱无章，实则如繁弦急管，蕴含着快促而有序的节奏。几乎于瞬间，村庄响起了一片浩大而清脆的砍番薯叶之声。

母亲用左手按住一把番薯藤，右手急速地举起并下落，上下翻飞，仿佛毫不费劲而纯粹是为一种奇特的韵律及内劲所牵引。这是手的舞蹈，而菜刀在切割中愈发闪亮和锋锐。薯叶被砍得稀烂，这有利于猪的吞咽和消化，并转化成肥肉。母亲的目光只扫向待切的薯叶及盛装碎叶的大锑煲，她几乎不看刀和砧板。母亲不会砍到手，刀光和刀声构成了奇妙的对照及互文关系。母亲的刀法已到了熟能生巧的地步。我后来学习课文《卖油翁记》，对“无他，惟手熟耳”心领神会。切碎的薯叶掺入米糠及数只番薯，被盛入锑煲安放在灶头的第二格上。通常，村庄的灶头有三个锅位，第一格火力最猛，乃供煲粥饭或杂粮之用；而第二格就是煲猪食了；最末的一格，火势乃强弩之末，但毕竟尚有点热能，不可浪费，乃放一个旧煲烧些热水备用。

凤凰村每家都有一个猪栏。有的是生产队时期集中成片的猪舍分割所得，有的是自家后来用泥砖修建的小屋。猪圈又常跟粪池连在一起，猪粪扫入粪池中，既解决了猪栏的卫生，又得到了农肥。猪栏的门口有五六根桉树木头做的“弄子”安装在门洞里，预防猪偷跑出栏，但又能使猪栏保持通风。没有人欢迎猪冲出猪栏到田野跑步撒欢，这对猪锻炼身体不无裨益，它也会心情舒畅，但不利于长成胖子。况且还得有人看管，践踏庄稼倒是小事，或失踪或跑到山上去做野猪那可麻烦了。理想状态就是猪吃饱了就睡，睡醒就吃，不需要它干活，也不必胡思乱想，一心生肉即可。当然也不能生病。有时主人宁愿自己生病，也不想猪生病。人病了睡几觉、熬几天就好了。病死的猪就白养了，只好扔掉。农民们发现，兽医比治人的医生水平更差。

猪兜是用木板制作的水槽状容器，横断面乃是一个梯形，上大下小，长约一米，由于每栏至少养两头猪，这样就有利于猪争食。喂猪犹如哄小孩吃饭，颇为头痛。如果只养一个，就会爱吃不吃，慢慢吞吞，若有了争食的，就吃得飞快了。况且，一个是养，两个也是养，反倒经济。这本是农民养猪的计算，又应用到养小孩上去。孩子一堆，在坡头地尾丢丢摔摔就长大了。很少人去关心小孩的心灵及其想法，也就是在教育上重视不够。农民认为那是学堂和教书先生的事，何况他们就是这样长大的，也同样没有人教他们。至于做人么，长大了自然就会，就像石头被河水冲刷，自然变得圆溜和玲珑，多碰几次钉子，就懂得夹起尾巴做人了。

人们不怕猪吃得多。吃的是番薯叶，长出来的是肉，这笔账谁都会算，至于付出多大的劳动力，很少人意识到那也是成本。农民除了气力一无所有。他们从不怕花气力。有时在猪食中放点盐，或掺入几条咸鱼，猪们就吃得心花怒放了。两头猪，一顿得吃掉一担潲水，用木桶盛着，挑到猪栏去，再用瓜勺或塑料勺舀到猪兜上去。

农民家里有数担类似的木桶，譬如水桶、粪桶及潲水桶，本来无甚区别，因为不同的用途，就有了不同名称。就如人一样，被分成(或成为)了三六九等。原本都是草包，但草包穿上制服就成了官员，人模狗样的，仿佛就掩饰了脑壳里的一堆稻草。

为了猪专心长肉，又得阉割(公猪)以杜绝其想入非非，做法跟阉鸡的性质是一样的。小公鸡会变声啼鸣了，已意味着长大成鸡，必挨一刀。而猪长到二三十斤，就应该动手了。阉鸡佬及劁猪匠通常一人身兼两职。每逢劁猪匠福兴干活，都免不了引来孩子围观。我最感兴趣的是福兴那个蓝色小包袱里的器具，刀、钳、针线及一把精致的小勺子，银光闪烁，那把勺子曾从无数只公鸡的腹腔舀出玻璃珠大的鸡子。小猪被福兴用双腿夹住，从猪腹处用小刀切割，掏出一物，顺手一扬，早被守候在旁的狗一口叼走。那些鸡只好干瞪眼，骂骂咧咧地走了。他拿起针线迅速地缝合，比经常飞针走线的农妇还要灵巧，这一系列复杂的工序在瞬间完成。小猪被释放回猪栏，它惊魂未定，大伤元气，缩在墙角上瑟瑟发抖。

一头猪从初春养到年底，至少要十来个月。跟猪有关的物什甚多，潲水勺、桶、猪兜刚才说了，而猪笼亦有大小之分，全由竹篾编织而成。从市场上捉“猪口”(小猪)回栏时用小猪笼，养大后就得用大笼子，将大猪捉入笼中，再用独轮车、双轮车推到石湾墟(没车的只好用人力扛了)的食品站被收购。后来随着乡村建筑业的兴盛，那种运装水泥混凝土的铁皮斗车亦大行其道，当作运载工具。农民们发现操作并不难，其灵活自如不让砖瓦匠专美。

那种大猪笼，在祠堂中常年备着几个，做社时杀猪使用，偶尔亦有某个特殊而惊悚的用途。旧社会用这种装猪的容器装人并沉入水塘之事，早已销声匿迹。据说有个旧猪笼，就有幸承担过这任务，因而不同凡响，它悬挂在祠堂厢房的横梁上，仿佛在强调某种乡村禁忌的不容侵犯。类似的桃色事件在凤凰村甚少发生，邻村张家村、大孙村等倒是接二连三。这些人加上杀猪的、补锅的、磨刀的、打铁的、伐木的、跳大神的、唱戏的、吹唢呐的、抬死人的、乡村货郎等亚职业都是乡间的另类，身份固然是农民，却又不纯以种田为生，还依仗某些手艺或技能去挣钱。

父亲有一次出猪回来，心里高兴，给我和二妹各买了一个猪笼饼。里面那个形如猪仔的饼干黄澄澄、香喷喷的先不说，光是那个充当饼盒的小猪笼就夺人眼目。它纯由麦秸织成，染成红蓝二色，实在精巧而别致，让人爱不释手。饼吃掉了，玩具却留下来，并在“过家家”游戏中大派用场。我一次次地用它装小石头当猪而“出猪”，足足玩了一个秋天。关于猪的器具，对于养猪的农民到来说，到此为止。但在杀猪匠那儿，还有一系列用具，如杀猪刀、刮毛刀、切肉刀、剔骨刀、秤具及螺号（以作叫卖之利器）、稻草绳诸物。

四周村庄的猪都要运到石湾墟食品站去收购，不准私宰。价格当然有食品站根据上头精神而定（精神有时仅是借口，里头实有太多手脚），由于是垄断，损失的自然是农民。农民最恐惧那个摸不着看不见却像飞刀割肉那样让人心疼的“精神”。每次都得将食品站的人当老爷来敬，否则下水、猪杂剔除不收不说，光过秤就让你欲哭无泪。尽管禁止私宰，仍无法绝迹。常有杀猪匠跟农民说好了，于三更半夜潜入村庄，主人早烧好了一大锅水，杀猪匠过秤、杀猪、刮毛、开膛等一系列工作，接二连三，干净利落地完成，交割钱款迅即离开。这样，主人和顾客都能获取较大利润。当然，也有食品站联合工商部门巡夜，若逮过正着，必罚以重金乃至没收猪肉，被罚者叫天不应，只好自认倒霉。

十几年前的农家猪肉，不仅卫生，而且好吃，都是吃薯叶、米糠长大的，不喂饲料，更没有什么瘦肉精。人们都遵守游戏规则。要长足一年，方才出栏。现在的猪肉，从养猪到肉联厂，再经卖肉之手到百姓口中，层层检查，程序繁琐，看来滴水不漏，却常让人吃出问题。看来监管的人不是里应外合，就是白吃饭了。如今要吃一口像样的猪肉已不可能。城里也有标榜为土猪肉的出售，但一入嘴就知道是怎么回事。

我在小时候，家里也养过几年猪，后来父亲一盘算，认为养猪赚不了钱，倘若是买苞谷饲料的话，那就亏定了。母亲觉得父亲的计算有问题，起码到了年底出猪，好几百元到手是没问题的，这就可以解决不少问题。父亲说：“那只是存钱呀，将买猪的成本及猪食存起来而已，还不算发猪瘟呢。”母亲仍觉得父亲不妥，又说不出什么道理。只是她那一手砍薯叶的刀法没了用武之地，觉得有些失落。薯叶是地里长的，柴火是山上砍的，养猪所耗成本不大，至于喂猪的劳力闲着也是闲着。

父亲宁愿悠闲一些，也不愿干吃力不讨好的活。什么是赚头呢？他觉得养鸡倒是一个门路。于是，那几年，父亲不养牛，不养猪，养起了鸡。

凤凰村在刚分单干那几年，养的都是本地土猪，猪崽亦由农家母猪所生，黑背白肚，个头矮小，猪肉却鲜美。过得几年，就逐渐被身形长大的“良种”白猪代替了。这种大白猪可以长到二百多斤肉，经济效益更高。大伯父本来养了一头本地母猪，每年都会下一窝小猪，十来个不等。后来见没了市场，也不养母猪了，反而养了一栏白猪。近二十年来，每年做年例，他都要杀一头猪，摆十几桌酒席。猪肉、排骨、下水等在年初六、初七做成各式菜肴，被享用殆尽。另切出一部分猪肉让客人带走。

每次杀猪完毕，大伯父都割些猪杂及瘦肉煮一锅汤，叫我也去吃。大伯父只会叫我，他历来瞧不起父亲。他认为父亲人又懒，又没本事，活该受苦挨穷。

大伯父是村庄最勤奋的人，每天凌晨，就带子女下地干活，晚上披星戴月归回。大堂哥说过，他十几岁时起，每个山坡几乎都有菜地，光小粪池他就挖了十几个，那不是人干的活。莫说父亲做不到此种地步，就是堂哥们也怨声载道，待成年后自立门户，就纷纷造反了。大伯父烧过石灰，养过母猪，种过蔬菜去卖，总之没有片刻空闲，年逾八十，仍在乡下辛勤耕种。辛勤劳作及经营有方，给大伯父家带来了不菲回报，至少，他在青年及中年时曾先后两次建房子，在村庄称得上是能人。所建房子在当时也算得上是豪宅，这让他大长面子。

父亲耽于想入非非，不是忙着搞创造发明，就是闲散游荡。他每天几乎都要睡到十点左右才起床，喝几碗粥再出工，不到下午一点就回家了。中午休息，待午后四五点才出工，天没黑就回来了。他说夏日阳光太毒，不可暴晒，他刻意避开并禁止我们中午出门，不管是干活还是摘野果或捕鱼。农民最忙碌的是春种秋收，而六月天则要将早稻收割并将晚稻插秧，是谓“双抢”，乡村学校都会让学生放农忙假，父亲仍然不疾不徐，按部就班。而在冬天，我们简直在度假了，显得无所事事。

所有的猪都免不了挨一刀，养猪就是为了吃肉。很少猪可以活够一年，种猪及母猪例外，可以多活几年。猪圈里的猪仿佛都清楚自己的命运，看上去愁眉苦脸，无精打采，睡眼惺忪，关在猪圈里的猪一辈子不得自由，犹如囚犯。也许，它们还会记起做猪崽时跟着母猪在田野上游荡觅食时的欢乐情景，离开母亲之际，亦是失去自由之时。我见过一只狗摇头摆尾，眉开眼笑，也见过一只公鸡昂首啼叫，亢奋不已地扑打翅膀，但很少会看到一头快活的猪。一头驯服的、认命的猪无异于行尸走肉，它连行走的自由都没有。

那年夏天，我遭遇了一头不甘于囚禁的猪。它每次总有办法将“弄子”整开，从猪圈跑出来。它是庆会家里的，在田野上打滚，撒欢，像骏马来回奔跑，像狗上蹿下跳。它竟爬上池塘边的歪脖子相思树上去，扑通一声，跳入水塘，又游上塘堤，抖一抖水珠，在塘堤上撒蹄狂奔。当它一跑出来，庆会带着两个小孩去追赶它，围追堵截，有时跑过数块稻田，涉过几道溪水，才可能将猪赶上。猪没事，人却累得气喘如牛。没过几天，它又总能偷溜出来，要么拱人番薯，要么践踏菜地，总之惹是生非，一路撒欢。

在更多时候，它只在河畔上缓慢地行走，像牛一样吃鲜嫩的草叶，享用河水的气息和草木的清香，还有辽阔无比的蓝天及苍茫大地。它常像人一样凝望远山雾岚缭绕着的树木，并久久地仰望天空。它是兴奋的，快活的。更多的时候，它安静如原野上的庄稼沉入晚风。但它最终免不了挨一刀。

4.飞鸟

燕子和麻雀是凤凰村一带最常见的鸟类，数量庞大，且在村庄出没频繁。麻雀常在苦楝树、桉树上筑巢，找一个树杈，衔来稻草、嫩茎及树枝之类，很快就搭建成了一个精致而舒适的鸟窝。麻雀的主要建筑工具不是脚爪，而是鸟喙，它的嘴将房子的檩梁及柱子一一铆接。也偶见麻雀在砖墙的缝隙中筑巢，更容易遭到孩子的捕捉。

大鸟在乡间销声匿迹，但麻雀一直保持着惊人的数量，似乎有增无减。这种细小、灰褐的鸟类，具有惊人的繁殖能力。它们生活在低处，喜欢贴近地面飞行或干脆像小鸡在地上行走或蹦跳。

它们将巢筑在灌木丛或低矮的屋檐，并试图像燕子那样融入人类的生活。这种企图一再遭到失败。人类接纳了燕子，但不喜欢麻雀。那种像剪子划过天空的小鸟，会发出悦耳的声音，据说还带来吉祥。麻雀的叫声凌乱而急促，让人心烦意乱。它们的翅膀仿佛只是摆设，没法让它们飞得更像样些。其实，它们更愿意靠近村庄，村庄给它们带来了食物。然而，人间种种不幸的气息，也势必像尘土吹入它们的肺部。

用弹弓打鸟，对孩子来说并非一件难事。美中不足的是，不可能活捉到一只会飞的鸟。一只被弹丸击落的鸟，只意味着"鸟肉"，而活鸟却是一件天然而绝妙的玩具，其价值不可同日而语。孩子们针对麻雀的贪婪，发明了一种捕获麻雀的绝妙方法，那就是利用筛子、木棍以及绳子构成一个针对飞鸟的死亡陷阱，当然，作为诱饵的几粒谷子是少不了的。

我跟同伴就利用这种方法成功捕捉过麻雀。同伴从家里拿来一只筛子，这种筛子是用细竹篾编织而成，密布着细密的网眼，通常是用来筛米糠的，它可以将糠筛掉而留下碎米。在麻雀经常出入的林间空地，我们用一根木棍支撑着筛子，筛子里放着几粒谷子，木棍的一端上拴着一根细绳，那根细绳很长，又拉到一棵大榕树的背后，就捏在我们的手中。大榕树就像天然屏障，恰巧可以成为我们的藏身之所。我们操纵着绳子，犹如操纵着一个简单而有效的机关，就这样等着麻雀自投罗网。

鸟类的大多数都栖居在树上，鸟巢就是它们的居所。在南方，最常见的鸟类是麻雀、鹧鸪和黄鹤，那些鸟巢就是它们的杰作，而十之八九又由麻雀所筑。有时还能见到兀鹰像铁片一样急速飞坠，但我从来没有见过它的巢穴。我曾经去过朝鲜半岛，我看到了漫山遍野的、光秃秃的树木，以及枝丫上无数的鸟巢。印象更深刻的是首尔的鸟巢。这在中国是不可想象的，孩子会用竹竿将鸟巢捅掉。

那些神秘的鸟巢，对孩子构成了难以言宣的诱惑。树上的鸟巢，由于距离而成了一个神秘之物。孩子们在树下仰望，但无法看清里面的底细，心中充满了疑问。里面可能有鸟蛋或刚孵出的雏鸟，但也有可能只是一个空巢。就这样，孩子们滋长了将鸟巢摧毁的念头。这些鸟巢通常都是麻雀的居所。科学家已经证实，麻雀主要以草根和害虫为食，堪称益鸟。但麻雀作为一种有害的鸟类，在人类的观念中根深蒂固，它甚至被视为跟苍蝇、蚊子、老鼠并列的“四害”而惨遭铲除。人类对于“有害”的东西从不心慈手软。于是，孩子们毁坏麻雀的巢穴，似乎就有了某种合法的依据。而对于捅别的鸟巢，就不容易得到大人的赞同。譬如捅掉燕子的泥巢，就往往会受到大人的呵斥。

在我的印象中，只要孩子们发现一个鸟巢，就从不轻易放过。而上山或到树林中去搜索鸟巢，也是孩子们乐此不疲的日常事务之一。我们的行动并不是针对鸟类的憎恨，而是源自兴趣。我们十分喜欢飞鸟，哪怕它是一只灰不溜秋的麻雀。我们认为掏鸟窝或捅鸟巢，是一种很好的游戏，当然也是一种邪恶的游戏。

孩子无法看清这种恶行。尽管我们占有了鸟类的飞翔,并取消其自由与生命,乃是无意识的行为。在乡间,没有人去教育孩子,莫去伤害这些无辜的小生灵。

麻雀窝就建筑在低矮的树杈上,这种鸟类不会将巢搭建得太高,它们仿佛懒得飞到高处。我们爬上树去,轻而易举地窥见了鸟巢里的所有。正如我们所猜测,要么有鸟蛋和雏鸟,要么空空如也。我们捡走了鸟蛋和雏鸟,鸟蛋被吃掉了,而雏鸟被我们喂养起来。如果是在高处的鸟巢,我们就干脆用竹竿捅掉。麻雀还在外面觅食,它们要等到天黑,才飞回窝里去。对付它们,我们自然有别的办法。

在夜晚,我们持着装上新电池的手电筒来到树林,揿亮了手电筒,一束强光将麻雀惊醒了,它们在扑棱棱地扇动着翅膀,那是一种试图挣脱梦境缠绕的翅声。它们睡眼惺忪,懵然无知。而我们突然将手电筒关掉了,黑暗在迅速合拢,那些麻雀不知所措,翅膀僵硬,纷纷像石头一样坠落地上。于是,我们轻而易举地捉住了它们。

孩子沉迷于飞翔的事物并试图模仿,纸飞机、放风筝就是这种模仿的生动形式。而在会飞的东西中,飞鸟给孩子带来了迷醉和神秘。鸟在高处俯瞰大地及大地上的事物,譬如田畴、河流以及屋宇。孩子们注视着飞鸟,目光中流露出对飞翔的向往与迷惘。每当北雁南飞,或孤独的鹰穿过云彩,孩子们总是仰望天空,表情肃穆,他们幻想着自己能加入雁阵中,或成为那只鹰。然而,人终究无法飞离大地，反而向地面坠落并被接纳。

在二十世纪八十年代的岭南山野，鸟的种类以及数量正在急剧减少。大雁或仙鹤销声匿迹，捕食鱼虾的黄鹤常暴卒于沙洲，猫头鹰在夜晚的枭叫难得一闻。当然，树林仍栖息着不少的鸟类，譬如白鸠、鹧鸪和红嘴雀，尤其是麻雀，这些身体细小、羽毛灰黑的小鸟，在屋檐和矮林间飞扑。

在乡间，麻雀是最常见的鸟类，成群结队，叽叽喳喳，犹如乡间爱搬弄是非的长舌妇。然而，这种鸟类的飞翔姿势拙劣而别扭。与其说它们在飞，毋宁说在跳跃，它们甚至走到地上，像小鸡一样行走。它们的翅膀短小而丑陋，而这样的鸟儿也会飞，这让孩子们难堪。孩子们不喜欢麻雀。它们在枝叶间的跳跃，是对飞翔的亵渎。孩子们感到一种强烈的蔑视。他们决定将麻雀从树上打下来。或者说，孩子们对麻雀并无仇恨或反感，这只不过是为打猎所找的堂皇借口。孩子们不仅限于麻雀，对别的鸟也不会手下留情。打鸟之乐，尤胜于其他。

孩子们持着弹弓，蹑手蹑脚地走入树林。林中一片寂静，只有麻雀在枝头聒噪。它们仿佛对这支游击队视而不见，或者不放在眼里。为首的孩子用手指竖在嘴上，“嘘”了一声，他示意同伴放轻脚步，以免惊飞林鸟。孩子们拉开了弹弓，那些尖锐的石子作为弹丸嗖嗖地穿越林梢，一群麻雀“碰”的一声，四处逃散。有一只麻雀像铅块那样坠落，而细小的羽毛四处纷飞。孩子捡起了地上的小鸟，它在微弱地颤抖，胸脯沁出血污，奄奄一息。麻雀宰杀后放入一煲滚粥，香味四溢。对于吃惯了竹虫或蝉的孩子来说，鸟肉的鲜美无与伦比。也许，这就是孩子打鸟的根本理由。

我在七岁或八岁的时候，在山冈上跟一只大鸟狭路相逢。它的羽毛一片金黄，灿烂如火焰，或燃烧的云霞。它像帝王一样踱步，旁若无人。我激动得无法挪动脚步，大鸟瞧了我一眼，忽然起飞，迎着天空飞去，犹如离弦之箭，刹那间就消失了。我瞠目结舌。我不知道它是什么鸟。后来，我无数次梦见各式各样的大鸟，但没有一个像它那么华美。

麻雀窝用“鸟巢”命名最准确不过，燕子窝却更像是一座微型的黄泥小屋。几乎每一座农舍都会有相应的燕子赶来，它们旁若无人，仿佛村庄的屋檐已被其占据并瓜分。开头只见一小团泥巴，大小均匀，细腻，今天还有水影，明天就干了，并泛出了泥土的灰白色。那些湿泥可能来自河岸的泥土。燕子的嘴巴既是搅拌机，又是搬运机，同时又是泥刀。这些细小而认真的瓦匠，在建筑这种泥房子时表现出极大的耐心和专业素养。那座小房子很快就完工了，它的外墙牢固、工艺精湛及建筑风格均让人惊叹。这是一座建筑在黄泥屋上的小泥屋，只是缩小了无数倍，宛若精心打造的微型泥砖垒叠而成。燕子的唾沫就是石灰浆，将其牢靠地粘合。

必须指出的是，这座房子是倒悬的。地板是现成的，就是我家屋檐下的木板或砖墙，而椭圆形的鸟犹如反向的穹顶往地下垂挂，至于出口则紧贴“地板”处留好。我专门跑去看别人家的燕子屋，发现这种倒悬或半悬挂乃是普遍现象。我很好奇燕子晚上睡觉的位置及姿势。倘若往地下方向平睡，势必将鸟巢压垮，但如果不这样睡，那只能像蝙蝠悬挂于屋檐下的地板了。这既是燕屋的基座，又是最牢固的，且是现成的，燕子的小房子就建筑在这个基础上。这就是孩子的想法。我那时将鸟类的睡眠跟人类等同起来，以为它们也四脚朝天躺在床上。

我忍不住持着一根长竹竿，将燕子的泥屋捅破了，从里头掉出了几颗鸟蛋，并“噗噗”地摔碎。两只老燕绕梁飞翔，看上去惊惶而恼怒，但没过几天，它们又在原址上重建房子。

应当说，燕子算不上美丽的鸟类，其啭鸣声也算不上动听。它浑身灰黑，颈脖儿(其实没有明显的颈部，头部跟身躯相接，犹如蛇的腰部不知该如何计算)的部位倒有一圈白色。它的双翼却引人瞩目，犹如两把镰刀，单薄、灵巧。当它收起时，犹如剪刀在合拢；而张开时，却如镰刀在空中收割着看不见的菽麦。它是飞行精灵，它在飞行中吃喝和淋浴，甚至于飞行中哺喂幼鸟。燕子的飞翔是最轻巧和自由的，仿佛毫不费劲，能在天上划出变幻莫测的线条和圆圈，勾画出无数迷宫似的图案，仿佛整个天空都是它的领地和花园。它甚至比鱼类在水中遨游更加灵活和自如。燕子热爱飞翔，而它将觅食及劳动当成了游戏。它在飞翔中以神出鬼没的方式捕食蚊子、苍蝇及其他小昆虫，并在飞翔中衔着筑巢用的泥团及喂养雏鸟的食物。

我常常在田野上，目睹燕子那出神入化的飞翔，时而上下盘旋，时而像箭矢射向高空。据说燕子是活动最频繁的鸟类，它们一分钟也闲不下来。

燕子的小泥屋是长久的居所，燕子很少单独居住，而是出双入对并建立起了彼此依赖的家庭，相濡以沫。雌燕是慈爱的母亲，又是忠贞的妻子，而雏燕也犹如穷人的孩子早当家，会协助母亲照料和教育更小的燕子。这些关于燕子的生活习性都是父亲告诉我的，他对其他鸟类并无好感，却对燕子情有独钟。他为燕子选择了"寒舍"筑巢而沾沾自喜。倘若有黄蜂来筑巢，父亲更乐得合不拢嘴。他认为黄蜂会带来好运和旺气（在粤语中黄、旺同音）。他说这么多，是希望我不要再对它们的建筑物痛下毒手。我做到了。

在凤凰村的山野上，孩子们能遭遇并有幸捉到的最大鸟类可能就是黄鹤了。鹧鸪及白鹤不是我们能染指的，兀鹰就更不必说了。那种黄嘴角及羽毛黄色及褐色杂陈的大鸟却是飞行拙劣的笨伯。它们爱守在水边，像鱼鹰一样捕鱼并含在喉囊里，飞回巢中吐出来喂给幼鹤吃。黄鹤飞得吃力，短促，且飞不高。那副手忙脚乱的样子枉有飞鸟之名，简直跟一只会飞的鸭子差不多。因而黄鹤的鸟巢不会建在高处，而是选择茂密的灌木丛或荆棘林。上山摘稔子及山蕉果的孩子在芒草及灌木丛中行走，分开枝叶，发出簌簌的声响，时常将黄鹤惊得飞起来，而被孩子们徒手擒获。有的孩子常带狗上山，那种看家狗在山上奔跑跳跃，亢奋异常，对猎狗这个角色很满意，希望将黄鹤从密林驱赶并协助主人擒获。

孩子们捉黄鹤纯粹是为了玩耍，黄鹤肉腥臭，无人食用。麻雀虽小，肉却美味，孩子们爱捉来煲粥吃。黄鹤的叫声亦含混沙哑，算不上婉转悦耳。

兀鹰常在村庄的上空盘旋，据说鹰眼最为锐利，它在高处，却不放过地上的一举一动。鹰类是高空飞行的高手，它沉着从容，不会像燕子那样有什么花架子，它飞行得几乎像在静止！一只浑身漆黑的兀鹰像一块黑铁在空气中浮动，连羽毛也像铁片单薄而沉稳，几乎没有振动。而它一旦发现目标或猎物，就急剧地俯冲下来，像漆黑的闪电那样划过，以迅雷不及掩耳之势，将猎物捕捉并遁逃现场。它经常捕食田鼠及小鸡。村庄的母鸡带着小鸡在草地上觅食的情况屡见不鲜，这就将兀鹰吸引过来了。"兀鹰叼鸡"是村庄时常发生的情景。

无论大人还是小孩子，一旦发现兀鹰出现，都要大声呵斥以驱赶。没听说过有谁活捉到兀鹰。它飞得太高了。我从未见过一只兀鹰是静止的，既没见过兀鹰像红嘴鸟伫在枝头上，也没见过一只死兀鹰。我也从未见过一处鹰巢。据说中火嶂的悬崖有兀鹰的巢穴，但我无缘得见。鹰是神秘的，我不知它从何处来，又要到何处去。它也是高傲的，不屑于以燕雀为伍，更不愿栖息于低矮杂树中。它神出鬼没，来去无踪，它偶尔现身于村庄的上空，只不过看上了那些鲜嫩可口的小鸡。在凤凰村，它是唯一明目张胆地去劫掠人类的生灵，其他如狼呀狐呀野猪呀，已被人类消灭殆尽，但人们对鹰无能为力。也曾经有人设圈套，放小鸡、网兜诸物诱捕兀鹰而未能得逞，这种方法曾让那些愚蠢而贪婪的麻雀自投罗网，也许鹰在高处已洞悉伎俩。也有人以气枪射击，却连鹰毛也打不到一根。

比起燕子来，兀鹰也许飞得没那么灵活，但也没那些轻浮的花招，而是扶摇直上，雷霆万钧，即使它停下来，仍然保持了王者的气度和尊严。当它在高空上飞翔，双翅自然地轻拍，“人”字的两边笔画在反复书写，仿佛不是它在飞行，而是被气流所推动。

我在村庄生活时，无缘目睹其他鹰类的风采，兀鹰可能只是最不起眼一种，饶是如此，我已为之迷醉。那天午后，一架银白色的飞机穿透了滚滚乌云而飞向远方，它看上去如此闪光而细小。一只兀鹰正在高处翱翔，它们于瞬间交错而过，在我的视线之内，鹰甚至飞得高过了飞机。

鹰总是独来独往的，看上去如此自信，却又何其孤独。它很少开腔，不像多嘴的麻雀那样叽叽喳喳，不像呢喃的燕子跟配偶说着绵绵情话，也不像云雀如天女散花般舒展歌喉。它保持沉默。它没有同伴，没有朋友，甚至找不到敌手。一只鹰高高在上，君临天下，仿佛远离尘世的喧嚣与烦扰，然而它也终究要觅食，才不得不接近炊烟四起的村庄。

现在回想起来，我很难理解一个孩子对鹰怀有的隐秘期待，那完全是出于对鹰的盲目喜爱。然而要刻意寻找一只兀鹰是无济于事的,你只能在某些时刻与其相遇。它出现过,又飞走了,每一只鹰看上去都像是同一只鹰。也许它们真的是同一个。至少在视觉上没法区分,一个孩子站在村庄的空地上仰望兀鹰,却没法目睹其细微奇妙之处,譬如兀鹰的脚爪、羽毛以及鹰眼的瞳孔上是否映照着孩子满怀惊羡和狂喜的脸。那个孩子不止一次在黑夜中召唤着鹰,想象鹰挟裹着夜色降临屋顶。鹰的黑翅犹如夜晚的一角,却仍然蕴藏了黑夜的丰富、幽暗和深邃,也许还有惊异和恐惧。然而,即使有鹰飞过村庄,你也不可能目睹,鹰的身躯全融入了黑暗。他只能在梦境中见到兀鹰,乃至变成了那只鹰,沉醉于飞翔而浑忘了捕食。鹰在飞,天空如一张无限大的白纸,它像一支黑笔在画写而没有留下字迹。当孩子于清晨醒来,他仍依稀记得飞翔的乐趣以及双臂因为过度飞翔而微微酸痛。如果一个人想飞,那么理想的榜样不是燕子和麻雀,而是鹰了。即使最高明的轻功练习者,也顶多像鸭子一样纵跃及飞檐走壁,而无法像仙人御风飞行或腾云驾雾。

“飞翔”几乎成了我童年时梦想的同义词。即使成年之后,我仍常梦见鹰并跟它交换了身躯,在天上飞,一言不发。

那一次,家里的母鸡带小鸡在田地上觅食,我跟在后头,当鸡们越走越远,直至来到旷野之中,我发现了天上的兀鹰。我只看到一个影子,是的,兀鹰跟它的影子同样难以区分。我沉醉地望着它,仿佛在用目光捕捉梦中的一个幻影。我没有忘记见到兀鹰务必要大喊“兀鹰叼鸡喽——”的训诫，但我保持沉默。我担心它受惊吓而飞走。倏地，一团黑影如漆黑的闪电从我的脚下掠过，瞬即消逝，它以雷霆万钧之势，抓走了一只小鸡。我呆若木鸡，愣了半晌。它距我如此之近，但我仍无法将其看清。我望着失魂落魄的小鸡以及愤怒得全身羽毛蓬起而“咯咯”地鸣叫的母鸡，深感抱歉。兀鹰在天上(或者任何空间)消失了，仿佛从来没有出现。

当天晚上，我受到了母亲的唠叨和指责。在她看来，看到兀鹰不呵斥驱赶而让其抓走小鸡，无异于抢劫犯的同谋。由此，我明白了兀鹰在母亲心目中深恶痛绝，无异于飞车抢夺的盗匪。这对鹰的不同认识，既丰富又削弱了它在我心里的形象。

5.蚁与蜘蛛

蚁无处不在。蚁、蟑螂和老鼠的繁殖力惊人，对环境的适应能力不亚于人类。上述恐怕就是地球上数量最多的“四大寇”了。

田地或屋边竹木的空地处，常看到高高垒起的土丘，泥土细匀如筛过又巧妙牢固地粘合一处，看上去天然又如巧手为之。那都是蚁的巢穴。里面生活着难以计数的蚂蚁。在蚁的世界里，那个不算巍峨的土堆不亚于一座城郭，里头有高大辉煌的宫殿，层层叠叠的民居，还有四通八达的街道，并分布着庄园、店铺、储物间诸如此类。一座蚁城完全由那些小不点的昆虫建筑，其工程之雄伟壮丽及艰辛苦累不亚于万物之灵修筑城池。对于蚂蚁来说，它们的世界称得上广阔和空大。蚂蚁比大多数动物更善于繁殖，它们信奉伟大领袖的指导：人多力量大。它们过的是群居生活，在异类之中，不可能在如此容积的洞穴中生存数量庞大的居民。

在关于蚁穴广阔以及蚁国强大的想象之中，没有比唐人李公佐的《南柯太守传》更恢宏壮丽的了。淳于棼只不过在大槐树下打了一个盹，却仿佛在另一个世界度过了漫长的一生。这也是一个关于梦境或梦幻的伟大言说及设计。它俨然指出了人生如梦万物皆空，荣华富贵权力美人不过是大梦一场。让我惊异的却是淳于棼片刻间竟拥有了一个完整、丰富而足够长久的世界(在时间和空间上的长度和广阔都让人振奋而沉醉)，倘若忽视淳于棼的惆怅及失落，是否也可以说他借助一个梦境到达蚁国并拥有了一个比现实世界更值得拥有或度过的生命呢？在那里，梦境和现实的界线被混淆乃至被取消了，换言之，梦境是如此逼真，现实中的平庸及不可忍受被一再推迟。

人生固然如梦，但梦幻也是另一个真实的世界。淳于棼借助某种不可思议的魔法，进入了蚂蚁的世界并将自己降格及缩小如蚁。

在那一个如幻似真的世界里，他不知道自己是蚁，却仍拥有人的身躯和思维，并娶妻生子、建功立业直至苏醒过来，发现一切回复原状了(事实上不可能回到过去，当他将槐树下的蚁穴挖开，事情已不可逆转)，才发现自己进入了蚂蚁的世界，那些富贵和功业，只不过是昆虫世界里才可能发生的事。当他挖开蚁穴的那一刻，仿佛在多重梦境中又苏醒了一次，而还有若干叠加之梦有待苏醒。仿佛他在大槐国的生活才是真实的，他持着铁锨站在蚁穴般目瞪口呆的模样更像是一场噩梦。到底是他变成了蚁，还是一只蚁变成了他？在故事的这个层面上，这个“庄子梦蝶”式的悖论包含其中。的确，他有理由认为是蚁穴的一只蚂蚁梦见了他以及这一切，甚至直接而干脆地变成了他。不管他是蚁还是人，或是蚁和人的共同想象，他所窥见的这个世界肯定终生难忘，并以传奇或梦幻的形式构成现实世界的一小部分。在这儿，人与昆虫的变换是彻底(不仅是身躯，还有思维、思想和情感)、全面的，也不露痕迹。这比卡夫卡笔下的格里高尔·萨姆沙变身甲虫更巧妙和自然，仿佛只按了一下某个开关，人与蚁已骤然变换却不自知。只有他挖开的蚁穴以及里头奔走如行人的蝼蚁，才让他为梦幻找到了一丝跟现实相连接的通道及依据。

一个蚁穴，在淳于棼的梦中却变成了一个疆域辽阔的国家。作为最伟大的神秘主义诗人，威廉·布莱克的诗句“一沙一世界/一花一天堂/掌心握无限/刹那成永恒”，亦有异曲同工之妙。他是一个神圣、无畏而孤独的人。据说他年少即有灵性，能将目睹的奇异事物通过绘画及写诗呈现。这个单纯而纯粹的人，认为必须摆脱物欲而追寻精神。他以绘画和雕刻为生，但大无畏地坚持自己的诗学道路，生前默默无闻，却坚信自己的天才和所洞见的神秘疆域。他的精神世界独立而自足，跟世俗及教会格格不入，而单独地面向上帝及其世界。他赞美生命、力及可怕的美,希望天国与地狱融合而成为理想人世——为此他不惜赞美撒旦般恐怖的创造力。其诗《天国与地狱的联姻》以超验性、原始性、梦幻性及对力与美的探索让人震撼:“我” 和天使相互窥见对方的命运,“我”在洞穴中目睹了那无垠大的“地下天空”,这是无与伦比的想象力及神秘体验。威廉·布莱克笔下的天使形象跟通常意义上的相比更复杂,糅合了神性及人性,更强大也更脆弱,也许,他受到了前辈诗人弥尔顿尤其是玄学诗鼻祖约翰·但恩的影响。

类似的故事在千百年后,被杰出的拉美作家胡利奥·科塔萨尔在《仰望夜空》中以西班牙语讲述并译成了汉语。这同样是一个关于梦幻的非凡叙述:一个在现代化的大城市骑摩托车而发生车祸的人,被送入医院治疗时不断地做噩梦,梦见他在古代阿兹特克的夜间成了一个摩特卡人,而被阿兹特克人捕获去活祭诸神。而事实是,这个男子不是生活在现代化都市里的骑摩托车的人,而是一个原始的摩特卡人,在巫师就要用刀挖出他的心脏以祭祀神灵之时,他在幻觉中看到了一个有城市、摩托车和医院的未来世界。尽管它只停留在一个故事之中,又难以让读者对人的本体、生存处境乃至不可知的命运产生更多的隐喻、暗示和启迪,但它依然是一篇杰作。

蚁国的隐喻比“黄粱美梦”更广阔而幽深。这既有洞穴般的深不可测,又有梦幻般的飘忽渺茫(这也同样是云雾缭绕的天空之表象),更具有多层次多侧面的内涵,禁得起无穷尽的阐释,已远远超越文学的层面而直接楔入了人类的生命本身。

也许,这只是人利用蚂蚁所作的譬喻,而跟蚁类毫无关系。毕竟,我们从来缺少像布封、法布尔、米什莱这样身兼博物学及诗学之长的博物学家,甚至连梭罗、阿尔多·李奥帕德、巴勒斯、普里什文这样仔细观察深入了解大自然而以生花妙笔去表达的人,千百年来亦难得一见。蚁不知晓这一切,或者知道了却不置一词。我想昆虫要思考人类犹如人类想象上帝,终究显得可笑。

在桉树或松木上,也经常看到树身上包裹着一层层黄泥,树干仿佛变成了刚出土的陶俑或木乃伊。那是白蚁正在树木上聚拢,噬咬并筑窠。蚁繁殖的速度异常惊人,那些黄泥是它们用嘴衔来并用唾液胶固上去的。树木慢慢枯萎而死亡,而白蚁最终将树木蛀空,直至将一段木头完全变成一个蚁窠。我在小树林常发现一两米长的粗大木头横亘于林中,仿佛出自人的砍伐,其实不然,此乃白蚁的杰作。看起来木头仍然完整,实已朽空,轻轻一触,即化为尘土,里面生活着难以尽数的白蚁及蚁蛹。我跟伙伴经常用树枝将桉树身上的黄泥扫荡一空,看见里面肥肥白白的白蚁幼虫,慌作一团,夺路而逃,而成虫长出翅膀,到处乱飞,并到他处繁殖。

本地的蚁窠都不大。据说非洲大草原上,有高大如宫殿的庞大蚁窠,高逾数丈,宛若土丘。其坚固程度让人咋舌,连野牛站在上面眺望远方而不会倒塌。

野地上的蚁类种数繁多,有一种大黑蚁常在林间出没,在树上爬上爬下。据说用此蚁泡米酒服用,可治一种咳嗽的顽症,对风湿骨腿痛亦有疗效。不知是真是假,但常看到一个黑衣老妪在村中出没,提着小铁罐去捕捉蚂蚁。她就是伙强的祖母,一个幽灵般深居简出的人。我在童年时做梦见到巫婆,往往是在遇见她之后。据说黄蜂的天敌是穿山甲,蚁的天敌是食蚁兽。穿山甲同样食蚁,毕竟蜂长着一对翅膀,捕捉的难度不小。啄木鸟也喜啄食白蚁。上述珍禽异兽在凤凰村一带绝迹多年,我们无缘目睹。

喜欢入宅的是一种小黄蚁(村人称之为“黄狮蚁”)。它们甚至在墙角的裂缝处筑窠,常排成长长的队列在厅堂乃至卧室中行军,形成一条灰黄色的“蚁路”,将我们的房子当成了家园。有时母亲受不了,就用“竹揽火”去焚烧蚁路并烧其蚁窠,但收效甚微。黄狮蚁嗜食油和糖,若厨房洒落了一点白砂糖,须臾间蚁闻风而至,聚拢成群。

有一次,母亲刚倒好的油壶,才过了一夜,发现壶中一片深黄色。花生油(村人叫“清油”)原本澄黄透明,现在像掺入了一堆火灰。原来是跑进了不计其数的蚁。如果不将那些蚂蚁清除,那壶油就无法再吃了。油在村中算得上贵重之物,母亲不舍得丢弃,一罐七八斤重的花生油,得耗费多少颗花生啊。一斤晒干的带壳花生顶多可榨三两油(过滤的),而一百斤晒干的花生得三五分地才能出产,还得经过播种、收获、脱粒及晒干等繁重劳作。花生油不仅是花生果的精华,也是劳作和汗水的结晶。花生油乃神奇的“药水”,母亲通过它犹如变魔术一般,使寻常菜肴乃至不起眼的青蔬和咸菜变成妙不可言的美食。如果没有花生油(猪油则大打折扣)的调剂,即使是鸡肉也会削减其美味。

母亲叫我上山采回一把松针,用井水略为清洗,拂干,铺在一个罐子的开口上,小心地将壶里的油倒入去。那些松针就如一块纱布或筛子,起到了过滤之用,将蚂蚁全隔在上面,而油汩汩流下,恢复了澄黄透明的颜色。蚂蚁一动不动,犹如芝麻的碎渣,早已淹死多时。一年之中,同样的事会反复多次。乡间的蚁群之多让人头痛,碗啊,煲呀,洗得慢了,残羹及油盐总会招来一群蚂蚁,黑压压的一片,让人惊恐。

蜘蛛是丑陋而畸形的昆虫,其脚爪数量多而瘦小枯干,肚子倒肥硕滚圆, 仿佛它从食物中得到的养分全在肚子中囤积并化为白丝,而不愿有任何一点流失到手脚上去。

一个大腹便便的地主的肚子, 却长在穷人骨瘦如柴的细小腿脚上, 显得很不协调。这种设计当然是出于生存及捕食的需要,蜘蛛捕猎靠的不是牙齿和爪子,而是它辛辛苦苦布起的天罗地网。它为了满足最重要的器官而不得不再消减在脚爪上的营养开支。它得将那些闪光而纤细的白丝源源不断地从肚子抽出来,并扩大及加固早已织好的蛛网。而蛛网脆弱不堪,一只小昆虫乃至一缕清风都可能使其出现漏洞。蜘蛛几乎每一刻都在抽出新丝去编织或修补蛛网。它的肚子像是一个棉纺工厂,一个制作纱线的工作车间,一个存放棉纱的仓库,一个巨大的线轴,而难以穷尽的丝线就从中摇出来。当然,前提是它必须持续地将腹中填饱。同时,它还是陆地上的渔夫,它在墙角或林莽中,张开巨网捕猎,看上去在守株待兔。一旦猎物入网,它就飞快地爬到猎物身边将其制伏。

蜘蛛的网看上去细密,精巧,并呈现出类似九宫八卦般的几何图形。它在织网时肯定遵循了某种标准和尺度,每张网都形状相似,而大小不一,体现出工业化生产的严格复制,仿佛它们在编织时身边都有一张设计图并严格执行。

蛛网的黏性相当强,当然,其坚固程度跟撞上网来的猎物大小及凶猛相关。对于蚊子、蝴蝶及甲虫之类来说,撞入蛛网已九死一生。即使是挥舞着两把锯齿大刀的螳螂亦难逃毒手,它的利刃砍在蛛丝却被反弹起来, 犹如外家拳高手碰到了内功深厚的太极拳高手,重拳如击在棉花上,浑不受力,却被人家借力打力,四两拨千斤。一旦有猎物入网,蜘蛛在网上行走却迅疾异常,宛若轻功高手飞檐走壁、登萍渡水,不受蛛丝黏性的制约。蜘蛛常网捉蝉之类的巨型昆虫,有时甚至捕捉到禾花雀、麻雀之类的小鸟,看来其蛛网的威力不可小觑。

有的孩子用竹篾弯成团扇大小的圆弧形,插到长竹竿上去,将蛛网绕缠于其上,密密匝匝的,形如电蚊拍,去粘捕树上的绿蝉。而蛛网被捣毁,蜘蛛眼睁睁地看着,只好逃之夭夭,别无他法。它只待从头收拾旧山河,再从肚子抽出细丝另起炉灶。

在树林或灌木丛中,常看到一两面八角状的蛛网,在阳光下熠熠生辉。猛一抬头,却发现数只色彩斑斓艳丽异常(深绿及黑纹相间,并杂有红色)的硕大蜘蛛盘踞其中,让人骤吃一惊。蜘蛛像蛇一样让人心生悚惧。据说蜘蛛越鲜艳毒性愈炽,大人一再告诫小孩莫去招惹。蜘蛛既不动弹,亦没有声音。它在长年累月的狩猎中学会了沉默的好处,甚至没有发音器官,不像蟋蟀口不能叫,却能借助鞘翅拍击而发出“鸣叫”声。它也不像蛇对人那么敏感而逃逸或攻击。那面网就是蜘蛛的全部产业和家当,它不能舍弃,也似乎一味沉湎于网络世界而对现实世界熟视无睹。对于蜘蛛来说,网络里的世界才是唯一的现实,它每天都在上面修补或加固,并捕捉到得以果腹的食物。野地的蜘蛛网往往更大,更牢固,有时暴风雨亦不能完全将其摧毁。

我曾在雨后的树林看到一面扁箕般大的蛛网, 水珠不断下滴,而阳光在晶莹的水珠上折射出霓虹般的五光十色。蜘蛛在丝线上忙碌,它得将网络的缺口缝补上去。它仿佛精通缝纫术。然而,蛛网一旦遇到强大的敌人,终究脆弱如幻影,一触即溃。有时,就像一个肥皂泡那样破碎。

蛛网就是蜘蛛栖居的房子,耕作的田地,离开了蛛网,蜘蛛就像失地的农民,只有等死。蛛网也是蜘蛛的厨房、餐桌、床榻和花园,它在此处捕食、玩耍及睡眠。蛛网也是它的城堡,是为猎物挖好的陷阱。一张蛛网就是监狱,蜘蛛既是牢头又是狱卒,还是囚犯,它一步也不能离去。分别在于,列刑犯被一批批地处决,而它既是看守又是刽子手。

在村庄的屋檐或墙角暗影下，常能看到巴掌大的小蛛网，丝线更纤细，也更脆弱，且沾满灰尘，脏兮兮的，仿佛用旧的床单久未洗濯。这是家蛛的栖身之所。这些家蛛个头细小，色泽灰暗。丛林里的艳丽蜘蛛像锦衣华服的贵族。这些小蜘蛛则是蛛族中的侏儒，而又是衣着寒伧、蓬头垢面的乡下人，整天拼死累活，无非是为了填饱肚子。这些家蛛将网络编织到房屋、粮仓、厕所、猪圈、粪屋及"禾地屋"等乡间一切建筑物的墙角或屋檐上去。那些小网跟其体形是相称的，黏性也较差，只能网捉到蚊子、苍蝇之类，倘若碰到一条不幸的壁虎坠入彀中，就如中了头彩，可以好生享用了。

比起朝生暮死的蜉蝣之类虫豸，蜘蛛的生命不算太短暂，且能以梦想结网，并捕捉到充饥之物。然而，其终极一生，亦被那个梦幻所囚禁。

6.蛇与青蛙

农夫对土地充满热爱和敬畏，却没有自然或生态之类的观念。不管如何，农夫也是生态链条中的一个环节，他们的生命是相互依存的。对蛇蛙飞禽，可以捕食，但不可杀绝，否则这根生态链中断带来的乃是整个生态崩溃的苦果。

野生动物纷纷绝迹的悲怆事实，表明了它们赖以生存的家园已遭毁坏，尤其是化肥农药的使用，破坏了水源而使其无法生存乃至被毒杀。农夫是这根食物链的高级者,青蛙吃害虫,蛇吃青蛙,鹰吃蛇,人也吃蛇(农夫要捕捉黄鹤及鹧鸪容易,而要捕食天上的飞鹰,却是不可能完成的任务)。人不吃蛇也能活命,且吃蛇的人不多。乡野之间,常传来人被蛇咬死的消息。这个食物链中,谁是最后一级,看来悬而未决,并非一成不变。在村庄,农夫对蛇的敬畏一直存在,这主要是出于对蛇的恐惧。这种惧怕不仅在于蛇丑陋的外表、斑斓的色彩,更指其置人于死地的毒牙。因此,没有几个人愿意跟蛇打交道。除了二十世纪六十年代初,吃蛇的人很少。那时候,只要能果腹的东西都通过疯狂的嘴巴进入了饥饿的身体。像银环蛇、金环蛇、白颈丫、五步蛇之类,人一旦被咬,见血封喉,让人谈之色变。

村里有两三个专业的捕蛇者。他们懂得多种驱蛇、捉蛇之法。有秘制的蛇药,捉蛇极其危险,却可换来可观利润。石湾墟或县城的餐馆,每以重金收购。捉蛇人之中,就有被毒蛇咬死的人。柳宗元名篇《捕蛇者说》就讲述过捉蛇的无奈及凶险。真正跟蛇打交道的人,如果不是为生活所迫,就是对此类长虫抱有特殊兴趣。

蛇种类难以计数,但在捕蛇者看来,无非是两种:一种是药蛇,多是剧毒之物,如金包铁、银环蛇、白颈丫等,取蛇胆制药或以蛇泡酒。一种是肉蛇,供人饕餮,如南蛇(一种小型蟒蛇)肉多味鲜,数十年来价格居高不下。南方人嗜食蛇,故捉蛇者众。蛇的栖息地又视种类而定。南蛇在陆地,水伏蛇居水中,泥蛇住淤泥,草瓜蛇喜钻草丛,饭铲头喜居树丛,“青竹标”爱住竹梢。捕蛇者目光敏锐,能循迹而至,或在旷野上跟蛇狭路相逢而捕之,或者直捣黄龙从洞中揪出。蛇在春夏季多在洞外游走,秋冬则入洞居住。在春天,蛇经一冬睡眠,必出洞觅食,见阳光和暖,遂于草丛间晒太阳,或在水边饮水,见人即逃遁或入洞。有个捕蛇者将蛇追至洞口,用手抓住蛇尾往外拖,却难以拉出,原来那蛇拼命抗拒,并将全身鳞甲张开,嵌入洞壁,犹如按图钉似的,竟是牢固异常。捕蛇者听得“噗”一声,将蛇尾扯断了,那蛇如壁虎般逃遁,未伤及内脏,并不危及性命。在夏天,阳光炎热,蛇洞口所处“坎头”多向南,所谓冬暖夏凉,在蛇爬过的地方,留有蛛丝马迹,并有浓重的腥气。

春夏间,蛇的洞穴较浅窄,用铁钎略为挖掘,即可捕捉。在树底下、河边或灌木丛处,亦常见到蛇虫出没。在秋天,蛇喜在晚间觅食,夜间觅食较易,蛙、蟹及鱼都比白天迟钝。在冬天,食物稀缺,寒冷,蛇入洞冬眠,偶尔亦会出洞觅食。冬天的蛇常会成对,组成家庭,在春天产卵孵儿,每窝通常有数条之多。冬天捉蛇最宜用火攻,有经验的捕蛇者找到洞口,并从洞边的蛇屎分辨其种类、大小和轻重。蛇屎常沾有鼠毛及田蟹之残片。堆着柴火往洞里扇风烟熏,熏了几通后,即熄火观望。蛇抵挡不住,会从中探头喘息,迅即用铁钎按住蛇头,捏住七寸,敲掉毒牙,扔入布袋,扎紧袋口。一两斤重的蛇就算是大蛇了。

在二十世纪末,又有人发明了用铁笼装蛇之法。捉老鼠为饵,笼口装有弹簧及铁丝,蛇略为碰触,铁门一关,蛇已为阶下囚。蛇毕竟不如人类狡诈多端,也不及人类毒辣。

我对蛇一直抱有生理和心理上的双重恐惧。我只要想起它那三角形的扁平头部、分叉的蛇舌和滑溜溜的身段,就不寒而栗。至于蛇是否有毒,倒是不必深究了。

村野间到处有蛇出没,最常见的是水蛇、草瓜蛇和南蛇,至于剧毒蛇倒是深居简出。也许它们知道身价昂贵易招祸患,或如世外高人,深藏不露。除了捕蛇者,谁愿跟它们打交道呢。有时候,我在泥路或田埂上徒步,突然踩到软绵绵的一件物事,又或"嗖"一声蹿过脚跟,这通常是草瓜蛇,呈青绿色。我还没看清楚,那蛇就不见踪影了。后来我在某农庄见到"蛇瓜",觉得那种瓜就是模仿草瓜蛇来生长的,或者它们彼此模仿,相互对应。蛇没脚而行走迅速,这让我百思不得其解。

掘土的农人有时也掘到四脚蛇,蛇有脚就是异端而超出了常规。遇见此物,被认为是不吉利的事,必一锄头将其砸得稀烂。

在鬼落山的茂密丛林,我曾在里头无数次转悠、采摘那几种山蕉果、野山竹之类的野果。里头古藤盘绕,怪树突兀,鸟类繁多,是一个童话世界般的丛林,我常独自觅路钻入,在里面能沉湎好几个小时。有一次,一条细小如项链的小蛇从脚底窜过。它一闪即逝。它像一段燃烧的树枝,一支火箭。我只见到红光一闪。

许多年前,我遇见过一条美丽的蛇。秋收后的田野,稻草杂乱无章地堆放着,新刈的稻桩有一股扑面而来的清香。我赶着一群白鹅在稻田放牧,领头的公鹅扑着双翅,颀长的脖颈像是一件管弦乐器,向着天空吹奏。我把竹竿插在湿润的地上,惬意地躺在稻秸垛上,我看见了那条蛇。蛇像人一样立起了身子,眼睛像细小的宝石一样望着我,似乎一点也不害怕。它身上的鳞甲像一枚枚金币。它是金色的。我不知道他是什么蛇。那美丽的身子像是天上掉下来的一段灿烂的彩虹,我忍不住想要伸手去抚摸,忽然,它身子一直就不见了,像是青天上的一道闪电。在那个瞬间,我遗忘了美丽背后的危险。

村子里的孩子,自小就被教导必须学会以"之"字形拐弯走路,目的乃是为了预防南蛇奸淫。据说南蛇乃是蛇类中的登徒子,且喜与人交配。如果它看中了某人,必先以硕大身躯将人拼命缠住,让人动弹不得,然后强行交媾。有个被奸污的少女潸然泪下,那蛇还无限温柔地伸出舌头轻轻舔舐。据说某妇人十月怀胎,腹中绞痛,竟产下一窝小蛇。类似的传闻如秋风中的叶片,纷纷坠入我们的耳朵,让人毛骨悚然。蛇以腰肢走路,直线爬行如离弦之箭,若拐弯就速度受阻且多有不便。我们操练之字形步法,正好能摆脱前来求偶的异性南蛇。我想,摆脱蛇的最佳方法还是一根木棍吧。但大人说,南蛇身体甚巨,力大无穷,弱质女流及未成年男子,最好还是逃之为上。

真正遇到南蛇的人,往往因过度惊恐而无力迈动脚步。我在鬼落山的灌木丛中摘山稔(桃金娘),突然听到阵阵"簌簌"声,那是草木摇撼之声,仿佛有人拨开山稔花枝冲我走来。我回头一望，不禁毛骨悚然，一条大南蛇就在我身后不足半米处。我骇得动弹不得，心里一缩，像被施了定身法，忘记了逃命，也忘记了进攻，衣襟上大堆熟山稔哗啦啦坠了一地。那蛇望着我，头部略微从地上抬起，它的眼睛像手电筒的小灯泡透明而闪光，它似无恶意。我脑海忽然浮现出“美人”这个词，事实上，我眼前浮出的是美若天仙的阿霞姐。她比我大了三四岁，她曾无数次出现于我的梦境。有好几年，她一直是我梦中迷恋的女人。后来，她的出嫁让我心碎。那一刻，我仿佛在林中看到了阿霞（或她让人迷醉的胴体）。我觉得那蛇的表情跟阿霞何其相似。我似看到蛇笑了，然后在茂密的草叶间消失了。是的，我看见了蛇在笑，如果说我觉得她像阿霞纯粹是极度惊恐下出现的幻象，那么我真看到了它在笑。至少，它对我没有任何攻击，更没有那种骇人听闻的侵犯。

那条大南蛇是我少年时代遭遇的最巨形蛇类。直至一九九四年，我在省城求学时去动物园玩耍，才见过这么粗大的蟒蛇。

我曾在园山的灌木丛中看到一条蛇蜕。其粗如擀面杖，长有两三米，蛇壳绵软，薄如蝉翼，银白色中有点泛黄，它完全是空洞的，但据此可想见那蛇之硕大及其腰身之柔软。除头部有一条裂缝，整个蛇壳完整无缺。我年少时患过眼疾，红肿疼痛，父亲采掘土茯苓及菜地边上的车前草诸草药，加上到药材铺抓的十几味中药（是什么忘了），还有几条蛇蜕（中药名曰龙衣，乃父亲于山上觅拾而得），煎服了好几回，眼疾霍然而愈。

人要学会尊重另外的生命——毒烈如蛇、渺小如蚁或猥琐如鼠——那是十分困难的。人类依仗自己的勇武和机巧,那双善于制造猎具的手和奔跑迅速的双腿，经常对兽类发起毁灭性的攻击,对蛇鼠虫蚁更不放在眼里。父亲说,他幼时还能听到中火嶂传来虎啸声。据说祖父少年时曾目睹老虎在山涧上跳跃,那斑斓华美的毛皮像王者穿着的锦袍。至于穿山甲、野猪之类的野物,早先还成群结队,在村庄四周的丘陵及林地上出没。二十世纪七十年代末,我还在荒山上的破窑洞看到野猫和黄猄出没。不过数年之间,野兽销声匿迹了。鸟类只剩下常见的十来种,大多已像传说一样无从追究。

在乡村小学读书时，我们每人从家里捧一盏小油灯上晚自修,那漫长的两小时实在难熬。学校旁边就是一个大水塘,夏季一过,那些小蝌蚪全长出了四肢,四处蹦跳。孩子们利用课间十分钟,抓来一群小青蛙,捉住其手脚,放在煤油灯上烘烤,煤油的气味夹杂着青蛙的腥味,在课室里弥漫不散。其实没有人想闻这种味道，老师也不管，孩子们却很享受小青蛙被慢慢烤熟的过程。

我们乡下一带最常见的青蛙，就是那种国家二级保护动物虎纹蛙,双眼鼓突,背部碧绿,肚皮雪白,外观精致。此乃无上美味,村民爱抓来宰吃。有人更捉去市场售卖,以换家用。粤语称青蛙为“蛤乸”,凤凰村人则称之为“蛤”。捉蛤方法很多,但硬捉不若智取。过去人们多取用照蛤之法,就不费吹灰之力。方法是用一个盘状铁器，装上柴片，火光甚亮，实乃灯笼状的照明工具。大约在清明谷雨前后，春水涨起，在河湾、池塘边，无数青蛙鼓噪，蛙声嘹亮。鸡叫头遍之后，约三四点起，青蛙已觅得配偶，搂抱成一团。火光照到，成双成对的青蛙陷入温柔乡里，浑身酥软，无力自拔。即使见到有人来，亦呆若木鸡，无法蹦跳，被人们一对对捉将入篓。

在冬天，捉蛤多用挖掘之法。有经验的猎手一看洞口，就能分辨那是蛤、蛇或鼠的巢穴。由于蛙足类似鸭蹼，将洞口弄得较光滑，新鲜，洞口就较扁平。且靠近水边、田边。田蟹的洞是圆的，由于蟹爪的缘故，洞口有点状痕迹。蛙、蟹近水，老鼠则在水边，洞口粗糙，里头四通八达，别有洞天，故《西游记》中，金鼻白毛老鼠精的无底洞虽壮观得夸张，倒也略有依据。蛇洞比上述洞穴都大，深长，亦有横窍，狡兔三窟，在山地夹缝处，颇多蛇洞。说回到挖青蛙，用钢铁特制的铁钎（一端扁平锐利如铲，一端弯曲如锄），一头挖，一头掘，青蛙躲在洞中，必无所遁形。

我捉到的这只小青蛙看上去异常可爱，有着鼓突起来的大眼睛，绿色的脊背，雪白的肚皮，它的四只小爪犹如工艺精湛的钥匙扣。它已发育完全（我是指它已没有蝌蚪的任何特征，譬如尾巴也已经褪化），在形状上跟一只成年青蛙毫无二致，但太过细小，它只有我的脚指头那么大，这样的小青蛙还没有食用价值，我捉它乃是因为它对我有新奇之处。乡村的孩子会把捉到手上的任何小动物改造成一件玩具。小青蛙异常滑溜，我为了防止它逃走，在路边拔了一棵“鸡麻”(一种野生植物,其皮柔韧,可充当小绳子使用),剥下了它的皮,“鸡麻”的皮虽然比不上黄麻坚韧,但用来束缚一只小青蛙绰绰有余,而被剥掉了皮的麻秆一片雪白,它将会有另外的用途。

我用“鸡麻”缚住小青蛙的大腿与身体的交界之处,小青蛙受到紧束的肚子向上鼓起,鸡麻的另一端被握在我的手上。青蛙是善于跳跃的,尽管它受到了束缚,仍然显示出了弹跳的天赋。我把这只小青蛙带回村庄，我要让它跟小伙伴手上的小青蛙进行一场赛跑。我们用瓦片在结实的泥地上画了一条起跑线,并画好了终点,几个孩子用手牵着小青蛙待命出发,被“鸡麻”缚紧的小青蛙在我们的驱赶下奋勇争先。现在我们将它们视之为一名田径运动员或假释的逃亡者(究竟是哪一种不重要,反正它成了孩子们手上的玩偶)。我们挥动鞭子,小青蛙拼命地跳跃,它们在往(我们的)目的地奔去,并不能真正逃离。这些可怜的小青蛙曾经有过面对天敌时你死我活的斗争,却从没有经历过这种奴役,它们不知道为何在一刹那间失去了自由的权利，并要在鞭子的驱动中做着无望的逃离。

孩子们兴奋起来,我们既是发令员,也是观众和裁判。我们去模仿审判者的角色。审判的权力从来都归于上帝。而人世间任何的审判都可能是对自由和道德的亵渎,因为我们没有资格行使上帝的权利。孩子们的游戏天性常被人们称之为自由和童真的表现,却往往忽视了暴虐的成分。这是一个邪恶和流血的童话。

尾声

三十年后，我从繁华城市回到出生地。笼罩在霞光和死寂中的凤凰村，像刀片割伤我的记忆。村巷里空无一人，田园面目全非，村庄仿佛一艘搁浅多年的大船，在沉寂中缓慢地磨损、朽坏。我注视着坍塌的戏台、崩裂的晒坪，仿佛在另一个星球的荒郊上行走。我屏住呼吸，唯恐惊飞了苦楝树上的灰色麻雀。

苔藓侵占了住宅。屋瓦上长满了杂草，青壮年远走他乡，只剩下老人和小孩。不养鸡，不养狗，老牛走在草叶吹拂的田埂上，它的嘴像一部小型割草机在发动。三个孩子在晒坪上奔跑和嬉戏，一架飞机在乡村上空呼啸而过，它雪白的机翼像半截镰刀割开了云层。那些密密匝匝的白云像往事在脑海里堆积。在一瞬间，我出现了时光倒流的幻觉——除了颓败的山冈和裸露的河床，除了辉煌的落日就要在黑黢黢的树林中下沉。

河床淤积，河水停滞。河湾上漂浮着农药瓶和塑料袋，人们污染了河流和土地，但还没有污染天空，那个纯蓝而辽阔的穹顶,仿佛蓝色和无边的忧郁在扩散。那密集的云朵,蓄满了乡村少年仰望天空的泪水。当天晚上,我所目睹的星星依然稠密而明亮,它们曾经反复闪耀在不同的夜晚。圆月从废弃的谷仓上升起,像银币一样闪光和冷漠。

河湾仿佛在呜咽。它取消了波浪和声音。它不再像新嫁娘的圆镜子,反射天空、云朵和树影。它在变黑、发臭,仿佛垂死的野兽在饮泣。岸边的老樟树,像鲁莽的山猪一脚踩进了淤泥,它的枯枝和败叶,它空心的树干和树梢上的黑鸟,就像一条走向天空的河流被迫停顿、凝固。那些被损坏、被撕裂的风景,犹如一只玻璃瓶在我的头脑里砸碎。暮色渐浓,我在幽暗的河湾上垂钓,一对鸭子像抹布在河面上来回抹动,但越抹越脏,鱼水落花皆成往事。我就是那个鱼钩——细小、锐利——深陷于孤独的泥淖——我不是在钓鱼,而是在写一首挽歌。

竹林依然青翠,竹笋仍在破土而出。风吹过林梢,竹林中仍然有看不见的精灵在走动,被竹虫凿穿的空竹发出悦耳之声。但蝉声不再清脆。绿蝉从被污染的泥土中爬出,拼命振动着羽翼,打开被污染的嗓音。

水井曾经是埋入地下的水罐,曾经是一罐白银。井篙插入水中,那巨大蓝宝石似的天空在井底旋转,关于打水的记忆,源自古老的焦渴,再也饮不到一口甘甜的水了。井台被摧毁,井壁在倾圮,而井水宛若生锈的一堆铜钱,十几根塑料管插入井中,电动水泵将水抽入水缸。

在大片荒弃的稻田中仍然有一畦水稻，成熟稻穗像一串弯向土地的问号。谷子像锈蚀的金属，沉重、珍贵，在薄暮中闪光。在天穹下独自收割的老人。他手上的镰刀，他身旁割倒的稻子，在光辉的晚霞中散发孤寂的滋味，稻叶上掠过的禾虫宛如黄玉饰物，而蝗虫遍地皆是。“一块孤零零的稻田更难获得好收成，”老人对我说，“得不停地向土地喷射农药。”

山坡上柴草疯长，无人采割，但除了土地庙，没有一处像样的林子。漫山遍野皆是速生林，但没有一棵巨木。村民用上了液化气，那些方形或圆形的烟囱形同虚设，仿佛怪兽的犄角。灶膛没有明亮的火光，也没有暗红的木炭，煤气灶上飘动的蓝色火苗，仿佛被蓼蓝草染蓝的月光。山林上栖息的鸟群大多是麻雀和黄鹤，再也没有见过金色的大鸟。

在一个沾满露水的清晨，我离开了村庄，但没有清澈的鸡鸣。在我居住的遥远地方，没有我的田园。故乡再也回不去了，它就像空中花园在塌陷的乌云中崩溃，一场大雨就要从天而降，像我失控的诗篇。雨越下越大，我没有回头。在白茫茫的雨幕中，将有一辆公共汽车开过来将我载走，在铺天盖地的雨声中，交织着叶赛宁的忧伤。

后记

我的写作有很大的偶然性。有东西就写，不硬写，不计成败得失，不到非写不可不动笔。我不知道下一本何时动笔、要写什么——我只是持着铁风筝去捕捉文学天空的闪电，而难以预测及控制其后果。套用法国作家基尼亚尔的话说："我在读写中有一种不寻求达到目的的等待。读书就是漫步。写作就是游荡"。二十年来，我在诗、散文和小说这三条路上交替奔走，犹如猎手常捉到意外的猎物。

我只写过三部长篇散文：《少年史》、《与父亲的战争》和《田野的黄昏》，是谓"乡土三书"。《少年史》讲述年少时的经历，村庄及田野只是背景。《与父亲的战争》写家庭与伦理，以揭示中国式父子关系的复杂性。《田野的黄昏》则以村庄为主角，在工业时代的背景下，以一个乡村数十年的繁荣兴盛为蓝本，从自然学、人类学、社会学、历史学、心理学及哲学诸角度切入，通过揭示故乡沦陷的根源，映照出中国农耕文明逐渐崩溃乃至解体的悲怆历程，并探寻新一代农民的生活方式。本书以出生地为叙述对象，以时间纵深及时代变迁为座标（尤其凸显二十世纪八十年代于个人成长及乡村文明转折的双重意义），以凤凰村的地理、历史、风物、习俗、伦理乃至农民劳作、休闲诸方面为经线，以作者自由出没于时空及多个领域的心理经验及思想脉络为纬度，多角度扫描南方山野景观及叙述乡村生活的诸多侧面。

《田野的黄昏》在文体上有较强的实验性，打破散文常规，挣脱固有观念，拓展精神空间，使之有多重阐释的可能。为此，我不惜在内容、思想及写法上突破边界，逾矩越位，迂回往返。该书有形式感，结构恢宏，线索繁密。虽分章节撰写，实有整体上的构思及把握，章节之间盘根错节、犬牙交错，相互渗透及补充，互为镶嵌与拼接，既独立成章又相互支撑，每一章节都犹如墙壁、柱廊、门窗和屋顶，建构了一座高大建筑物的圆拱和穹顶。譬如《生灵》一章，不光是介绍动物，更多的是人与动物乃至自然的关系；而《植物》一章，主体是写植物，又须臾不离人的劳作、种植及养殖，诸条线索是拧绞而为一体的。我不通博物学，但书写的自然、野物、农事都乃亲身体验，亦有奇思及异趣，人的成长、觉悟及生命感贯穿始终。时间是一个整体。年月日之类仍是人为切割的幻象，那么，一个建筑于时间基础上的记忆性文本，最好也浑然一体，犹如首尾循环的时间之圆。

我出生于粤西乡间，跟随父母耕种到二十岁。大自然塑造了我的心灵，也使我成为乡村美学和农民意识的反叛者。家乡的建筑、作物、草木、风土、器具、生灵以及春种秋收的细节仍历历在目。村庄的节日、做社、游神及各种游戏也让我沉湎其中……在记忆的夜空,岁月与往事如繁星浩荡……我在乡村“既有爱也有污秽凄苦”。从往昔中提炼诗意,苦难才藉此成为养料。诗性是超验的,其核心是神秘,诗性的诞生及其诞生的方式也必将是神秘的。这有点像将粮食转化成美酒。按布罗茨基的说法,诗性来自于对日常经验的玄学化。作家必须掌握语言的炼金术。我在话语上尽可能注重文学性,也就是每一个句子都力求穿透事物及对象,并同时在语言、思想、体验及情感诸向度上具备应有的速度、力量和深度。

作为在乡村出生并成长的一代,乡土是我在现实及精神上的双重故乡。我在生活上崇尚极简主义,与世无争,反感成功学,但追求精神自由。关于乡村的书写,除了散文“三书”,我还著有诗集《陌生人诗篇》及小说集《默杀》等多种,逾二百万字。

《田野的黄昏》除了追忆往昔,还有对当下现实的揭示与呈现。它不是基于线性时间上的简单回溯,而是对故土人与事的整体打量。一个作家或一本书的诞生,是天地间的造化。一本书也像人一样,自有它的命运,我无法预测,但也希望它在人世间获得知音。每个作家都有他的理想读者。理想读者有让人敬畏的水准,属于那“无限的少数人”。我尊重读者的方式,就是做好手艺活,而无暇他顾。

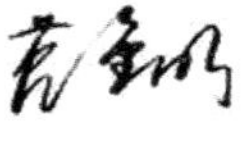